魅丽文化 花火工作室

原来你是这样的馆长大人

MUSEUM DIRECTOR

所言非言 著

江苏凤凰文艺出版社
JIANGSU PHOENIX LITERATURE AND ART PUBLISHING, LTD

图书在版编目（CIP）数据

原来你是这样的馆长大人 / 所言非言著. -- 南京 : 江苏凤凰文艺出版社, 2017.4
ISBN 978-7-5399-9952-4

Ⅰ. ①原… Ⅱ. ①所… Ⅲ. ①长篇小说－中国－当代 Ⅳ. ①I247.5

中国版本图书馆CIP数据核字（2017）第024929号

书　　名	原来你是这样的馆长大人
作　　者	所言非言
出版统筹	黄小初　邹立勋
选题策划	花火工作室
责任编辑	胡小河　姚　丽
文字编辑	黄　欢　蒋晗婧
责任监制	刘　巍　江伟明
出版发行	江苏凤凰文艺出版社
出版社地址	南京市中央路165号，邮编：210009
出版社网址	http://www.jswenyi.com
经　　销	江苏省新华发行集团有限公司
印　　刷	湖南凌宇纸品有限公司
开　　本	880 mm×1230 mm 1/32
字　　数	190千字
印　　张	10.5
版　　次	2017年4月第1版，2017年4月第1次印刷
标准书号	ISBN 978-7-5399-9952-4
定　　价	32.00元

目录

CONTENTS

目录

CONTENTS

Chapter 1
画风清奇的韩馆长

木棠棠失踪了。

深夜两点，皇甫江大桥发生车祸，一辆福特野马 Mustang 撞上桥墩，车主正是最近因为“打人”事件处于风口浪尖的国际名模木棠棠。

事故一出，网上舆论两边倾倒。一边认为木棠棠失踪是因为肇事逃逸，且不排除酒驾嫌疑。木棠棠身为公众人物，要求她站出来公开道歉并且接受酒精检测；另一边则是指责这种恶意抹黑行为，并且呼吁大家将重点放在人身安全上，当务之急是找到木棠棠。

当然，还有一部分看热闹的围观群众戏言道：“这木棠棠该不会是掉进皇甫江了吧？”

呃……好像也不是没有这种可能。

事故发生之后的黄金二十四小时，木棠棠所在的经纪公司乐锐传媒通过官方微博发布了声明，表示公司和木棠棠本人会全力配合交通部门的调查，并且承担相应责任。

乐锐传媒大厦，三楼会议室，六个人组成了紧急公关团队。

圆桌为首的女人，鬈发红唇，五官突出，像个亚欧的混血儿。她的面色不悦，掐灭了手里还剩一大半的女士香烟，按掉了又一个打进来的电话，然后微微勾起红唇，在空中勾勒出一个淡白色的烟圈。

烟圈还未淡去，电话又打了进来，短暂而急促的铃声，像在催命。

关机，反扣，不再理睬。

会议室不大，两支半的烟，足够让它乌烟瘴气。

她开始发布命令，机械而带着点焦躁！

怎么能不焦躁？她手底下的人失踪了，她却是最后一个知道的！经纪人做到她这个分儿上，也是没谁了！

“柳柳，你负责关注网上的言论倾向，黑的白的我不管，控制在底线范围之内，一旦出现偏差，立刻雇水军洗白。”

“孟思，你继续给木棠棠和钱朵朵打电话，用两部手机轮流打，打爆为止！”

最后四个字，说得咬牙切齿。

“剩下的人分成两组，一组马上出个应急方案，十分钟之后交到我办公室。另一组负责应付媒体和记者。记住，对外口径一致，不要给我说漏嘴了，省得回头还得我去收拾烂摊子。”

吩咐完了，似乎不放心，她提高声音又问了一遍：“都记住了吗？”

底下的人身躯一震，齐齐回道：“记住了。”

会议室里的烟像压在头顶的乌云，莫名地使人心烦气躁。

温莱起身打算去开窗透透气，脚步还未迈开，孟思却先她一步站了起来，拿着手机一脸的不敢置信，语无伦次地叫住她：“通、通、通了，电话通了！莱姐！”

******

今年五月，万古博物馆迎来了开馆以来最精美的文物展览。

以“五色炫耀”为主题，展出的文物全部来自西汉海昏侯墓，大量精美绝伦的器物，无一不在向后世之人展现墓主人奢侈、辉煌的一生。

此次的文物展，是兰溪市政府联合万古博物馆共同展出。万古博物馆作为兰溪市最大的私人博物馆，是由清末晚期一个大型的古玩店演化而来，至今已一百多年，文化历史底蕴深厚，且从上个世纪 80 年代开始，万古博物馆的第三十二代掌门人就开始免费将博物馆对民众开放，并且以博物馆的名义援建希望小学，大兴公益事业，一直延续至今。

所以，万古博物馆一直在兰溪市享有盛誉，多次获得兰溪市政府的嘉奖，这也是为什么今年会选择在万古博物馆展出海昏侯墓出土文物的原因。

临近中午，观展的游客渐渐散去，一对穿着情侣装的情侣在博物馆里瞎溜达，显得格外引人注目。

男人戴着黑框加厚眼镜，看上去斯斯文文的，俨然一副学霸派头，仔细瞧着也约莫不过二十五六岁。他与娇小可人的女朋友十指紧扣，穿梭在各个展柜之间，每到一个展柜必然停下来滔滔不绝地讲解一番，偶尔配上解说的手势，还真像这么一回事。

身旁的小女朋友满心崇拜，眼里有光，心里一定觉得自己的男朋友简直完美。

留守值班的工作人员偶尔听见男人的高谈阔论，莞尔一笑，见怪不怪，也不拆穿其中漏洞百出的常识性错误，只是和同伴相视一笑，暗自感叹现在撩妹都撩到博物馆来了。

感受到身旁女朋友投来的崇拜的目光，男人的虚荣心得到了极大的满足，越说越兴奋，丝毫没有注意到一个身穿西装的男人正在向他们逼近。

“汉高祖六年设豫章郡县名海昏，后废帝刘贺受封于海昏县，顾得名海昏侯。”低沉而富有磁性的声音在身后响起，被打断的男人十分不高兴地转身看去。

那是一个精致而冷酷的男人，裁剪得体的西装穿得十分随意，没打领带，衬衫自上而下解了两枚纽扣，刚好露出健硕美妙的胸膛，引得人一番春风遐想。他双手插在西裤里，似笑非笑地看着他，眼里的不屑和嘲讽异常明显。

男人的余光瞟见自己的女朋友眼珠子都不转一下地盯着面前的西装男，心里窝火得厉害，面上已有些不善，目光凶狠起来，瞪着西装男，意图吓退他。

西装男却毫不在意，轻慢的声音继续响起：“不过，这位先生的说法倒是奇特，请问你是怎么判断出海昏侯这个称号是因为刘贺昏庸无能得来的？史书？还是……野史？”

男人在女人面前，总是要几分面子的，打死他也不会承认自己连野史都没有看过，更不用说什么枯燥无味的史书了。

他把女朋友拉到身后，试图挡住女朋友的目光，虽然嘴上不承认，心里却早已判定自己不如面前的男人。不管是身高还是气势，他都被面前的人全方位地碾压。

“我看的当然是史书！《史记》我都不屑看，我看的是《汉书》，《汉书》知道吧？班超写的。”

“嗬。”一声轻笑，西装男轻蔑地凝视着他，然后目光越过他，落在男人护在身后的女人身上。

“这位小姐，你男朋友一本正经胡说八道的样子真是……欠揍啊。”西装男轻挑嘴角，一只手搭上男人的肩膀，轻轻地掸着，像是在掸掉男人肩膀上的灰尘，又说，“如果两位还没有结婚，趁早分手吧。你男朋友现在可以一本正经胡说八道地撩你，婚后出轨自然会一本正经地继续骗你，最后落个人财两空，还赔了大好的青春年华。”

“你才胡说八道，谁说我们没有结婚，我们早就结婚了，我们是合法夫妻。”男人很激动，面色涨红，一只手抓着对面人的衣领，一只手抓着女人的手迫不及待地举起来给西装男看。

“你看，我们连结婚戒指都有！”

西装男轻笑，只瞟了一眼那所谓的“婚戒”便收回了目光，然后一根一根地掰开男人抓住衣领的手，不动声色地退开一步，整理好被男人抓皱的衬衣后才缓缓抬头，深邃的双眼凝视着他，语气讽刺道：“结婚戒指都是廉价的不锈钢，你当结婚是买一口锅吗？”

女朋友的质疑，西装男的轻蔑，令男人终于恼羞成怒，露出凶狠的本性，上前便往西装男的脸上呼去。

西装男嘴角始终噙着一丝笑意，看着拳头呼啸而来，只是微微侧身，男人便扑了空。下一秒局势扭转，男人还未来得及反应，双手已被反剪扣在背上，天旋地转之间，只觉得小腿一软，半跪了下去。

“幼稚！无知！粗鲁！”西装男简单地评价。

“你谁啊，你这人是有病吧？君子动口不动手，你有本事就放开我，放开我，以男人的方式单挑！单挑！”男人一边大声嚷嚷，一边使劲挣扎，叫喊声终于唤来了博物馆的工作人员。

只见穿着黑色西装的工作人员径直走到西装男身边，压根儿没正眼瞧地上狼狈的男人一眼。

“馆长，副馆长正到处找您呢。”

“馆长？”男人灵敏地捕捉到了关键，扭曲着身体，仰着头不明所以地问道。

西装男终于放开他，然后抽出手帕慢悠悠地擦了擦手，才淡淡地说道：“不好意思，忘了自我介绍，我是万古博物馆馆长，韩绪。”

博物馆一楼为藏品大厅，二楼为精品文物大厅，只有三楼是游客免进的办公区。

馆长办公室便在三楼正数第六间，韩绪回办公室换掉了被扯皱的白色衬衫，出门时顺手丢进了门外的垃圾桶。

再往里走，最后一间便是副馆长韩言之的办公室。

尚未走近，便隐隐传出抽泣声和韩言之无可奈何的安慰声。

“子高啊，凡事不能老往坏死了想，撞车就一定会死人吗？没找到人就一定是掉皇甫江了吗？说不定她是穿越了啊！”

抽泣声停了，一个弱弱的声音问：“二叔，这有科学依据吗？”

韩言之觉得自己好像又给自己挖了另一个坑。

恰好韩绪在这时推门而入，韩言之仿若看见了救星，赶紧拉着韩绪坐下，指着电视说：“来，给你弟分析分析，这木棠棠到底去哪儿了？”

墙上挂着一台小电视，正在播放名模木棠棠车祸失踪的后续。韩绪只是粗略地扫了一眼，便明白了整个事情的前因后果。

愚蠢、低俗的惯用伎俩，也就韩子高这智商看不懂了。

韩绪淡淡地道：“作为一个准高三生，你有时间在这里花痴一个花瓶，倒不如多做几套《五年高考三年模拟》。”

“我女神不是花瓶！”就算是亲哥，韩子高也不允许有人污蔑他的女神。

他甚至站了起来，发育期的少年个头长得快，韩绪稍显意外，好像不久前韩子高还是个小萝卜头。

韩子高反驳：“就算我女神是花瓶，那也是花瓶中的青釉八方弦纹盘口瓶，珐琅彩弦纹开光西洋母子山水六方瓶！”

很好，这两个花瓶，一个拍价一亿一千三百九十万成交，一个天价二亿，非常符合“花瓶”的气质。

******

乐锐三楼会议室里。

电话打通了，正是木棠棠。

接过电话，温莱控制住心中的火气，没有张嘴开骂。自己手底下的艺人出了事，经纪人得担负一半的责任。所以，她必须时刻保持冷静和清醒，不让情绪左右了思考。

调整好状态，温莱才开口，语气比刚才稍显温和："木棠棠，弄这么大个烂摊子，还带着助理一起玩消失，你最好给我一个合理的解释。"

温莱的反应和木棠棠想象的有点不同。她都准备好金钟罩了，温莱却没有用金刚钻！

木棠棠抬头看了看法国的天空，蓝天白云非常分明，整个人都因为好天气变得有些柔软，过了一会儿，她才说："温莱，我在乐锐满打满算也八年了吧，没有功劳是不是也得念念我的苦劳啊！你问问苏婧，这么对我是不是太狠了点？"

木棠棠的口气太过云淡风轻，轻到差点没有引起温莱的重视，可温莱带了木棠棠八年，八年时间足够清楚地了解一个人。

"你什么意思？"也许温莱自己都没有意识到她的语气有点紧张。

会议室人多，并不是个谈话的好地方，她用眼神示意大家各忙各的，拿着电话回了私人办公室。

那边木棠棠捂着手机，声音断断续续传到温莱耳中。好像是在问路？又好像在打听什么？

温莱坐下，等着那边的事情解决了，才重新问了一遍："木棠棠，你刚才说的话是什么意思？这件事又关苏婧什么事？"

关苏婧什么事？如果说，这整个车祸事件都是苏婧一手策划自编自导自演的呢？

现在回想起那日无意间听见的谈话，木棠棠都觉得后背发凉。原来一个人坏起来，竟比魔鬼还可怕。

这世界本来最可怕的就不是面露凶相的坏人，而是伪装成善类的好人，他们总是在暗处，趁其不备，一刀毙命。

那日，木棠棠本想回公司找温莱谈一谈下一季春夏时装周，不料电梯却坏了。正因为这样，她才可以听见楼梯间里苏婧和一个男人密谋皇甫江车祸事件的全过程，以及怎样让自己身败名裂！

多么可笑啊，第一个往死地里算计她的竟然是自己的老板，乐锐的总裁苏婧！再回想已经过去的八年，木棠棠只觉得手脚发凉。

她是不是该去天涯开一个帖子，叫《八一八那个想害死我的极品老板》？

没有丝毫犹豫，当天下午，她就带着钱朵朵，瞒着众人跑到了法国。

“温莱。”突然，木棠棠就换了一种语气，这么认真地叫上一声“温莱”，温莱浑身都起了鸡皮疙瘩。

真冷，温莱找了条披肩搭上，便听见她说：“我不想和你绕圈子，也没想瞒你，这一次的车祸是苏婧设计害我，至于原因我不清楚。”

“她为什么害你？”温莱问。

“她啊，想让我死！”

好一个惊天大秘密！

温莱一时竟说不出话来。

隔了好一会儿，她才暗叹一声：“这也太莎士比亚了吧？”

温莱还是不敢相信，这简直太匪夷所思，她平复心情，逐渐冷静下来：“棠棠，你先听我说，这件事听起来太荒谬，我不能只听你的一面之词。就算车祸是苏婧故意害你，可你是乐锐力捧的艺人，她没理由这么做。”

这件事在温莱的立场看来，何止是没有理由，简直就是自我毁灭。先不论公司损失，就单单是这件事一不小心暴露出来，可就是杀人未遂罪。

木棠棠冷声反驳：“如果牺牲我一个人可以换取更大的利益呢？况且以苏婧的性子会干出这事也不奇怪。”

说到这儿，关于苏婧，她已不想多提：“温莱，该说的我都说完了。我不想对着一个想杀我的人假装没事，乐锐我不会再待下去，关于解约的事宜，我已经联系好律师着手准备了。”

木棠棠任性时，温莱多半是由着她的。现在看她拿着自己的前途开玩笑，温莱忍不住提高了声音，提醒她：“木棠棠，你抽什么风？现在提出解约，你签下的所有广告代言、演出活动、时装秀都会受影响的。”

是啊，会受影响，说不定还会面临一笔巨大的违约赔偿金，可是木棠棠无所谓，没什么可以阻止她。她淡淡地道：“温莱，你知道的，这些我不在乎啊。苏婧想要就留给她，以后她爱捧谁都和我没关系。”

温莱真是恨铁不成钢，说到底还是不甘心：“得了，你不在乎，我在乎好吧？这些可都是我辛辛苦苦谈下来的，你说不干就不干了，然后便宜了别人，凭什么啊！”

等的就是温莱这句话，木棠棠十分赞同地说道：“对啊，我也不想便宜了苏婧。所以，温莱，要不你和我一起跑路吧，带着你的精英团队以后跟我干。”

木棠棠说这话时没有开玩笑，她早有自己开工作室的打算，也向苏婧申请了很多次都被驳回。这一次，正好趁着这个机会，离开乐锐，自己开工作室单干。

至于挖走温莱，就当是苏婧毁她一辆车，她带走她一个人，苏婧也不亏。

“木棠棠，你毁了自己不够，还想拉着我去死吗？”温莱觉得自己上辈子定是摧毁了银河系，这辈子才会被这般折腾。

“温莱，你这话就不对了，我这是在帮你另谋出路。”木棠棠一条一条给她分析。

“第一，如果我走了，你是不是还得花八年重新培养一个新人，损肝伤肺的，何必呢？

“第二，你如今在乐锐的地位也挺尴尬的，上头永远有钱芳压着。

她带出一个影后路琼，就该她春风得意。可是你呢？就算有能力又怎样，你带的是模特，不管怎样，苏婧也不会让你爬到钱芳头上。”

乐锐主营业务是影视这一块，重心肯定是放在旗下的演员身上。当初温莱执意签下木棠棠，也是冒了风险的。还好，木棠棠争气，出道后成绩斐然，不满一年便成了超A模特。最火的时候，一个月几乎天天都有拍摄。宝格丽、伯爵、CHANEL等国内外知名服装品牌邀约不断。尽管如此，温莱的地位依旧不敌带出一个影后的钱芳。

木棠棠最后总结，说：“所以，你跟着我，在我的工作室里没有谁压着，你想怎么施展你的才华就怎么施展，工资照着乐锐的三倍给，怎样，考虑一下？这个买卖可不亏。”

何止不亏，就木棠棠开的这价，恐怕和钱芳也不相上下了。但论起钱芳，木棠棠更加中意温莱，再加上这八年的情分，温莱倒是值这个价了。

温莱没有立即回答，她迟疑了。这样的条件，她心动了。

意料之中，温莱了解木棠棠，同样，木棠棠也了解她。况且，接下来她要做的事，缺了温莱这样的好帮手可不好办。

******

这几天，头条几乎都被“木棠棠失踪”“木棠棠车祸”等字眼占据。直到昨天晚上，一条实时热搜突然蹿上榜首。

韩子高正写完一套试卷，打开微博看见自己女神的头条被自家老哥抢了，相当不开心，拿着手机就跑去和老哥理论。

“哥，安静地做一个妖艳的馆长不好吗？你为什么要和我女神抢头条？”韩子高举着手机质问。

韩绪正在查阅史籍，韩子高的突然闯入显然打扰到了他。

取下金丝边框的平光眼镜，韩绪冷冷一笑，金丝似泛起寒光，他的口气十分格式化：“韩子高，出去或者滚出去，你自己选一个。”

有那么一瞬间，韩子高感受到了这个世界对他满满的恶意。

保留着最后那份倔强和坚强，韩子高仰着脖子说道：“我走出去！哼！”

花痴的年纪，智商都不往上涨的吗？

鄙视完了韩子高，韩绪拿出手机看了看。

果然，因为那张被偷拍的照片，他管理的万古博物馆微博一下子涨了十几万粉丝，留言全是对他颜值的跪舔——

“天哪，现在的博物馆馆长颜值都这么高吗？告诉我，以为馆长是老爷爷的赞我！”

“实践和历史证明，长得好看的男人十有八九都是GAY。”

“赞我！赞我！赞我！难道只有我一个人发现这个馆长就是十五年前风靡一时的亚洲龙卷风吗？”

简直是暴露年龄的一条评论，韩绪看了一眼，便将它删掉。

亚洲龙卷风什么的都是过去式了，现在只要安静地欣赏他的颜就好了。

突然，韩言之的电话打了进来。

“韩绪啊，我亲爱的大侄子，你快想想办法，展览才过了不到三天，游客量直线下降，好不容易弄起来的热度又快消退了。”

意料之中，不过好像也不是没有办法，事实证明，颜值有时候可以拯救一个博物馆。

挂断电话，韩绪起身在书架上找了本书，然后拍照发微博写道——

#每日一科普#《汉书》，又称《前汉书》，由东汉时期的历史学家班固（不是他弟班超）编撰，是第一部纪传体断史，二十四史之一。

最后，博物君友情提示：“五色炫曜”海昏展正免费开馆中，欢迎大家积极观展。

心机BOY韩绪拍照故意露出一只手。

微博发出数秒之后，网友们积极响应——

“看展可以送韩馆长抱抱一个吗？”

“看展不如看颜，姐妹们，有谁要约去博物馆看馆长真人的吗？组队啊！”

“舔颜不够手来凑，馆长大人，等我。”

效果达到了，韩绪心满意足地放下手机，过了一会儿给韩言之发了条短信：任务完成，馆长要求放个小长假，请批！

翌日，万古博物馆果然迎来了一大批女游客——号称韩馆长后宫观光团。

参观了文物，女粉丝们守着大门，要“参观”韩馆长。

最后，由于严重阻碍其他游客通行，工作人员不得不请出韩——副馆长。

韩言之特意借了韩绪的一套西装，学着那随意样儿不系领带，胸前解开两颗纽扣，走到人群中扬手微笑：“各位朋友好，我就是韩——副馆长，韩言之。”

众迷妹：感觉受到了欺骗，人与人之间最基本的信任呢？

而真正的韩馆长，此刻正搭乘着飞机飞往法国，去帮周时卿女士遛狗。

饶是他天资聪明，画风清奇，也没有想到，这一次的法国之行，会和他口中的“花瓶”一起上了头条。

还是娱乐版面。

十年前，万古博物馆的馆长还不是韩绪，而是他的父亲——韩怀远同志。

那时候，韩怀远和其胞弟韩言之并称学术界的“双韩”，兄弟俩各有所长，对文物修复、文物鉴赏指导和古汉文化的传承做出诸多贡献。

可好景不长，妻子周时卿突然生病，韩怀远不得不辞去馆长一职，带着妻子去国外接受治疗，病情好转后便长年定居法国，独留两个儿子在国内。

半年后，韩绪正式上任，接过韩怀远馆长一职，也算是子承父业，在业内传成一段佳话。

不过其中因果却没大家想象得这般美好。原本按照韩家的传统，韩怀远之后便是其弟韩言之，论资历和经验，韩言之确实是最佳人选。可那段时间，韩言之突然生病，辗转各大医院也查不出病因，只是日渐消瘦，憔悴了下去。

这个时候，韩绪才被赶鸭子上架，做了个“接盘侠”。

直到三年后，韩绪才知道韩言之病重都是装的，目的很简单，他不想做馆长，只想安静地做一个游手好闲的副馆长。

韩绪悔不当初，可事情已成定局，这个馆长还得自己担着。不过眼看着韩子高渐渐成年，越来越有当年韩怀远的风范，韩绪心里琢磨着，什么时候把这个“锅”甩给他。

恰好今年是周时卿和韩怀远结婚三十周年，夫妻俩早早便计划要去海岛双人游。至于家中的两条狗，便交给自己的大儿子韩绪暂为照料。

韩绪的班机顺利抵达，周时卿和韩怀远一人牵着一条狗接他。

场面实在壮观。

周时卿也有大半年没见到儿子，抱着韩绪直夸他又变帅了。

韩怀远看不下去了，把狗塞给韩绪牵着，搂过周时卿说：“光长得帅有什么用，得长脑子。”

和女朋友与妈同时掉进水里先救谁一样，丈夫和儿子手心手背都是肉，不管选谁都是一道送命题。

周时卿女士呵呵一笑，不反驳也不赞同，就是笑笑不说话。

韩绪可没这么多顾忌，牵过周时卿手里的狗，小声在她耳边说：“妈，连儿子的醋都要吃，这父亲也是没谁了。”

“你小子说谁呢？真当你爹耳背听不见啊。”韩怀远作势抬手就往韩绪头上呼。

周时卿眼睛一斜，瞪了韩怀远一眼：“你敢打我儿子？”

当然……不敢。韩怀远收回手，心里默念一句：也是我亲儿子啊！

临走了，周时卿把车钥匙、别墅的钥匙，还有一些保险柜的钥匙统统塞给韩绪，并嘱咐道：“每次喂完炸鸡和啤酒，一定要记得把狗粮锁进保险柜里，切记切记啊。”

炸鸡和啤酒，是周时卿女士喂养的两条大型犬，一条阿富汗猎犬，一条阿拉斯加雪橇犬。用周女士的话说，当年她决定喂养两条狗，完全是因为思念儿子，所以，最开始两条狗并不叫炸鸡和啤酒，而是叫绪绪和高高。

这简直不能忍，韩家两兄弟知道后联名上书要求母上大人重新赐名。那时，周时卿女士狂热地迷恋上了一部韩剧，炸鸡和啤酒的名字便由此诞生了。

虽然重新赐名，但偶尔周时卿女士思念儿子的时候，也会抱着两条狗“儿子儿子”地叫个不停。

可怜了韩怀远，他什么时候有两个狗儿子了？

突然想到什么，周时卿女士在那一堆钥匙里翻出一把，特别郑重地放到韩绪手里：“这个是邻居家的钥匙，这几天她外出比赛，房子暂时让我和你爸照看。听她说这几天会有朋友过来住，到时候你把钥匙给人家送去。”

韩怀远插话进来：“没事多搞一搞社交，瞧着机会就抓紧，拿出我韩怀远儿子的风范来，就像当年我追求你妈那样，快！准！狠！都快三十岁的人了，还得父母给你操心终身大事。”

“爸，好汉不提当年勇，现在我妈说一，您敢说二吗？”

别人家的小孩，睡前故事都是听《格林童话》《安徒生童话》或者本土民间童话。可韩绪，从小就被韩怀远逮着讲述当年他是如何追到名动兰溪的周时卿，以及两人颇为狗血的爱情经历。

“你小子，怎么说话的。我之所以不敢说二，那是因为我爱你妈，我尊重她。”都这个时候了，韩怀远还不忘向周时卿女士灌输甜言蜜语。

韩绪实在是看不下去了，这对于单身贵族的他来说，简直就是凌迟！

再看看炸鸡和啤酒，偎依着躺在地上，互相舔毛，卿卿我我，好不快活！

真是人不如狗啊！韩绪再次感叹。

******

两日前，木棠棠已经到达了此行的目的地——马赛。

马赛，法国第二大城市和最大的海港，东南濒地中海，气候宜人，景色秀美。而木棠棠要拜访的 H&Y 公司总部，便设立在这里。

H&Y 是全球知名的女性化妆品公司，旗下多达数十款畅销海内外的经典化妆品，深受世界爱美女性的喜爱。

而木棠棠来马赛的最大目的，就是拿下 H&Y 公司在亚洲地区的代言人。

以 H&Y 全球知名的影响力，将它作为解约后的重磅消息放出来，不仅可以打苏婧的脸，而且，对于单干后的木棠棠也是一个难能可贵的发展机遇。

所以，这一趟马赛之行，不成功便成仁！

H&Y 的负责人并不是这么容易见到，况且她还是一个亚洲人，就算她做模特这几年在国外有些粉丝，但放到这里，就什么都不是了。

尽管被各种理由拒绝了，第三天，木棠棠还是再次上门，要求面见 H&Y 的负责人。

负责前台接待的金发美女实在不忍心再拒绝她，便让她稍等片刻，她上去问一问。

木棠棠趁着这个空隙，给安珩打了个电话。

“多久回来？见一面？”

安珩最近几年忙于奔赴各地参加比赛，两人见面的次数，一个巴掌就数得过来。而且，木棠棠深信，就算偶尔有时间，安珩也是选择陪男友而不是陪自己，谁叫她偏交了一个喜欢男色大于美色的朋友。

那边，安珩是中场休息，等会儿还要上场厮杀。时间不多，她抓住重点说："回不来了。你要的车我已经让我朋友送过来了，还有我家的钥匙，找我邻居拿。记得回家帮我喂仓鼠，饿死了，塞尔斯会打死我的。"

塞尔斯是安珩的第N任男朋友，也是现任男友。

那边有人在催促，安珩赶紧说道："亲爱的，我朋友的电话发你手机上了，玩得愉快哦。"

木棠棠："我才不是来玩的。"

挂断电话，金发美人已经下来了，木棠棠走过去，金发美人笑着和她握手："美丽的女士，恭喜你，老板让我带你上去。"

木棠棠挺喜欢面前这个美女的，长得颇有几分像温莱："是真的吗？非常感谢你。"

金发美女笑，说："以前我在孔子学院学习过，教中文的老师说过一个成语，三顾茅庐。你比三顾茅庐还多一个茅庐，你比刘备厉害！我佩服你，佩服你们的毅力。"说完，还竖起了大拇指。

对于突如其来的夸奖，木棠棠有点受宠若惊，感觉自己为国争光一样，自豪感"噌噌"地往上冒："谢谢，欢迎你去兰溪市玩，那是一个去了就不想离开的地方。"

金发美女笑着说好，然后带着木棠棠去见负责人。

走的时候，木棠棠将手机给钱朵朵："待会儿有人过来送车，手机里有电话，你在外面接应一下。"

钱朵朵点点头，记下了，看着木棠棠进去才离开。

异国街头，钱朵朵异常显眼，送车的人很快就找到了她。

是一个年轻帅气，但……有点另类的法国帅哥。

他的笑容阳光，话语也很动听："美丽的小姐，请问您是木棠棠小姐吗？”

钱朵朵被帅哥看得脸红，连连摆手，说出口的英文结结巴巴：“不，不，不，我不是，我是她的助理。”

帅哥依旧很温柔：“噢，亲爱的，不要紧张，非常抱歉，我认错人了。如果打我一下能让你放松一点，我愿意被你打一百下。”

情话技能MAX！

钱朵朵快招架不住了。

木棠棠很快出来了。

钱朵朵跑过去迎她，小声说：“这就是安珩姐送来的车，还有……人。”

法国帅哥热情地送过来一个飞吻。

木棠棠看过去，帅是挺帅的，可为什么要戴一个鼻环？这样很容易联想到牛魔王啊！

木棠棠心道：这审美，很安珩！

两人坐上去，法国帅哥试图搭话：“AN说她的朋友很漂亮，她果然没有骗我，两位小姐简直就是我梦中的angel。”

木棠棠笑着答了一句，然后低头给安珩发了条短信：老实交代吧，这所谓的朋友是第几任男朋友？

过了一会儿，安珩回复：木棠棠，看透不说透，还是好朋友。

木棠棠笑了，也只有安珩这样的，才可以相安无事地和前男友做朋友。或许以后结婚，她可以考虑单独给前男友们开一桌，大家一起畅谈那些年被安珩睡过的日子！

Chapter 2 隔壁那个带狗刨我坟的男人

法国小帅哥轻车熟路地将她们直接送到了安珩的海景别墅前。

拔下车钥匙，法国小哥用一只手拎着，空闲的另一只手掏出手机：“我的天使，不介意的话留个电话。在马赛，有任何困难我都可以帮忙。”

木棠棠接过车钥匙，笑着拒绝：“抱歉，我介意。”

与其说介意，倒不如说是没有必要。这一趟法国之行，她不会久待，等正事办完她就会立刻回国。至于这位法国小哥，或许再也不会见面了。

被拒绝的法国小哥依旧保持绅士微笑：“不用感到抱歉，美丽女士的拒绝，只会让男人越挫越勇。”

木棠棠赶紧送走了他，这法国小哥，有毒！

按照安珩的指示，木棠棠该去找邻居拿钥匙，可邻居好像不在家啊。

“棠棠姐，你快过来。”钱朵朵突然喊道。

木棠棠狐疑地走过去，只见钱朵朵面前蹲着一条庞然大物。

隔着铁护栏，钱朵朵摸出一根火腿肠喂给面前的狗："棠棠姐，这种狗真漂亮，我以前从来没见过。"她眼里充满无尽的羡慕。

这种狗木棠棠倒是见过，阿富汗猎犬，贵族犬之一，脾性温和，一身毛发细腻，柔滑，非常漂亮。

木棠棠忍不住给它拍了一张照，然后提醒她："小心点，再温和的狗也会咬人。"

似乎感应到了木棠棠的话，刚才还温和的狗瞬间龇牙咧嘴地叫起来，好在钱朵朵反应及时，收手迅速，不然还真会被咬了。

钱朵朵惊魂未定，连连拍着胸脯："吓死我了。"

话音未落，便被一道低沉的声音打断。

"两位没看见挂在护栏上的牌子吗？内有萌犬，严禁靠近。"

木棠棠顺着他的视线看过去，嘴角忍不住抽了抽，萌犬？Excuse me？难道不应是猛犬？或者恶犬也行啊！不过刚才还真没注意到铁护栏上挂着牌子，而且非常醒目和奇特？

钱朵朵连忙道歉："对不起，对不起，我真的不是故意的。"

说完才注意到对方刚才说的是中文，又带着略微熟悉的口音，呆呆地又问了句："您是兰溪人？"

他并没有直接回答钱朵朵的问题，而是略微刁钻地质问："没经过主人同意就擅自喂食，这就是你们的教养？"

他越走越近："出了国门，你就不再是你，你代表的将是整个国家的形象，至于怎么做，需要我教你们吗？"

他在木棠棠面前站定，身姿挺拔，夺去了她所有的视线。

木棠棠正眼打量他：目测身高一米九，健身服紧密贴身，勾勒出完美的身材。

不错，这个邻居有点帅！

木棠棠迎上他的目光，表明来意："您好，我是来拿钥匙的。"

或许还可以趁机交个朋友，木棠棠在心里补充道。

韩绪的表情毫不掩饰地写到脸上，是不耐烦和不悦。他淡淡地瞟了她一眼，越过她转身开门进去："拿钥匙之前两位不先考虑就刚才的事情道歉吗？"

钱朵朵扯了扯木棠棠的衣角。

木棠棠皱眉，觉得这个男人话语间太咄咄逼人，她不甘示弱地回击："这位先生，刚才我的助理已经第一时间向您表达了歉意。"

韩绪轻声一笑，转过身看着她，轻挑嘴角，目光从木棠棠身上移到钱朵朵身上，最后落到铁护栏后面的狗身上。

"我想两位可能误解我的意思了。受到惊吓和侵犯的不是我，是我的狗，所以，你们应该去给它道歉。"

韩绪的话让木棠棠忍不住嘴角抽搐："给狗道歉？"

木棠棠觉得这个男人绝对是故意的。

钱朵朵有些害怕，扯着木棠棠的衣角直问怎么办，显然是被面前的男人吓到了。

韩绪的眼神变得轻蔑起来，低低一笑，讽刺道："愚蠢的人类总是觉得自己高人一等，不把动物放进眼里，可是他们却忘了，几百万年前，自己的祖先也是野蛮的物种。要是仔细比较起来，现在的狗可比以前的物种高级得多。"

他凝视着她："所以，愚蠢的人类，你明白了吗？"

愚蠢的人类？是在说她吗？

木棠棠觉得她要收回刚才的结论，重新给面前的人下定义：这个邻居，有点奇葩啊！

无情地被拒之门外，木棠棠索性拉着钱朵朵回车里坐着。

钱朵朵很担心，也很自责："对不起棠棠姐，要不是我贪玩去逗狗也不会惹了这么多事。"她捂着头懊恼，眼泪汪汪地说，"棠棠姐，我去道歉，然后请求那位先生的原谅。"

这不是道歉不道歉的问题，而是他故意为之，不管怎么做，他总是会尖酸刻薄地提一大堆理由让你无法反驳。

木棠棠突然有种错觉，她觉得那个男人似乎很享受这种……嗯，说教的感觉？

难不成他是老师？这个念头很快被木棠棠否定，如果他是老师，那他的学生还真是每天都生活在水深火热之中了。

既然直接硬碰硬找他不行，木棠棠想到要曲线救国。

安抚了一下钱朵朵后，木棠棠给安珩打了个电话过去。

电话接通，音乐声、叫喊声像巨浪般铺天盖地而来。木棠棠赶紧将手机拿开，等到那边安静了，才重新放回耳边。

“你在酒吧？”

“对啊，你亲爱的我比赛拿了第一，大家过来庆祝一下。”安珩在那边贼贼地说道，“作为死党，你是不是得表示一下？嗯？”

真是不放过任何一个宰割她的机会。

木棠棠问：“你要什么？”

“嘿嘿。”安珩干笑了两声，才说，“木叔叔最近得了辆好车，你让他借我玩一个星期。”

安珩口中的木叔叔是木棠棠的父亲——木砚山。别看这名字文绉绉的，木砚山年轻的时候可是战斗兵种。据他说，那时候他扛过火箭筒，玩过地雷战，整就一个无法无天的新兵蛋子。

人到了木砚山这个年纪，总是喜欢回忆过去，木棠棠听了无数遍，还是觉得他老爹那时候活得潇洒，总比现在一个孤独的糟老头子强。

想到老爹，木棠棠多少有些感慨，她迫使自己不要再想，转而问安珩：“你不是在加拿大比赛吗？”

“这边比赛今天就结束，下一场比赛在连云市，明天就飞过去。”

安珩又说：“亲爱的，你知道我的，看着好车就忍不住想上，你帮帮忙啊。”

“好了，我知道了。”木棠棠想起正事来，问，“你不是说你的邻居是一对慈祥的老夫妻吗？”

那男人的样子可不老，顶上天也不过三十岁。

“咦？难道不是吗？是一对华人夫妇，人挺好的，平时没少给我送吃的。”

木棠棠解释：“不是，我见到的是一个年轻……奇葩的男人。”

“啊？年轻奇葩的男人？”这一回换安珩一头雾水了。

她想了想，说：“你等一下，我打电话问一问。”

过了一会儿安珩先发了张照片过来，然后才打了电话。

“看到照片了吗？年轻的奇葩男人是他吗？”

照片应该是几年前拍的，不过，变化不大。

“嗯，是他。”

“天哪，木棠棠，你运气真好，我在这边住了快五年，也没见过邻居家的大儿子。倒是你，一来就给碰上了。”

听得出来，安珩很羡慕。可木棠棠了解她，她只是羡慕自己遇见了邻居家的帅儿子而已。

换一个长得帅的，她依旧会这样说。

木棠棠：“可是，他不给我钥匙，还把我拒之门外。这样的好运气我宁愿送给你。”

似乎有狗叫，她抬眼看过去，透过铁护栏，那男人正在给狗喂食。木棠棠这才发现，原来他家有两条狗。

她又说：“安珩，你想想办法，怎么让他自己把钥匙拿出来。”

安珩顿了一下，似在思考，然后说：“你等我一下，我来搞定。”

说完，便挂断电话。

木棠棠看向窗外，男人已经不见了，只剩下两条狗并排而立，脑袋卡在护栏上，呆呆地看着她。

两条傻狗。

******

刚喂完狗的韩绪，接到了周时卿女士打过来的越洋电话。

“儿子，你欺负邻居家的姑娘了？”

虽然安珩在电话里说得委婉，可周时卿是聪明人，一听便明白了。而且是自己怀胎十月生的儿子，她做妈的还不知道吗？

韩绪：“没有。”

那算欺负吗？他只是陈述事实而已。

“那你干吗不把钥匙给人家？还是说你看上人家小姑娘了？”周时卿女士体内的八卦之魂开始燃烧了。

这都哪儿跟哪儿啊！

韩绪问：“妈，木棠棠找你告状了？”

“啊？木棠棠是谁？”周时卿很快反应过来，笑着说，“哦，那姑娘叫木棠棠啊，一听名字就知道是个美人儿。”

是啊，就是木棠棠，那个韩子高天天挂在嘴边的木棠棠。

起初，他还真的没有认出来她来，后来喂狗的时候余光瞟见坐在车里的她：一身大红裙子，黑发披肩，戴了一根银白的项链，坠子嵌在锁骨中，像深海之眼，能把人整个吸进去。

突然，这样颜色鲜活的画面就和记忆里的木棠棠重合了。

比起电视上，活生生的木棠棠更像一株娇艳欲滴的海棠花，明艳而动人。

不过倒诚如韩子高说的那样，木棠棠不是一般的花瓶，美则美矣，透过眼睛，倒是可以看得出来是一个长了脑子的花瓶。

周时卿女士絮絮叨叨又说了一些话，无外乎就是让他赶紧把钥匙给人家送过去，韩绪答应了，挂断电话将炸鸡叫了进来。

炸鸡拖着一身长毛，慢悠悠地踱着步子进来，像一个欧洲贵妇。啤酒拉耸着脑袋跟在它的屁股后面，活像一个受气包的小媳妇。

韩绪把钥匙抛向炸鸡：“炸鸡，接着。”

大口一张，钥匙挂在狗嘴上，叮当作响。

韩绪俯身揉了揉炸鸡的头，将它的刘海弄了个中分：“乖，给外面的人送去。”

鬼知道木棠棠看见一条长毛狗，甩着中分的刘海，咬着钥匙拍打着车门是什么感受。

三分惊吓，剩下七分全用来刷新对韩绪的感受了——此人多半有病！

木棠棠拿到钥匙后，赶紧回屋洗了个澡，温热的水冲洗掉了一身的疲惫，还有韩绪带给她的惊吓。

温莱的电话便在这个时候打了进来。

开了免提后，木棠棠将手机放到洗手台上。

“你是不是该发条微博证明自己还活着啊？今天有个小孩儿都跑到公司堵我了。为了你的事，我已经忙得焦头烂额，哪儿还有时间再应付你的粉丝。”

满满的全是抱怨。

挤出精油在掌心里轻轻揉搓，然后轻轻拍打在脖颈上，木棠棠问：“上次我提议的事，你考虑得怎么样了？”

静默了片刻，温莱突然说：“棠棠，对不起。”

手里的动作一顿，很意外，但木棠棠大概也猜到温莱为什么道歉了。

她继续说：“我和苏婧谈过了，她没有否认。”

“说实话，在和苏婧谈之前，我不相信你对苏婧所有的指控，我以为你只是想脱离苏婧的控制为了自己单干而找的借口。”

“可在见到苏婧之后，甚至她还没有开口，我就知道，我错了。”

那时候，苏婧一直在对着她笑，是那种胜者对弱者的嘲笑。温莱只觉得可怕，鸡皮疙瘩起了一身，这样的苏婧很陌生，陌生到让人心生恐惧。

“我问她，为什么想杀你，她没有正面回答，但她说了一句话。”

“什么话？”木棠棠问，下意识地屏住了呼吸。

“她说，一命换一命，你，该死！”

想不通。

她和苏婧是八年前认识的，单纯的上下级关系，偶尔碰面也是客气而疏离，根本不可能结仇，谈何一命换一命。

木棠棠辗转难眠，手机在夜里突然亮了一下。

是安珩发来的短信，木棠棠看了一眼——这短信，内容相当丰富！

图文并茂，通篇介绍了一个叫韩绪的男人。

木棠棠一拉到底，结尾处安珩写到：亲爱的，错过这个村，可就没这个店了。这是我费了九牛二虎之力搞到的一手资料，周阿姨提供，她还特意暗示我，她儿子单身哦。好女子走江湖，该出手时就出手，美男面前别讲矜持。一言不合咱就出手，拿下他！蹂躏他！攻他！

短信提示音响起，又是一条短信进来。

亲爱的，记得给我照看仓鼠啊，别饿死它了。

算了，她还是去看看仓鼠好了。

安珩的仓鼠养在一楼，木棠棠下楼的时候发现钱朵朵已经睡了，她轻手轻脚地下楼，开了一盏小灯。

灯光照到仓鼠身上，它瘫在笼子里一动不动，木棠棠用手戳了戳，还是不动。

她打开笼子，准备将它弄醒，才发现这只仓鼠好像已经……饿死了。

木棠棠小心翼翼地将它平放到桌上，立马给安珩打了个电话。

“那个……你先听我说。”木棠棠看了一眼毫无生气的仓鼠，“你的仓鼠，就是塞尔斯送给你的定情之物的那只仓鼠，它好像已经饿死了。”

一阵沉默，随着安珩的一声尖叫爆发了：“啊啊啊！塞尔斯会和我分手的！”

木棠棠满脸黑线，这特么都不是重点好吗！

安珩好像哭了起来：“嘤嘤嘤——棠棠你知道吗，这只仓鼠不是一般的仓鼠，它是我的儿子！它见证了我和塞尔斯的爱情，可现在它死了，这难道是在预示着，我和塞尔斯的爱情也将要死亡了吗？”

木棠棠安慰她：“不会的，你不是说塞尔斯很爱你吗，既然这么爱你，他肯定会体谅你的。”

“他不会原谅我的，就算他如此爱我，他也不会和一个害死他儿子的人一起生活。”

木棠棠：“所以，需要我帮忙解释一下吗？”

“不用了，解释也挽回不了了，但我需要你帮我做一件事。”安珩说。

“什么事？”

“我们老祖宗讲究入土为安，所以，你帮我把它埋了吧。”

木棠棠看向窗外——外面下雨了。

木棠棠穿着黑色的雨衣，黑色的长柄伞用脖子夹着，双手握住铁锹，一下一下地刨着坑。

黑色的身影几乎快和黑色融为一体，在重重的雨幕中若隐若现。

一道惊雷，划破黑幕，照着木棠棠苍白的脸。

惊悚，太惊悚了！

木棠棠嘴里不停地念着阿弥陀佛。

她为什么要在一个风雨交加、电闪雷鸣的深夜干这种——刨坑埋尸的事情！

******

雨夜之后，第二天的清晨特别清爽。

韩绪晨跑回来，发现啤酒撅着狗屁股卡在了邻居家的铁护栏上。

啤酒看见他，眼睛一亮，歪着脑袋，欢快地摇起了尾巴——像是在邀功。

韩绪很快就发现了异样：啤酒嘴里咬着什么东西。

韩绪走过去，拍着啤酒的头："乖，把嘴张开。"

啤酒很听话，狗嘴一张，一只仓鼠掉了出来。

韩绪皱眉，用手戳了戳，死的。

"你咬死的？"他记得周时卿女士说过，邻居家养了一只仓鼠，如果这只仓鼠……

他透过铁护栏往里面看了看，正好看到木棠棠开门出来。

韩绪突然就有一种做贼心虚的感觉，朝着啤酒的屁股使劲儿一拍，说道："快跑。"

啤酒呜咽一声，被铁护栏卡着的身体终于重获自由，它欢快地摇着尾巴，跟在韩绪后面一溜烟儿地回家了。

不久，韩绪就听到隔壁传来木棠棠的叫喊声——

"是谁刨了我的坟！"

******

木棠棠依照温莱的要求，登录微博，准备发一条动态。可她抱着手机呆坐良久，硬是没有憋出一个字来。

钱朵朵看不下去了，端着削好的水果走来过："棠棠姐，你要不随便发一张照片好了？"

照片啊……木棠棠翻开相册，第一张就是昨天拍的那条发丝飞扬的阿富汗猎犬。

有了。

她的手指翻动，很快就编辑好了微博。

"搞定！"

木棠棠站起来，活动了一下筋骨，然后说："朵朵，收拾一下，我们出去。"

一路驱车前行，木棠棠再次来到 H&Y 公司。

金发美女看见她便微微一笑，为她指引："请跟我来，老板已经等候多时了。"

钱朵朵照旧将车停在路边，等着木棠棠的凯旋。

如果这一次谈判成功，拿到负责人的书面承诺，那么事情的大局初定，H&Y 亚洲地区代言的合同也就成功了一半。

然后，下面可就是一场腥风血雨的女人大战啊！

想到这里，钱朵朵没由来地感到热血沸腾。

突然，一辆豪华的商务车疾驰而过，停在了不远处的马路边。

车门打开，一前一后下来两个人。

钱朵朵定睛一看，这不是姚紫萱和钱芳吗？她们为什么也会出现在这里？

突然，钱芳取下墨镜向这边看了过来。

钱朵朵立马身子一滑，整个人缩了下去。

"好险，差一点就被发现了。"钱朵朵十分庆幸，现在她和木棠棠的踪迹是不能被人发现的，特别是苏婧的人。

"你干什么呢？"

木棠棠不知什么时候已经下来了，钱朵朵赶紧开了车门让她上来，然后指着对面的钱芳和姚紫萱说："棠棠姐，你看。"

木棠棠眯着眼睛看过去。

那边的姚紫萱和钱芳并不知道有两双眼睛正看着她们。钱芳下车后低头和姚紫萱说话，姚紫萱听完笑得一脸灿烂，然后上前亲昵地挽着钱芳的手，两人穿过马路，也进了 H&Y 公司。

钱朵朵睁大眼睛，惊讶道："不是吧，她们也是来争这个代言的？"然后她又感到十分疑惑，"可是钱芳想要这个代言，不是应该带路琼吗？"

木棠棠冷笑，千头万绪终于有了一点明了："原来苏婧打的是这个主意。"

钱朵朵表示不懂。

木棠棠跟她解释：“苏婧这是打的两手牌，她一边想借着车祸事件将我困在国内，让温莱忙得焦头烂额没心思顾及这个代言；一边却瞒着所有人将钱芳派到了法国。”

“但她千算万算，没有算到我会先一步跑到法国来了。

“而且，这次钱芳带的人不是路琼，而是和我同期进乐锐的姚紫萱。这样联系起来，苏婧想要除掉我，也不是一天两天的事了。”

乐锐是一家影视制作公司，签约的艺人绝大多数都是演员，只有她和姚紫萱例外。

作为乐锐旗下唯一的两个名模，木棠棠这些年凭借着鲜明的个性和极高的颜值发展势头越来越好。反而是同期签约的姚紫萱，一直不温不火，转型做演员，演了几部戏的女二号，反响不大，招黑却不少。

“不过，苏婧竟然想让钱芳带姚紫萱，和路琼比起来，姚紫萱不管是外形还是演技，可都差远了。”不仅如此，姚紫萱顶着一张颇具异域风情的脸，光是戏路上就大打折扣，辨识度虽然高，可适合她的角色却少。

“可不是嘛。”刚才钱芳取下墨镜的瞬间，钱朵朵可是清楚地看见她并不是很高兴。

“我想钱芳肯定也不愿意带她。”

木棠棠轻笑一声，说道：“钱芳是个聪明人，她能看不出姚紫萱到底有几斤几两？只怕是苏婧肯花大价钱，钱芳又何必和钱过不去呢？”

回到别墅，温莱的电话又打了过来。

“棠棠，你和韩绪又是怎么回事？”

“你怎么会知道韩绪？”

温莱一声叹气，无可奈何道：“你看看自己发的微博吧。”

温莱心累，早知道又多出一件事，她干脆自己发微博算了。

这事还得从上次韩绪被偷拍说起。

因为高颜值，短短几天时间，韩绪就被网友们捧成了学术界的网红，而由他管理的万古博物馆微博，更是一夜吸粉无数。

在窥私欲的作用下，关于韩绪的资料也渐渐被扒了出来。

少年成名、舞蹈天才、名门之后……

而最为网友津津乐道的是韩绪此人绝对是学术界难能可贵的一股清流。网友们扒出了韩绪早年间接受采访的视频，不难看出，这位画风清奇的韩馆长，简直每时每刻都在刷新网友们对博物馆馆长的形象定式。

纵观他这些年管理下的微博，也被网友截图晒了出来，妥妥的段子手界冉冉升起的一颗新星啊。

就在这个被全民关注的时刻，许久没有更新微博的韩馆长，突然在今天上午转发了一条微博——

很好，偷拍别人家的狗，还骂它傻，木棠棠，咱们谈谈，我保证不打死你（微笑脸）//@木棠棠：碰见一条傻狗（配图，长发飘飘的阿富汗猎犬）

围观群众一脸蒙圈：什么鬼？国际名模和博物馆馆长？这画风蜜汁有问题！

而作为木棠棠的头号种子迷弟的韩子高，第一时间就认出了女神微博上的这条傻狗，可不就是他家的。

原来失踪的这些日子，她在法国啊！

虽然得知了木棠棠平安无事，可为什么会突然和他老哥扯上了关系？

不行，他必须要告诫老哥，让他离自己的女神远一点。神经病也是病，会传染的！

他一个越洋电话直接打到了别墅。

“哥，你不能欺负我女神，你离她远一点。她不是你这种凡人可以染指的！”听得出来，少年很激动，说话都有点颤抖。

虽然韩子高不会承认自己这是在害怕，这是长期被压榨和蹂躏下的身体最直观的反应。

韩子高指出了韩绪的诸多罪行，其间韩绪一句话没说，等韩子高说完了，他才慢慢悠悠，却是极具威慑力地说：“韩子高，现在是国内时间深夜三点，不好好睡觉，跑我这儿瞎蹦跶？”然后又说，“是不是没人管你，你就要上天，和太阳肩并肩？嗯？”

“我没有。”韩子高的声音一下就弱了几个度。

“没有？”韩绪开启了吐槽模式，“难不成你现在是在梦游？我们老韩家可没这毛病，这么看来，你很有可能是妈从垃圾堆里捡回来的。”

韩子高弱弱地叫了一声：“哥，我错了还不行吗？”

“错了就去睡觉。”

“可是……我睡不着。女神她……”

“韩子高，你想要木棠棠的签名吗？”

“想！”没有丝毫犹豫，韩子高回答得干脆又迅速。

韩绪：“很好，现在立马去睡觉，我可以考虑给你弄一张签名。”

果然还是亲哥，虽然平时对他有点变态，但现在完全就是顶着光环的小天使：“谢谢哥，我最爱你了。”

呵呵，少年还是太年轻。

******

木棠棠是在晚饭时间找上门的，韩绪正围着小碎花围裙在厨房忙碌。炸鸡和啤酒寸步不离地守在他的脚边，仰着头，嘴里掉着哈喇子。

木棠棠：“……”

自己好像来得不是时候。

很无聊，从她进门以后，韩绪自己做自己的，丝毫没有要搭理她的意思。

又坐了一会儿，实在忍不住，木棠棠慢悠悠地往厨房靠近，还未走近，就被韩绪一声呵斥止住了。

“站住，退回去五步，不准靠近。”他手里提了一把明晃晃的菜刀，刀尖在她面前晃来晃去。木棠棠咽了一口口水，乖乖地退回去五步。

就听到韩绪小声地嘀咕：“还想偷师学艺？愚蠢至极！”

木棠棠竟无言以对。

厨房里开始传出滋滋的油炸声，视线全被韩绪挡住，木棠棠只能想象一条鱼正在被下油锅，而韩绪就是地狱里那个拿着八角叉的恶鬼。

木棠棠思考着该怎么开口，韩绪已经关了火，取下围裙，一手端了一盘菜出来。

从她面前路过，果然是一条被油炸得金黄金黄的鱼。

木棠棠鼻子不自觉地吸了吸，好香啊！

那边韩绪摆好菜，拉开椅子凝视她，说：“吃饭。”

“啊？”

韩绪幽幽一笑：“你挑这个时间上门，不就是想蹭饭？”

木棠棠要原地爆炸了，她发誓，她绝对不是故意赶在饭点过来蹭饭的！

她发现，吃饭时，韩绪的话很少。

桌上一共三个菜，很传统的家常菜，一个青菜汤，一个鱼，一个炖牛肉。

木棠棠看了看，最后锁定了那一盘金灿灿的鱼。

突然，对面的男人说话了。

“你洗碗。”他像是在发布命令。

木棠棠一口白米饭卡在喉咙，等着慢慢咽下去了才抬头看他：居然已经吃完了！

“为什么我洗碗？”严格算起来，她是客人。

韩绪半倚着椅子，看她的眼神有些飘：“作为蹭饭的回报，难道不该你洗碗吗？”

可是，她压根儿就没想来蹭饭啊！

木棠棠放下碗筷，一本正经地说：“好，我洗，洗完我想正式和韩先生谈一谈。”

“哦，谈什么？”韩绪饶有兴致地问她。

“微博的事。”木棠棠顿了一下，补充道，“你说让我来找你谈谈。”

韩绪笑，说：“木棠棠，那你有看后面的内容吗？”

“什么内容？”

“我保证不打死你。”

这话好像没法谈了。

木棠棠收拾了碗筷去厨房。

韩绪倚在吧台上，开始指点江山——

“洗干净点，至少过三次清水。

“洗完了，记得擦干净水再放进碗柜里。

“少用洗碗剂，用多了有毒。”

我看你才有毒吧！

木棠棠斜眼给了韩绪一个自己体会的眼神。

韩绪耸耸肩：“好，你随意。”

见他转身欲走，木棠棠叫住他：“你平时都一个人吃饭吗？”

重新倚靠在吧台上，韩绪说：“两个人才叫吃饭，一个人那叫吃饲料。”

这是什么歪理啊？木棠棠停下动作看他。

“不过，今天不一样。”

韩绪说这句话的时候，眼睛是直视她的。木棠棠觉得是错觉，她好像看见一种称之为温柔的东西。

她不禁就问出了口：“哪里不一样？”

不知道为什么，她竟然隐隐约约有点期待。

韩绪指着她笑道：“多了一个洗碗工。”

老天，请让面前的男人原地爆炸好吗！

“砰”，真的爆炸了！

不过不是韩绪爆炸了，而是水管突然炸裂开了。

木棠棠显然受到了惊吓，尖叫了一声，站着没动。

“笨女人！”韩绪骂了一声，单手撑着吧台，一个借力起身，便从吧台上飞了过去。

炸裂的水管里水花四溅，厨房一片狼藉。

木棠棠的头发被水冲到脸上，一根一根地耷拉着，白衬衫也湿透了，紧贴着身体，勾勒出火辣的身材。还有黑色的内衣，好像还是绣花的……

不敢再往下看，韩绪火速移开眼睛，抓住她的手腕将人拖了出来。

“不知道跑吗？”韩绪几乎是吼出的这句话。

木棠棠被吼清醒了，心中憋的火也一下蹿了上来，由小火苗变成了熊熊烈火。

“要不是你让我洗碗，我现在都在家里躺着了，我用得着跑吗？”

木棠棠一只手被韩绪攥着，另一只手里还拿着一个碗，木棠棠气得不行，将碗粗鲁地塞进韩绪怀里：“自己的碗自己洗！老娘不干了！”

抹了一把脸上的水，木棠棠向着玄关处走去，走出不到五步，“吧嗒”一声，停电了。

世界全黑了下来。

面前有两团黑影朝她奔了过来，来不及躲，木棠棠就被炸鸡和啤酒撞到了地上。

韩绪呵斥了一声：“炸鸡、啤酒，出去！”

然后木棠棠就听见了瓷器碰到桌面的声音，之后是脚步声，最后是近在咫尺的呼吸声。

他蹲在了自己面前，不到五十厘米的距离。

“受伤了？”

“没有。”她试图站起来，却没站稳。

韩绪捞住她，往前轻轻一带，木棠棠双手撑在他的胸前。

这一回，距离不足二十厘米。

“没受伤最好，可以节省一笔医药费。”

这不是重点好吗？

手下微微湿润，想来是刚才他进来拉自己时打湿的。木棠棠想，这样才公平，凭什么她一个人湿身，要湿一块湿。

隔着薄薄的一层布料，木棠棠感受到了他的心跳和健硕的胸肌，呼吸不由自主地加重。

她急忙推开，拉开了两人的距离，这样太暧昧了，容易出事。

木棠棠在身上掏手机，才记起刚才洗碗的时候顺手放在了旁边，现在可能已经壮烈牺牲了。

算了，还是自己摸索吧，她大概记得钥匙放置的位置。

屋里一片漆黑，能见度相当低，她摸着屋里的家具，回忆着屋内的构造，慢慢往沙发走去。

“你干吗？表演瞎子摸鱼吗？”韩绪就在她身后，她甚至觉得只要他伸出手，就可以把自己拉进怀里。

“找钥匙，回家！”她的语气里还透着点火气呢。

只听一声轻笑，韩绪慢悠悠地说道：“木棠棠，刚才那个才是真实的你吧。”

木棠棠感觉他在慢慢走近，然后一道刺眼的白光划破黑夜。他像一个来自黑暗的骑士，踏着光亮而来。

他在她的面前站定，光打在她的脸上。

拈起她黏在脸上的发丝，拇指轻轻拂过她殷红的唇，他突然靠近，目光几乎与她的平视，他说：“真是一朵带刺的海棠花。”

心中突然生出一抹邪念，嫣红的唇微微启开，像诱人的蜜桃。

起码在手指传来痛感之前，这幅场景还是很诱人的。

韩绪压根儿没想过，面前的女人就这么一言不合地咬住了他的手指，还是特带劲儿的那种咬。

“木棠棠，你属狗的吗？”

“我属你的！”

木棠棠此刻躺在韩绪家的客房里，思考着人生。

不知是哪位大师说过：天下所有的巧合，都是冥冥之中的注定。

就好像今天，她不该让钱朵朵先一步去圣特罗佩，不该在饭点来找韩绪，不该答应洗碗，更不该随便乱放钥匙！

所以，找不到钥匙，回不了家，怪谁咯，只能怪她自己。

翻来覆去折腾到了凌晨，才在困意的作用下慢慢睡。不知道睡了多久，木棠棠被渴醒了。

她摸索着开灯，才发现还在停电，只能摸黑找水了。

陌生的环境，木棠棠凭借着记忆一步一步走得异常小心。等她慢慢挪到楼下，好像已经过去了半个小时。

继续摸索着去厨房，她隐约记得，吧台上面是有水的。摸着摸着，手里的感觉……不太对啊。

软软的，却很结实，还富有弹性……这好像是……等她反应过来，妄图收回自己的魔爪时已经来不及了。

手被抓得死死的，看得出来，他在隐忍。

而木棠棠也在忍，忍住，千万不要在这个时候笑出来。

黑夜里，他的声音显得空旷："木棠棠，你行啊，都摸到我身上来了。"

"不好意思，我不是故意的。"她说得理所当然，语气里没有一丁点歉意。

下一秒，她觉得腰上一紧，突然就被面前的男人拉进了怀里，垂着眼睛凝视着她的眼，温柔得近乎让人心里发毛。

他轻笑，放在腰间的手蓦地收紧，他说："你要是故意的，早就被我……"

最后那句说得暧昧极了，热气"呼哧呼哧"地喷到了她的脸上。

很明显，他是故意的。

木棠棠眯了眯眼，装出一副无所谓的模样，笑道："被你怎样？"

她甚至大胆地往前走了一步，手按住他宽阔结实的肩，微微收力，像一只露出尖爪的小猫。

“韩绪，我不介意被你怎么样哦。”

男人的身体明显一震，这样的木棠棠，太犯规了。

相安无事，却难以言喻的一个晚上就这么结束了。

木棠棠一睁眼，就看见一左一右两条狗，直勾勾地盯着自己。

韩绪就站在门口，穿着初见时的那一身运动服，胸前微微打湿，脸上和脖子上的汗水异常明显，看来是刚运动回来。

他毫不掩饰地取笑她：“木棠棠，狗都比你起得早。”

木棠棠也毫不客气地反击：“我为什么要和狗比赛谁起得早？赢了又不给奖励。”

“谁说没有奖励？”

木棠棠看他，有点好奇，问：“什么奖励？”

韩绪笑道：“获得和我一起晨跑的机会。”

“我可以拒绝吗？”

Chapter 3 绝地反击

圣特罗佩，法国著名的一个市镇，号称拥有法国最美丽的海滩，拥有法国最璀璨的夏天。

作为马赛和戛纳之间的小城，这里是星光璀璨的名流圣地，游艇、飞机、豪车、香槟，还有除普罗旺斯外的另一个花卉天堂。

傍晚的圣特罗佩，红灯绿酒，醉眼迷离。

钱朵朵停好车，跟着木棠棠沿着街道往下走。踩着脚下涂鸦的石板路，钱朵朵好奇极了。

这是她第一次出国，也是她第一次亲眼看到如此不一样的世界。身材火辣的半裸女郎，灯火辉煌的游艇派对，还有街上偶尔窜出来让你买花的法国姑娘。

这一切，梦幻极了。

钱朵朵被周遭的风景迷花了眼，一不留神，已经落后木棠棠很大一截，她快步追了上去："棠棠姐，我们到底去哪儿啊？"

木棠棠摘下帽子停了下来："见一个很重要的人。"又说，"看见对面那家旅馆了吗？这几天你就住在那儿等我，两天后我去找你。”

顺着木棠棠的目光，钱朵朵才发现正对面是一家叫“GOOD NIGHT”的小旅馆。

小旅馆样式鲜艳，外表漆了一层暗红色，上面是看上去乱七八糟的涂鸦，周围有一簇一簇的鲜花做装饰，结合起来却是别有风情。

看了看旅馆，很漂亮。可是……

钱朵朵又看向木棠棠，坚定地说：“棠棠姐，我是你的助理，我得随时跟着你。”

木棠棠又将帽子重新戴上，说：“没必要，你好好在这里等着，我还有其他事情交代你去做。”

木棠棠独自沿街又走了几分钟，到了圣特罗佩的花卉天堂——唐森庄园。

唐森庄园是一个大型的私人花圃，木棠棠此行的目的就是拜访长年定居于此的唐森夫人。

木棠棠站在门口，静静地看着古朴的木质大门，大门两边挂着两盏橘黄色的小灯。突然，记忆翻涌，时光好像回溯，回到了十七年前的那个夏天。

那年她刚满八岁，父母分居，她被母亲独自带到圣特罗佩生活。也就是那年，她认识了母亲的挚友——唐森。

那时候，她也是常常这样站在门口，仰着头等待唐森阿姨给她漂亮的花环和美丽的糖果。

如今，时隔九年，她又重新回到这里，竟然什么也没有变，就连门上她曾经画的小狗哈皮都还清晰可见。

不知道从哪儿爆发出一阵欢呼声打断了她的回忆，又静静地站了一会儿，木棠棠才按响门铃。

开门的是一个老爷爷，随着他说话，白胡子也跟着动，有点滑稽，她仿佛看见了肯德基老爷爷。

老爷爷说的是一口纯正的法语，问她找谁。

木棠棠曾经在法国度过了半个童年，当她熟练地用法语说出自己要找唐森的时候，老爷爷明显有些吃惊，他显然没有料到木棠棠的法语说得如此地道。

老爷爷让她稍等，很快又重新回来，身后跟着唐森。

九年的时光，看见唐森的那一刻，木棠棠才觉得，这九年真长，长到足够将一个人刻上岁月的颜色。

唐森很激动，也很意外，上前便将木棠棠抱进怀里，像抱住自己的孩子一般：“Angel，my sweet honey。”

木棠棠轻轻拍着唐森的背，手触到她的银发时微微一顿。良久，木棠棠才轻声说道：“唐森阿姨，好久不见。”

******

话说木棠棠离开马赛之后，韩绪也被韩言之催促着回国。

那天，他为炸鸡和啤酒收拾狗窝的时候，意外地发现木棠棠的钥匙竟然安安静静地躺在里面。

韩绪当即把罪魁祸首的两条狗叫到了跟前。

炸鸡和啤酒并排半蹲着，一副可怜兮兮的样子，像等着挨训的小学生。

韩绪把银晃晃的钥匙举到面前：“谁干的？”

两条狗异常默契地低下了头，嘴里“呜呜”地叫唤着。

韩绪勾唇一笑，大掌在狗脑袋上一阵揉搓，笑说：“真乖，干得漂亮。”

两条狗太傻，太天真，得了主人的夸奖立马欢快地摇起了尾巴，丝毫不知道已经被一肚子坏水的主人拉入了狼狈为奸的阵营。

韩绪回国那天，是好友江左和弟弟韩子高接的机。

江左中途去买咖啡，走时让韩子高睁大眼睛盯着出机口，结果等他提着咖啡回来时，才发现自己刚才根本就是多此一举。

韩绪的出场，相当拉风和壮观。

一身长款黑色风衣，勾勒出修长的身形，配以黑色蛤蟆镜遮面，俨然一副 007 的派头。

然后他左牵炸鸡，毛发飞扬；右牵啤酒，呆萌犯蠢。

一人两狗，完全成了整个机场的焦点。

韩子高已经目瞪口呆，拉了拉江左的衣角，非常嫌弃地说道：“左哥，我们可以假装不认识他吗？”

江左习以为常，笑道：“好像已经来不及了。”

炸鸡和啤酒率先向韩子高扑过去，韩绪顺势将两条狗交给他，接过江左递来的咖啡，说：“律师函给她发过去了吗？”

这里的她，指的正是木棠棠。

江左搞不懂韩绪为什么抓着人家小姑娘不放，颇具公事化的口气劝他：“韩绪，就这么点小事，没必要发律师函。”

韩绪看着他，说：“小事？被侵犯的不是你，大可随意说说风凉话。”又说，“是不是觉得让你堂堂江大律师做这种小事，有点委屈？”说着，他拍了拍江左的肩膀：“放心，你是我的好兄弟，我肯定不赖账。”

“滚蛋！”江左毫不客气地推开了韩绪的魔爪，每次被他气得牙痒痒的时候，江左就觉得韩绪这张嘴实在是欠抽。

韩绪笑笑，收回手，他没有告诉江左的是，这看上去不可理喻的行为也是他追求木棠棠的手段之一。

至于江左，韩绪觉得如此愚钝的男人必须让他自己开窍才是。

******

之后的几天，木棠棠便像人间蒸发了一般，一点消息也没有。

其间钱朵朵住在小旅馆哪儿也没去，按照木棠棠临走时的吩咐，用她的手机时不时发点微博。今天是花花草草，明天就是猫猫狗狗，反正只有一个目的，就是向国内的网友们证明，她木棠棠现在非常好，当然也是想间接刺激苏婧。

发完微博，钱朵朵又和公司的另一个助理胡小珊聊了一会儿，旁敲侧击地问了问最近温莱和苏婧的动静。

胡小珊现在还是实习助理，不过听说已经调到了路琼身边，这些消息她倒是看到不少。

她说，车祸事件不久，温莱和苏婧在公司的大会上激烈地吵了一架。不欢而散后，温莱就带着手下的团队集体罢工了。

钱朵朵听了，暗自高兴，觉得木棠棠计划的事马上就要成功了。

那边苏婧肯定是坐不住了！

但网友们总是有一双善于发现的眼睛，到了第二天，终于出事了。

眼尖的网友很快就从钱朵朵发的几张图片中认出了这里是法国，并且发出对比图，简直一模一样！

钱朵朵刷着评论，越刷越慌，她明明都照着木棠棠的吩咐，避开了所有特征明显的建筑物，单凭这些花儿啊、小猫小狗的，网友们到底是怎么知道她们在法国的！

天哪，网友真是一群可怕的生物。

木棠棠走的时候特意提醒过她，在法国的事一定要保密。如果泄露出来，苏婧肯定能猜出她们来法国的目的，到时候，以苏婧的性子，肯定会趁机从中作梗。

怎么办？钱朵朵变得六神无主，抱着手机在屋里像只无头苍蝇似的转来转去。

她才刚刚从实习生转为正式助理，也是第一次跟着明星出任务，就这么给搞砸了，肯定是要被炒的。况且她家里的情况……

钱朵朵焦头烂额，也不知该上哪儿去找木棠棠，只得干等着。

才一天，才过了一天，钱朵朵就无力地往沙发上一躺，就像一具死尸。

突然，沉寂已久的手机发出刺耳的震动声，连带着桌面似乎也震动起来。

钱朵朵浑身一震，被吓到，慌忙抓起手机一看，是温莱。

救星来了。

"喂，莱姐，你帮帮我。"

钱朵朵的声音有些哽咽，毕竟是一个刚毕业的小姑娘，遇到点困难，做错点事便觉得整个天都压在自己身上。

温莱也是傍晚才知道消息的，苏婧给她打电话，质问她和木棠棠到底想干什么？

苏婧这个问题，温莱是真的回答不上来。她也不知道木棠棠要干什么，甚至连木棠棠人在法国都是苏婧告诉她的。

不过苏婧这么着急找上门来质问她，温莱多少也能感觉到木棠棠想干什么了。

温莱本就打算辞职，所以也没有必要听苏婧说那些难听的话，直接挂断这个曾经老板的电话。

温莱觉得那种感觉简直爽翻了。

温莱问钱朵朵："你们在法国？"

钱朵朵的情绪稳定了很多，她轻声说："嗯，我和棠棠姐的确在法国。现在被网友扒出来，我不知道该怎么办了。莱姐，你有没有办法瞒住苏婧，现在还不能让她知道。"

温莱沉声道："晚了，苏婧已经知道了。"

圣特罗佩的夜，永远都在骚动。

楼下是此起彼伏的欢呼声，或许是哪个美艳的女郎光临了。有人鼓掌，有人吹起口哨，还有人拍桌，一下一下沉重地拍在钱朵朵的心上。

心，沉了又沉。

许久，钱朵朵才听见自己颤抖着声音问："那该怎么办？苏婧肯定会猜到的，万一、万一苏婧她……"

钱朵朵很害怕，就好像苏婧的手正在死死地掐着她的脖子，妄图喘口气都是奢侈。

她甚至想过将微博全删了，可此处无银三百两，只会被认定是心虚，那便是从侧面肯定了木棠棠身在法国的事实。

“钱朵朵，你给我冷静下来！”温莱的声音很大，似乎盖过了楼下的喧嚣声，“你现在立刻调整好情绪，认真听我说！”

温莱是在下达命令，语气果断坚决。这个时候，没有多余的时间去安慰谁，效率就是唯一可以制胜的法宝。

抢占一切先机，赶在敌人之前。

“微博你就按照棠棠教你的继续发，网上所有的言论不予理会，我会找人去清理干净。至于苏婧这边，我会想办法挡住的。”

末了，温莱冷冷地提醒钱朵朵：“钱朵朵，你必须明白，棠棠选择你，是因为她信任你。”又说，“今天这件事并不算大，作为助理你有能力解决，可你却自己先慌了，这是大忌知道吗？既然你选择了这个圈子，以后这种突发事件还有很多，不是每一次都会这么幸运，有人帮助你。你必须尽快成长起来，独当一面！所以，这样的事，我不希望再有下一次。”

两天时间过得很快，到了木棠棠和她约定的日子。

法国时间清晨五点，钱朵朵就开着车前往约定的地方等她。

天还没有大亮，停泊在岸边的游艇寂静无声，只有那尚未来得及熄灭的灯火，昭示着昨晚的疯狂。

一定是个勾缠动人的夜晚。

海面起风，海天相接处透出点点红光，这个与海相接的城市在慢慢苏醒。

钱朵朵摇下车窗，让冷空气倒灌进车里，随之而来的还有昨晚温莱对她说的话。

温莱说得没错，身为助理，她是不合格的。

大四快毕业那会儿，她为找工作整天早出晚归，每天忙得焦头烂额。

后来有人介绍了明星实习助理这份工作，问她要不要去试一试。

她的朋友都劝她，说娱乐圈复杂，水深，不适合她，可她却坚持来了。因为娱乐圈也是赚钱最容易的地方，小小的一条明星丑闻也可以卖出六位数的价格。况且，一入社会，哪个圈子的水不深呢？只有自己亲自蹚过了，才能知道这水到底淹不淹得死人。

所以，她义无反顾地来了。

那时候她的专业并不对口，人也长得不讨喜，和一起竞争的人相比，她是最弱的那一个。所以直到现在她都不明白当初木棠棠亲自过来选实习生的时候，怎么就一眼选中了她。

她清楚地记得，木棠棠站在她的面前选择她的时候，温莱是拒绝的。

温莱并没有顾及她的颜面，毫不避讳，当着所有来参加面试的二十多个人告诉木棠棠，这个人不行。

钱朵朵觉得，那时候的木棠棠真的很漂亮，不是衣着光鲜，也不是妆容精致，而是从气质由内向外散发出来的那种漂亮。

她没有想过，有一天，这么漂亮的一个人，会将她从人堆里拉出来，对着温莱，也是对着她说："行不行不是你说了算，也不是我，是她。"

木棠棠的眼睛很漂亮，而她眼睛里的自己很卑微，很弱小。

木棠棠问她，当着众人的面："你说你行吗？"

钱朵朵承认，比起现在，那时候的她更加胆小。

木棠棠问她的时候，她的双腿一直在颤抖，她害怕自己下一秒就会狼狈地跌坐到地上。

周围响起戏谑和质疑的声音，对上她们眼中轻视的目光，也不知从哪儿就生出初生牛犊不怕虎的勇气，对着众人大声地说行，自己一定行！

尽管声音仍忍不住颤抖。

木棠棠笑看她，不顾温莱的目光，将她带入了自己的世界。

"我选中的人，能不行吗？"

这就是木棠棠，永远自信而漂亮的木棠棠。

天空彻底大亮的那一刻，海面镀上了一层金黄，有人拉开车门钻进车里。

钱朵朵转过头看她，木棠棠正在脱鞋。

她用食指和拇指夹着高跟鞋的后跟，趴在车窗上，一脸嫌弃地将鞋扔向了车旁的垃圾桶里。

“朵朵，先回马赛。”

说完，木棠棠又开始旁若无人地脱衣服，然后也扔进了垃圾桶。

就在钱朵朵等着木棠棠继续脱裤子的时候，木棠棠终于抬头看她：“你盯着我干吗？”

钱朵朵指了指她的裤子。

木棠棠苦笑，拿出包里的披肩裹在身上，说：“你是想让我在法国街头裸奔吗？”

钱朵朵摇头，好奇地问她：“你干吗一言不合就脱衣服？”

呵呵！

不问还好，一问木棠棠又想起了这个惊悚的清晨。

本来是一个伴着奶香和音乐的早晨，木棠棠告别了唐森，沿着异域风情的小镇街头慢慢走，嘴里还残留着唐森特制的百蜜酥的味道。

一切都美好极了。

可是，正当她沉浸在这美好的清晨的时候，她感觉到脚下一阵不同寻常的温热。

她慢慢低头，尽管那味儿已经窜进她的鼻孔，可她不相信，不相信自己可以这般幸运！

一低头的温柔，银白色的高跟鞋深深地陷在一堆，不，是两堆狗屎里。

狗屎还冒着热气，木棠棠仿佛看见一条狗在对她说：客官，新鲜出炉，慢慢享用。

那一刻，刚刚苏醒的法国小镇响起了杀猪般的惨叫。

钱朵朵听完木棠棠的遭遇，整个人缩在驾驶座上笑得直不起腰：

“所以，你这就是传说中的踩了狗屎运？”

木棠棠往后一靠，闭目养神，只回了两个字：“呵呵。”

回到安珩的别墅，木棠棠下意识地往隔壁瞅了瞅。

这一瞅，那晚的记忆像洪水猛兽一般涌进她的脑海。

钱朵朵见她神色有异，问她：“怎么了？”

木棠棠摇摇头，紧了紧身上的披肩，下了车。

钱朵朵在前面开门，门一打开，地上四四方方地躺了个盒子。

木棠棠觉得眼熟，钱朵朵捡起来打开：“咦？这不是你的钥匙吗？”

除了钥匙，盒子里还有一张字条。字迹苍劲有力，和画风清奇的韩绪简直不沾边。

木棠棠拿起来，上面只有短短一句话：吃了我的饭，摔了我的碗，睡了我的床，一声不响玩消失。木棠棠，看来我们真得好好谈一谈了。

字条上，清晰可见一个爪子印。木棠棠仔细辨认，实在是看不出来这到底是炸鸡的，还是啤酒的。

不对，也有可能是韩绪的。

思及此，眼尾慢慢上勾，她笑了。

******

韩绪怠工了这么些天，办公室里等待他处理的文件都堆成了山。他几乎从早上熬到了深夜。

韩言之大言不惭地说留下来陪他加班，转眼就溜回自己办公室看深夜节目了。

韩绪埋头苦干，看得眼睛都直了。

突然想到家里的两条狗还没吃晚饭，韩绪就给韩子高打电话。

韩子高感到非常痛心，觉得自己在韩绪眼里不如一条狗，语气酸溜溜的：“哥，我好歹是你亲弟弟，你就不能关心一下我吃饭没有？”

“哦，那你吃了吗？”

敷衍，太敷衍了。

会心一击，韩子高也不指望韩绪像别人家的哥哥一般了，他怕再问下去，韩绪会直接让他分狗粮吃。

三言两语说完就把韩绪的电话挂断了，转身又给周时卿打过去。

电话响了好久，接电话的是韩怀远。

韩子高一个激灵从床上鲤鱼打挺地坐起来，还坐得端端正正的。他怕韩怀远，从小就怕。

乖乖地叫了一声“爸”后，韩子高问：“我妈在干吗啊？”

韩怀远：“你妈当然是在洗澡了。”

韩子高隐约觉得情况不妙，还没来得及撤退，韩怀远又发话了。

“韩子高，不是我说你，你也快成年的人了，不要有事没事就给你妈打电话，特别是这种深夜，知道了吗？”

韩子高赶紧答应：“知道了知道了，我懂。”

韩怀远呵斥道：“小孩子家的懂什么，我和你妈很纯洁地在斗地主。”

韩子高心里呵呵，说：“纯洁地斗地主可生不出我和我哥。”

韩怀远明显有些强词夺理：“臭小子，谁说韩绪和你是你妈亲生的，你们俩都是从垃圾堆里捡回来的。”

韩子高暗自叹气。

果然是亲生的啊，连瞎掰个理由都一模一样，就不能换个新鲜一点的吗？比如，充话费送的。

文件看了大半，韩言之敲门进来。

“吃夜宵吗？我煮了水晶丸子。”

韩绪在韩言之微微凸起的肚子上流连了一眼，果断拒绝了。

韩言之特鄙视这样的韩绪，光有肌肉有什么用，他拍拍自己的肚子，显得特得意：“你懂什么，这叫能吃是福。”

这种福，叫发福。

大侄子能作也不是一天两天了，韩言之咬着筷子打算离开，但韩绪起身叫住了他。

“二叔，你上次在会上的提议，我决定通过。”

上次会议？韩言之想了想，实在记不起自己在会上说了什么。

“什么提议啊？”

“博物馆代言人。”

******

5 月 9 日，星期一，凌晨，沉静许久的娱乐圈再次掀起了波澜。

名叫“我不生产八卦我只是八卦的搬运工”的微博大V以#周一见#为话题，曝光了木棠棠车祸现场的相关资料和路人提供的现场视频，一记重锤直指木棠棠酒驾逃逸。

随后，有网友自称目击者，并晒出在法国机场拍到的疑似木棠棠本人的照片。因为是抓拍，虽然不清晰，却可以认出，照片中的人是木棠棠无疑。

开头的第一枪，先发制人，苏婧打得相当漂亮。

她特意选在凌晨抛出这一爆炸性的消息，正是利用这个时间，传统纸质媒体基本定稿，然后通过网络火速传播，以星火燎原之势，将木棠棠酒驾事件推上舆论高峰，占据了有利先机和舆论导向。

短短半个小时，木棠棠火速占据各大搜索排行第一。而不利的消息越来越多，更有甚者翻出木棠棠之前打人的新闻，暗示木棠棠有暴力倾向。所有的矛头几乎一夜之间全部指向了木棠棠，而支援之声微乎其微。就算有，也很快淹没在舆论的浪潮中。

网友更是直接放话，紧盯交通部门处理结果，实则暗地施压。

直到中午十二点整，木棠棠的经纪人温莱才发博力挺，称酒驾逃逸子虚乌有，要求爆料人删博道歉，并称已联系律师，随时告他诽谤。

生活永远是一出又一出的惊悚片，因为你永远不知道下一秒魔鬼会从什么地方爬出来，捏爆你的头！

下午一点整，乐锐总裁苏婧发布长微博，标题为：关于旗下艺人木棠棠，不得不说的话。

长微博指出：乐锐公司从签下木棠棠女士之后，一直对她用心栽培，而她却不知感恩，三番五次为公司惹下麻烦，甩锅走人，公司不得不为其行为负责。而昨天，在毫无沟通的情况下，木棠棠女士单方面提出解约，还试图以不正当的手段带走公司精英团队，对此恶劣的行为，公司与我深感失望。

声明最后还提到，最大的原因是第三方高利益诱惑，使艺人心态发生变化。

一波未平一波又起，车祸门加上解约门，这情节曲折变化，堪比一台宫廷大戏，各位围观的吃瓜群众表示剧情反转得太快，就像龙卷风，他们已经跟不上节奏了。

更有眼尖的网友发现，几个小时前，苏婧就点赞了“我不生产八卦我只是八卦的搬运工”的微博。

这什么情况啊？老板突然变成了前老板，前两天还力挺木棠棠，这转眼，就指责木棠棠其实不是小绵羊，而是养了很久的白眼狼？

网友脑洞大开，纷纷指出：苏婧点赞，其实是间接暗示，木棠棠酒驾逃逸是真的了。

天哪，为什么睡一觉起来整个世界都在与我的爱豆为敌！

木棠棠的粉丝集体沉默，前几天她们奋斗在一线和网友斗智斗勇，如今，诸多不利证据一一被抛出来，她们自己也慌了，从内部开始出现了不和谐的声音。有一就有二，粉丝群体军心开始涣散。

如果再来一记重锤，时尚女王木棠棠将会大量脱粉，而她一直以来树立的良好的公众形象也将不复存在。

正如木棠棠粉丝后援会会长深夜发的微博，痛心疾首地说道：棠棠，危险就在身后！

而事情发展至此，木棠棠从头到尾异常沉默。

沉默中，有人抑制不住体内的洪荒之力，他在家里急得跳脚，强烈指责网上这些不负责任的言论，然后给韩绪解释。

“哥，我告诉你，这些都是惯用的手段，走的就是套路，我女神肯定是无辜的，你不能对她有偏见！”

韩绪刷着微博，看着博物馆下方的留言，漫不经心地说道：“我什么时候对木棠棠有偏见了。”

不仅没有偏见，还似乎是偏爱多一点。

韩子高回忆，然后掰着手指头说道：“第一，你从来不让我去女神的现场；第二，女神的周刊也被你全部没收当废纸卖了；第三，我看女神的节目你就骂我没出息；第四……”

韩子高想了想，说：“第四，你还说我女神是花瓶！”

这简直就像在数落他犯下的累累罪行。

韩绪终于抬起头来，慢条斯理地回了两个字：“错觉。”

他放下手机，端起水杯喝了一口，难得兴致很好，一条一条地跟韩子高解释——

“第一，木棠棠的现场都在工作日，而你需要学习。

“第二，木棠棠的周边花里胡哨，放在家里拉低品味，分散你的注意力，影响你学习。

“第三，怀春的少年只知道看女性节目，你觉得自己很有出息？

“至于随后一条，我不觉得存在偏见，花瓶已经是对她很高的评价了。”

韩子高随口一问：“那很低的评价呢？”

韩绪冷冷一笑：“你不会想知道的。”

5月10号，星期二，早上十点，木棠棠首次公开发声。

她发了这样一条微博：世界这么大，我只想出来看看。

配图是木棠棠站在一片花海里，对着镜头回眸一笑。

温莱随后转发，写道：人美，心更美。

至此再无其他。

看戏的网友表示没意思，还以为大清早蹲守着微博，可以见证一场年度撕逼大战呢？

游戏就这样结束了？木棠棠也不反击？发一条无关痛痒的微博，是想证明她还活得好好的吗？

但分析帝说了，不要看这两条微博简简单单，其实，暗藏深意。

之后，罗列出一堆分析论证。

第一，木棠棠说，世界这么大，她只是想出去走走。你们仔细体会一下，“只是想”三个字充分暗示了木棠棠并没有酒驾，说不定那个时候，她正往法国赶，不小心才撞上桥墩子的。

第二，经纪人温莱的转发也有意思。之前苏婧发长微博指责木棠棠挖她的墙脚，并没有明确指出挖的是谁。如今木棠棠和乐锐闹翻，而身为乐锐的员工，温莱却站出来为木棠棠说话，公然和苏婧唱反调，难不成苏婧口中被木棠棠挖走的精英团队就是温莱手里的那一支？

第三，温莱说“人美，心更美”，是不是也是暗示大家，木棠棠并不是苏婧口中的白眼狼，自始至终，都是苏婧那方因为不满而解约，有意抹黑木棠棠的所为呢？

此分析有理有据，舆论开始出现分歧。

而木棠棠的粉丝们看着自家爱豆奉行沉默是金、与世无争的态度，她们也不闹了。

隐隐之中，她们觉得自己的爱豆在酝酿一件大事。

谁叫她们粉上的是木棠棠呢，那个永远自信、骄傲的木棠棠，她可是会在沉默中爆发的。

所以，粉丝内部达成共识：我们强烈谴责，但是我们现在采取不抵抗政策，坐等木棠棠漂亮反击。

下午三点，事情又出现了端倪。

一个名叫“枕上的妖王”发出这样一条微博：萱萱真人好漂亮，

明天红毯一定大杀四方。

配图是九张姚紫萱正在化妆的照片，三百六十度展现姚紫萱的素颜。

这年头，敢素颜上镜的，也是没谁了。可是，走红毯？

网友们掰着手指头算算日子，这最近能走的红毯也就明天戛纳电影节开幕吧。所以，这里难道暗指的是走戛纳红毯？

很快就有站出来辟谣的网友，说得也是有理有据。

扯淡，姚紫萱走红毯，她凭什么走红毯？作品吗？她的那些玛丽苏电视剧能拿得出手吗？代言？矿泉水广告代言也要走向国际了吗？

没有作品，也没有代言，说得好听点，是去走红毯了；说得难听点，就是去蹭红毯的。看来，国内的毯星大军，即将再加一员猛将啊。

正当网友拿此事讽刺姚紫萱的时候，苏婧再次出手了。她先是转发了这条微博，并且@出姚紫萱，随后又火速点赞了 H&Y 官方微博置顶的“寻找亚洲最美代言人”的活动。

网友才质疑了姚紫萱是毯星，苏婧就迫不及待地向世人宣布，姚紫萱已经拿下了 H&Y 的亚洲代言人，这其中充满了浓浓的火药味。

早在三月初的时候网络上就流传出小道消息，暗指 H&Y 的亚洲代言人非木棠棠莫属。其中最具说服力的证据就是木棠棠曾经久居法国，法语和生活背景就是一大优势。

大胆猜测，难不成是因为车祸事件和解约风波，让木棠棠形象受损，所以她才错失了这个顶尖的国际代言，然后恰好被同门的姚紫萱乘机捡了个漏？

可是稍微一分析，便有人察觉出了不对。

虽然姚紫萱和木棠棠是同门，走了木棠棠，这个大便宜也轮不到她。众所周知，乐锐旗下的艺人分两个派别，以木棠棠为首的时尚派，主场是秀场；以路琼为首的演技派，主场是璀璨荧幕。当然还有一部分转型的，转型成功倒还好说，不成功的便夹在两个派别中间，显得不伦不类。

姚紫萱很显然属于转型不成功的，她从模特转型做演员，拍出的电视剧没什么水花。作为前辈的路琼甚至好心带过几次，却并没有什么效果，归根结底还是演技不过关。

乐锐的内部天平，随着木棠棠的离开开始倾斜。所以苏婧慌了，她几乎在第一时间就开始捧姚紫萱，甚至还将她带给了钱芳。很显然，她有意培养第二个木棠棠，把她推上天平的另一端。

而路琼就是天平的另一个极端。

尽管姚紫萱火速上位，可天平的另一端有路琼压着，很难再次平衡。而苏婧这个顾此失彼的做法，恐怕是要失人心了。

5月11号，戛纳电影节开幕式如期在这个法国东南部的小镇举行，届时星光璀璨，众星云集。

艳丽的红地毯，从一端延伸到入室的签名墙边。

两边蹲满了影迷和媒体，镁光灯不停地闪烁，交织出一个浮华的名利场。今夜，有人收获荣誉，也有人收获名气，当然还有一部分名利双收。

红毯走了一半，终于在众多欧美明星中，出现了亚洲面孔。一个是影后路琼，一个是未来的影后沈星火。

路琼是跟着《七日》的剧组而来，她一身水蓝长裙，挽着男主角款款登场，一颦一笑气质非凡。今天，她带着作品而来，希望也能载着荣誉而归。

而作为这几年异军突起，半路杀出来的黑马沈星火，年纪轻轻就凭借演技获得首肯。第一次参演电视剧就搭档演艺界的大神陆燎原，小姑娘不但没有怯场，反而向观众交出了满意的答卷。而这一次的戛纳之行，相信也会成为她演艺生涯的又一次重大转折。

六点三十分，红毯快要接近尾声时，一辆黑色轿车缓缓而至。

媒体早就得到消息，最后压轴出场的是H&Y的首席供应商，同时也是H&Y的大股东，百年花圃的继承人德·唐森。

唐森老太太平时深居简出，很难露面。外媒曾经报道，说老太太的一生都奉献给了她钟爱的花圃。所以，当媒体得知唐森老太太会出现在红毯上时，既觉得出乎意料，也万分期待。

全场的焦点，都在这个时候聚集了过来，这将是一个万众瞩目的出场。

车门慢慢开启，率先进入媒体眼中的是一条白皙而修长的腿，曳地而行的红色长裙，高衩开到大腿处，映衬得肌肤更加红润。

极美的画面，像一幅泼彩的油画。

媒体尚未来得及捕捉到正面，木棠棠已经悄然转身，双手扶着唐森老太太下车，举止亲密极了。

镜头隔得有些远，只能看见一个美丽的背影。媒体中有人猜测，或许是唐森老太太带着自己的孙女来了。

待两人慢慢走近，媒体才看清楚这是一张美丽的东方面孔。外媒的眼里是探究和好奇，而国内的媒体则是吃惊和兴奋了。

他们一声接着一声地叫喊："棠棠，看这边！看这边！"

"对，笑一下，两人靠近一些。"

木棠棠很配合，几乎照顾到了在场的所有媒体。

场面突然有些骚动，是一帮国内的场外记者在使劲往前挤。

因为他们嗅到了巨大的八卦的味道，鬼才知道消失了这么久的木棠棠为什么会突然出现在红毯上？而那些信誓旦旦宣称被邀请来的女明星倒是一个都没有看到。

记者们纷纷拥上前来提问："木棠棠，请问你对于车祸事件做何解释？"

"请问你和唐森老太太是什么关系？为什么会出现在红毯上？"

"木棠棠，关于苏婧的指控你有没有想辩解的？"

木棠棠始终保持着微笑，仔细地聆听记者的每一个提问，最后她说："这一切我已经全权委托给我的经纪人代答，她会给大家一个满意的答案的。"

姚紫萱和钱芳坐在车里，抬眼就可以看到红毯上言笑晏晏的木棠棠。

钱芳的心情很不好，姚紫萱也不敢出声，静静地听钱芳在电话里和苏婧吵了一架。生气地挂断电话后，钱芳轻蔑地看了她一眼，阴阳怪气地说：“我真是瞎了眼，早知道这次就带路琼了，起码不会被保安挡在门外。”

姚紫萱憋着一句话没说，脸已经涨红了。她知道，钱芳是觉得自己丢人而已。

苏婧坐在办公室看直播，木棠棠出现在红毯上的时候，她觉得自己好像被人扇了耳光一般，火辣辣地疼。

她阴森森地笑了，嘴里咬牙切齿地念着木棠棠的名字。她苏婧，竟然被木棠棠反将了一军。

她千算万算，竟然没有算到木棠棠去法国的目的自始至终就不是拿下 H&Y 的代言合约，她的最终目的是走上戛纳红毯。然后宣告世人，这就是木棠棠，只要她想要，谁也阻止不了。

负面新闻缠身又怎样，她照样可以潇洒地挽着唐森老太太在红毯上走一遭。

苏婧现在慢慢回想起来，才发觉自己低估了木棠棠。或许从一开始，木棠棠就在误导他们。

法国、花圃、小镇、H&Y 公司门前无意地现身，还有解约之后的沉默，木棠棠都在算计。她算计好了苏婧的心急与迫不及待，算准了苏婧会大力推捧姚紫萱，也算准了 H&Y 的代言他们十拿九稳。

可苏婧却唯独算漏了一样，H&Y 的供货商——唐森老太太。

这件事唯一的变数！

苏婧派钱芳去谈这个和约，没错，成功的可能性非常高。这一点，木棠棠很清楚，所以她才在第一次和 H&Y 的负责人见面时，有意无意间提到了唐森，以及和唐森之间的渊源。

所以才有了之后的花圃之行，在那两天里，她得到了唐森的承诺，也得到了这个代言。

屏幕上，女主持人正在对唐森和木棠棠进行采访。

其间多次谈及身边的木棠棠。

木棠棠几乎没说话，全程都是微笑着挽着唐森，静静聆听。唐森回头看她，握住她的手说："棠棠是 H&Y 新一季的代言人，是上帝赐予我们的天使。"

苏婧几乎看不下去了，一把将平板电脑反扣在桌上。

几个小时之后，戛纳红毯的照片和消息传回国内，网友一片哗然。

高手永远都是留到最后才放出大招。

最高兴的，莫过于自始至终都为了木棠棠提心吊胆的死忠粉了。他们就知道，自己粉了这么多年的爱豆，怎么可能这么轻易就输了。果然，木棠棠还是那个在沉默中爆发的木棠棠，休眠期的活火山！

随后，温莱的澄清声明才姗姗来迟，针对先前的车祸事件和解约事件做出如下说明——

第一，车祸事件与木棠棠本人无关，车祸发生时，木棠棠已经在飞往法国的班机上了。

第二，对于乐锐公司对木棠棠女士的指控严重损害了艺人形象，并且严重扭曲事实，木棠棠女士已经委托律师解决。

第三，木棠棠本人属自愿辞职，与乐锐所说不符，请不要再传播不实言论。

第四，木棠棠的个人工作室即将成立，很荣幸也很期待与 H&Y 的合作。

第五，谣言止于智者，我相信交通部门也会还木棠棠一个公道。

这一场经纪公司与艺人，老板与员工的大战，以苏婧连续攻击开始，以木棠棠完美反击结束。

网友评价：木棠棠，干得漂亮！

红毯之后，木棠棠告别了唐森，准备启程回国，却在机场 VIP 休息室偶遇了姚紫萱。

只有她一个人，钱芳不在，助理不在，身边没有一个工作人员。

钱朵朵小声说："棠棠姐，姚紫萱好像哭过了，眼睛肿得像核桃仁似的。”

对于姚紫萱，木棠棠不想评价，娱乐圈就是这样残酷，被打掉了牙齿也只能混着血自个儿往肚子里咽。

中途钱朵朵出去买咖啡，姚紫萱直接走到了木棠棠面前：“木棠棠，今天我看到你走红毯了，说实话，我很羡慕。”

木棠棠抬头看她，没有打断她的意思，她又说：“对，我是被钱芳扔下了，她觉得我丢人，我也觉得自己丢人。所以看见你的时候，我挺恨你的，要不是你，今天走红毯的就是我了。我会带着荣耀回国，钱芳也不会扔下我自己走了。”

“你并不比我优秀多少，无外乎有一个有钱的爸，你可以肆无忌惮地挥霍，想干吗就干吗，反正不混娱乐圈你也是有退路的。可是我不同，我没有退路。

“所以，木棠棠，你等着，我会不择手段地超越你，将今天的耻辱都还给你，让你也尝一尝被人抛弃的滋味。”

木棠棠轻笑一声，自信地说：“姚紫萱，这样的你是永远也超越不了我的。”

钱朵朵买完咖啡回来，休息室里一个人也没有，她给木棠棠打电话，木棠棠没接，在机场里找了一圈也没看到木棠棠的身影。

钱朵朵隐约觉得不对劲，赶紧给温莱打了个电话。

电话通了，温莱的咆哮声呼啸而来：“钱朵朵，你快给我找，木棠棠又跑了！”

Chapter 4 你们都看不见本馆长的美貌吗?

这几日，韩绪不管走到哪儿，身边总有人提起木棠棠。

好像每日三餐，关于木棠棠的话题成了生活中不可缺少的一部分，就连韩言之也公然将手机锁屏换成了木棠棠。

本来韩绪是可以不予理会的。但当韩言之兴致勃勃地举着手机向他夸耀木棠棠身材的时候，韩绪觉得实在是太别扭了，夺过手机便将锁屏上穿着比基尼展现魔鬼身材的木棠棠换成了“葛优瘫”傻乎乎躺在沙发上消食的炸鸡和啤酒。

两条可爱的蠢狗，韩绪觉得这样顺眼多了。

韩言之相当不满，抱怨韩绪太霸道，连他欣赏美女都要管，嚷嚷着要把锁屏改过来，才发现自己特意下载的壁纸都被韩绪给删掉了。

做人不要太韩绪啊！

某人却相当气定神闲，慢悠悠地说道：“二叔，我这是为你好，要是让子高发现你天天对着手机屏幕荼毒木棠棠，他会暴走的。”

韩言之觉得韩绪这用词相当有问题，“荼毒”两个字分明就是对他人格的侮辱，他毫不客气地指出来："大侄子，你这话就不对了，什么叫我荼毒木棠棠了？这叫艺术好吗？艺术是没有界限的，一切美好的事物都值得被欣赏。"

包括美好的身材。

"艺术？"韩言之简直就是信口胡诌，韩绪轻挑嘴角，残忍地道出事实，"二叔，你所谓的艺术就是在木棠棠的马甲线上画桃心？"

他甚至还在空气中比画了一下，然后摊摊手，轻轻一笑："那恭喜二叔了，你或许可以考虑将这项解锁技能申请为专利。"

是的，韩言之的解锁图案是一个桃心，配上木棠棠的照片，刚好在她的马甲线上。

韩言之呵呵一笑，找借口便溜了。

下午博物馆例行月会，全体职工参加，所以早早便闭了馆。

会上，关于"博物馆代言人"首次被拿出来谈论。

此举在业内也是首创，好在反对声不多，大家对于这种新奇的做法抱有的期待挺大的，而其他地方的博物馆也在静静地观望。如果此举大获成功，那么也算是为博物馆的发展开辟了一条新的道路。

大家兴趣高涨，不管男女，都提出了自己的看法，其中最感兴趣的环节是关于代言人到底选谁。

最后票数最高的，呼声最高的是知名度非常高的陆燎原。甚至有人在幻灯片上打出了陆燎原的写真照，怎一个帅字了得，关键人家还特别低调！

韩绪随意看了一眼，并未在照片上停留太久，然后非常认真地问道："你们都看不见本馆长的美貌吗？"

论长相，韩绪丝毫不输陆燎原，想当年他也是出道做过明星的，亚洲龙卷风的称号可不是歌迷们随便安上的。

馆长又开始作妖了，底下的姑娘们笑成一团，男职员含蓄一点，努力憋笑。

韩言之笑完了便出来控制场面："好了，大家听我说几句。"

“陆燎原固然是不错的选择，可是太贵了，以我们博物馆的营业额可是请不起的，况且我们馆长的美貌并不输这位影帝，而且还免费。”

韩言之故意咬重“美貌”二字，说完，底下又是哄笑一团。

韩绪指节分明，黑色钢笔在他手里灵活地飞舞，异常好看。突然，旋转的钢笔停了下来，韩绪看着韩言之，问：“那副馆长可有合适的人推荐？”

韩言之还沉浸在木棠棠的美貌中，听韩绪这么一问，下意识地就说出了木棠棠。

有人提出疑问：“可是，木棠棠最近身价猛涨，听说叫价都是八位数，这么贵我们馆怎么请得起。”

韩绪勾唇一笑，站起身来，拍拍韩言之的肩膀：“不错，副馆长的提议通过了。”

“啊？”韩言之还没有回过神来，就见韩绪已经迈步往外走，他赶紧叫住他，“木棠棠可贵了，你确定是她？博物馆可没有这么多钱，除非你自己掏腰包。”

博物馆基本上是不盈利的，活动资金每年是由政府往下批的，虽然最近的“五色炫曜”主题展让博物馆有了点活动资金，可根本不够请一个当红的艺人。

韩绪抬眼，看向等着他回答的众人，嘴角微挑，笑道：“那有何不可，你们馆长不差钱。”

这个消息，晚上的时候经由韩言之传到了韩子高那里，他简直高兴坏了，赶紧泡了一杯咖啡，屁颠屁颠地给韩绪送过去。

韩绪伏在桌案前，戴着眼镜，极为专注地修复着古籍。

韩子高小心翼翼地靠近，叫了一声，把咖啡放到了另一张桌子上。

韩绪轻轻地“嗯”了一声，继续专注手里的古籍修复，韩子高则找了一本书安静地看着。

书看到一半，韩绪终于取下眼镜，因为长时间用眼，看向他时眼睛是微微眯着的，问道：“什么事？”

韩子高放下书，走过去：“哥，我听说博物馆要请我女神做代言人，我想问你是不是真的。”

韩绪点点头：“是真的。”

得到韩绪的答案，韩子高的双眸霎时就亮了，灯光下更是一闪一闪亮晶晶的，他手贴在裤边，时不时就攥紧裤子。

他在紧张。

韩绪往后轻轻一靠，知道韩子高有求于他，便指着咖啡说：“换一杯，它已经凉了。”

韩子高二话没说，“噔噔噔”地下楼，不一会儿又“噔噔噔”地上来了。

韩绪已经坐到了书房的沙发上，韩子高双手奉上自己亲自泡的咖啡，像在孝敬未来的老丈人一般。

韩绪接过来小抿了一口，夸奖道：“泡得不错。”又说，“趁我现在心情不错，有什么想说的就说吧。”

韩子高似乎还在做思想挣扎，攥着的手紧了又松开。韩绪不急，十分悠闲地端起咖啡又喝了一小口。

过了一会儿，韩子高终于开口了，他说：“哥，我想到博物馆帮忙。”

韩绪轻笑，直接拆穿了韩子高这个没有技术含量的理由：“你是想看木棠棠，不是想帮忙。”

韩子高也不否认：“是，我是为了我女神，但我也可以帮忙啊，只要用得上我的地方，我绝对不推辞。”

十七岁的少年，稚气未脱，可眉宇间已经有了一种叫担当的东西。

说实话，韩绪心中一动，意识到或许自己这个傻弟弟真的长大了。

韩子高看着韩绪一副陷入沉思的表情，以为他不同意，又补充道：“哥，我是真的很喜欢木棠棠，以后我可是非她不娶的！”

看来他该下手了，他要把韩子高的这种想法扼杀在摇篮里！

韩绪站起来，从抽屉里拿出纸和笔，大笔一挥写了一行字，然后递给韩子高：“签下你的名字，你就可以看到木棠棠了。”

韩子高狐疑地接过去，只看了一眼就苦了一张脸：“哥，你不能这么坑我。”

纸上只有一句话：我承诺，年满二十五周岁，自愿出任博物馆馆长一职。

韩绪笑着说：“没办法，当初我也是被坑的。”

韩子高妄图誓死挣扎一番：“能不能把年龄改一改，想当初你也是快二十八岁了才做的馆长。”

韩绪回答道：“所以，你哥到现在还是单身。”

韩子高最后还是签了名，画了押，闷闷不乐地走了。

韩绪将这张关乎他终身幸福的纸锁进了保险箱，以他对韩子高的了解，这小子肯定会趁他不在伺机销毁的。

******

木棠棠再次失踪了，电话打过去永远不在服务区。

钱朵朵担心是苏婧的报复，毕竟那时她离开时，休息室里只有木棠棠和姚紫萱。

温莱安静得有些可怕，一支接一支地抽着烟，她只要心情烦躁就会抽烟。

钱朵朵把事情从头到尾说了一遍，其间她被烟呛到了几次，眼睛被熏红了，眼角还带着水渍，像刚哭过。

温莱看了她一眼，烟抽得更凶了。

“不可能的，苏婧上一次就是吃了心急的亏，所以不会这么快下手。”

烟通过喉咙成了天然的变声器，温莱嗓子哑得厉害，她喝了一口水，突然想到什么，呢喃道：“会不会和律师函有关？”

律师函是三天前发到她邮箱的，或许更早的时候木棠棠也收到过。

其中的关键人物是韩绪。

温莱自然是知道此人的，韩绪十七岁成名时，她还是一个不起眼的小助理，谁都可以呼来唤去。

可那时候谁也不知道，天之骄子的少年为什么突然隐退，而名不见经传的助理成了知名经纪人。

温莱将剩下的半截香烟平放在烟缸上让它自己继续燃烧，起身去开了窗透气。她是个不喜欢回忆过去的人，如果可能，她希望过去的一切都可以抹杀掉，那些不堪的、肮脏的……

头疼！

温莱换了思绪，掩下情绪，问钱朵朵："你觉得木棠棠会去哪儿？"

温莱突然将问题抛回给她，钱朵朵显得有些手忙脚乱，不小心碰到身边的包，掉出一个本子来。

钱朵朵眼前一亮，急忙捡起来，用笔在上面一边写写画画一边展示给温莱看，说道："莱姐，你看，这是我罗列的路线图。精确详细，照着这个方向找人，一定可以的。"

钱朵朵眼里有光，显得自信满满，要不是一只手拿笔，一只手拿本子，温莱觉得她肯定会拍着胸脯发誓……胸脯？

温莱斜扫了一眼，很快就收回目光，暗自感叹老天造物的时候是不是手抖了，这么丰满傲人的胸，怎么就长在了萝莉身材的钱朵朵身上？

浪费啊，浪费啊，要是给她多好，她就可以凭着胸器大杀四方了。

小插曲很快过去，温莱拿过本子扫了几眼，只觉得眼花。

揉着眼角，温莱重新坐回软椅里："钱朵朵，我说过，要干我们这行，凡事讲究效率和速度。至于你画的这些乱七八糟的东西，没有丝毫使用价值，还不如拿出去扔了。"

钱朵朵下意识地将本子抱在怀里，明明就是自己辛辛苦苦整理出来的，为什么温莱可以只看一眼就轻易否定她的全部努力。

她咬着唇，倔强地说："莱姐，这有用的。"

声音有些急切，钱朵朵抬头直盯着温莱：“车祸之后，是我一直跟在棠棠姐身边，她的想法我比任何人都清楚。”

她又强调了一遍：“这个是有用的，它不是垃圾！”

这样坚决笃定的钱朵朵甚是少见，温莱觉得这样的变化十分有意思：“可我带了棠棠八年，她的想法我依旧猜不透。”

气氛便在这一刻凝固了，钱朵朵找不到话语反驳。

突然，温莱的电话响了。

钱朵朵倏地回神，这才觉得懊恼，和温莱的八年陪伴比起来，她陪着木棠棠的日子简直微不足道，甚至还理所应当地把它当成筹码。

太冲动了，她不该说这些话的，特别是对着温莱。

温莱按掉了电话，没接，而是抬眼看她，似乎在等待她的回答。

钱朵朵被温莱的目光盯得有些窘迫，许久才轻声说：“对不起，莱姐，我会重新想办法的。”

温莱闻言，笑了笑，似乎早就料到了这个结局。

她看着面前低头认错的女孩，语气显得尖酸而刻薄，每一个字、每一个音节都像一把利剑戳到钱朵朵身上：“你的对不起总是这么廉价。”

钱朵朵咬着唇，低头没有说话。

温莱的目光落到她紧拽衣角的手上，然后心中有了决断：“既然你对自己这么有信心，那就照你的方法去做吧，不过有一个前提……”

前半句，恍若幻听；后半句，直坠地狱。

温莱总是这样，有时候钱朵朵甚至想不通，为什么可以对任何人宽容的她，独独对自己处处刻薄呢？

她的手攥紧又松开，然后问：“什么前提？”

温莱：“一周时间，找到木棠棠，你就继续做她的助理；找不到，你自愿离开。”

多好的一个借口啊！钱朵朵苦笑。明知是温莱的陷阱，她也必须往下跳。

钱朵朵的表情写在脸上，情绪藏在眼里，是不甘，是无可奈何，似乎还有满腹的委屈。

这样子像极了她的过去，所以温莱才讨厌钱朵朵。因为钱朵朵的存在，总是无时无刻不在提醒着她：看啊，温莱，不管你爬到什么地位，你都摆脱不了你的过去。

钱朵朵就像一个跟着她的影子，阴魂不散。

温莱走到钱朵朵的面前，她踩着高跟鞋，身材又是御姐型的，全身上下除了胸不能和面前人比，其他的都不在话下。

她注定和钱朵朵不一样！不管是过去，现在，还是将来！

她恍若女王，居高临下："怎么？不服气吗？心里是不是特别不甘心啊？"

钱朵朵不吭声，有时候沉默往往就是最好的回答。

温莱又是一声笑，轻轻的，像是从鼻腔里溢出来的。

钱朵朵心里很不是滋味，却也没有反抗，她向来都是逆来顺受的，大多数时间都乖巧得像一只小绵羊。

电话又打了过来，温莱看了一眼，再次挂断。

她回身抽出一份文件，然后好像什么事也没有发生一般上前拍了拍钱朵朵的肩膀。

"记住哦，你只有一周的时间，这期间准许你不来工作室上班，好好享受最后一个带薪休假的美好时光吧。"说完，温莱拨了拨自己波浪卷的秀发，走了。

钱朵朵恨恨地朝空中胡乱挥手："要死了，要死了，全是妖女的味道。"

是洗发水的味道，温莱有个不为人知的爱好，就是收集世界上所有奢侈品牌的洗发水。

妖女就是妖女，癖好如此清奇。

******

江左很苦恼，他已经在附近转了几圈也没有找到一个停车位，最后只得停在路边。

刚停好车，温莱便从大楼里出来了。

终于堵到人了，江左不再迟疑，直接走了上去。

他一身西装显得沉稳干练，手里的黑色公文包往前一送，横在温莱面前，硬生生将人给拦了下来。

“温小姐，我们谈谈吧。”江左也是无奈，他联系不上木棠棠，就只能找她的经纪人了。

这男人，自从木棠棠失踪以后，隔三岔五便在工作室外面晃荡，要不是人衣冠楚楚的，她早就报警抓变态了。

温莱笑道:“这位先生，和我谈生意之前是不是该电话预约一下？这是基本的礼貌。”

“我来之前给温小姐打过电话，可似乎都被你挂断了。”

面前的男人说话声音很温和、很平静，好像任尔东西南北风也掀不起一丝波澜。

温莱回答说：“不好意思，我从不接陌生的号码。”

江左拿出名片：“那就请温小姐存一下，省得以后麻烦。”

名片白底黑字，简单到近乎单调。温莱扫了一眼，说：“原来江先生是律师。”

江左点头，再次表明来意：“温小姐，律师函相信你已经收到了，作为韩先生的代理律师，我必须和你谈一谈。”

温莱对他笑，绕过他往车库里走：“第一，我不是木棠棠，我没有权利代表她本人的意愿和你谈。第二，刚才你贸然伸手将我拦在路边，实在有失绅士风度。第三，我不喜欢被人称呼温小姐。”

江左微微一笑，跟在温莱身后：“我道歉，刚才是我冒昧了，温莱小姐，希望你不要介意。”

“不，我介意。”

江左看着她钻进车里，站在一米之外没动。

温莱摇下车窗，头发随着她的动作飘到窗外，她朝着江左眨了眨眼，示意他过来。

“有什么事吗？”他问，却不靠近。

温莱觉得挺奇怪的，刚才明明是他追着要和她谈，现在她稍微主动一点，他却一脸戒备的样子。

“有话和你说啊，不然，明天你还来这里堵我吗？”

她说话，总是笑意盈盈。

江左迟疑了一下，但想到顾客就是上帝，况且还是韩绪那种上帝，他还是走了过去。

温莱看着他靠近，又示意他低头，另一只手却紧握住方向盘。

江左配合着她，微微弯腰。

温莱小声说：“江律师，你知道吗？”

脚慢慢找到了离合器，很好，踩稳了。

“知道什么？请你说大声点。”江左皱眉，没有注意到温莱一连串的小动作。

“我说……”还是听不清，江左微微往前倾了倾。

温莱突然伸手，扯住江左的领带，微微用力，江左的整个头钻进车里。他猝不及防地用手撑在车窗上，公文包“吧嗒”一声掉地上了。

温莱的动作极快，在江左做出反应之前，手顺着领带而上，抚摸过江左的喉结，挑起他的下巴。

江左被调戏了。

他终于恼羞成怒，后退了好几步才站稳，瞪大眼睛看着罪魁祸首。

温莱觉得江左的反应她十分满意，朝他挥了挥手，脚下一使劲儿，车子瞬间冲了出去。只留下他，和她那句还未消散的话——

“江律师，明天见咯。”

******

木棠棠失踪的这几天里，她干了两件事：第一件事是回了趟基地，第二件事是重新买了一套房子。

基地是她以前和安珩训练的基地，建在深山里，最近城市搞开发，那基地要拆了。

基地有太多回忆，她必须回来一趟，特别是在遇到韩绪之后，这里对她而言，意义太特殊了。

所以在机场接到安珩电话的时候，她想也没想，立即改签了机票，飞到这里。

基地已经人去楼空，只有几个工人在搬东西。八年了，这里却还是老样子，只是大榕树似乎长得更加粗壮了。

木棠棠绕着树干走了一圈，然后停下来静静地看着前方。

那里经历了八年风霜，痕迹依旧清晰可见。是字，她和安珩一起刻下的。

右边是安珩的：成为出色的赛车手。

如今倒也算是做到了。安珩是一个出色的老司机。

左边是木棠棠的，比起安珩写一大串，她只有两个字：韩绪。

她的梦想是韩绪。

那一年出任务时，敌人的一颗子弹穿透胸膛，心脏受损，性命虽保了下来，木砚山却不得不提前退役。

在家休养不到一年，木砚山便向妻子提出了离婚。

木棠棠被法院判给了母亲冯亦舒，之后随冯亦舒去了法国。

鲜花和糖果，简直就是小孩子的天堂，那段时间她几乎忘记了木砚山。可是天堂啊，是地狱在人间的倒影，世界颠倒，地狱重现。

十二岁生日那天，冯亦舒在家里为她举办生日派对，吃完蛋糕后木棠棠和朋友玩捉迷藏，无意间躲进了冯亦舒的房间，发现了日记本和从本子里滑落出来的照片。

冯亦舒有写日记的习惯，而这本日记，记录了她所有的罪证，还有照片，一个陌生男人和自己母亲的照片。

突然想到木砚山，隔了这么多年，木棠棠第一次想起了自己的父亲——木砚山。

那段记忆并不算太久远，只要用心去回忆，便可以清晰地记起。木砚山的沉默，木砚山的隐忍，甚至她离开时木砚山倚在门框上的身影。她一直以为，那时候木砚山和冯亦舒离婚是因为自己，因为自己是女孩，而木砚山喜欢男孩。

错了，她错了，冯亦舒也错了。

木棠棠烧掉了照片，也烧掉了日记本。她没有质问冯亦舒，只是在之后的一年时间里，和冯亦舒越来越疏离，最后相看生厌。

再然后，冯亦舒结婚了，生了她的弟弟。木棠棠开始整天抽烟、酗酒，夜不归宿，冯亦舒终于爆发了，把她送回国内。

严格来说她是被绑回去的，冯亦舒请了两个黑人保镖，从法国将她赶了回去。

一路上，她像极了被押解的犯人。

明明犯错的只有冯亦舒，为什么她要这么对待自己？木棠棠恨极了她，恨她背叛婚姻，恨她欺瞒自己，更恨冯亦舒如今光明正大地抛弃了自己！

在飞机上，她试图逃跑，后来保镖厌倦了猫捉老鼠的游戏，索性将她扣在座位。她挣扎，她反抗，可回应她的只是手腕上一圈又一圈的勒痕而已。

最后，她被扔在了机场。

偌大的机场里人来人往，只有她站立的地方被隔成了一座孤岛，无处可逃，心生绝望。

不知名的音乐陡然响起，来来回回重复着一句歌词——

There is no solace above or below,

Only us,facing the dawn of rebirth.

“rebirth……”重生。

就在这一刻，眼前的一切似乎瞬间清晰了起来。她在人群里，有人穿过人群朝她而来，一遍又一遍地叫着她的名字。

他还是这么高大，还是这么爱笑，还是这么喜欢穿黑裤子加白上衣。他是木砚山，他是她的父亲。

他正穿过人群，为她而来。

木砚山不知所措，明明走的时候还是豆大点的小姑娘，怎么一转眼都快有自己高了。最后，他把手放到她的头上，像小时候那样，一阵乱揉："哎，我女儿长大了啊。"

愧疚，心疼，最多的还是开心，木棠棠扑进木砚山的怀里，像小时候一样。

"爸爸，对不起。"

"傻孩子，回来就好。"

出机场的时候，那首歌再一次响起，后来木棠棠才知道这首歌的名字，以及它的演唱者——韩绪。

或许就是这个特殊的时刻，意外地听到了他的歌曲。之后韩绪便成为她生活中很重要的一部分，重要到曾经成为她生命的第二个转折。

离开基地，木棠棠接到钱朵朵打来的电话。

"嗨，朵朵。"听上去似乎心情不错。

钱朵朵又是哭，又是笑，语无伦次了半晌才问她："这些天去哪儿了？"

木棠棠笑了笑，安抚了钱朵朵的情绪，岔开话题："朵朵，要不你先去湖心小苑等我呗，我等会儿过去找你。"

湖心小苑钱朵朵是知道的，著名的富人区，在郊外，距离工作室两个小时的车程。

钱朵朵问："去那儿干吗？"而且就算她去了，人家还不一定让她进呢。

"我现在住的房子是苏婧送的，当然要还给她，恰好湖心小苑有现成的房子出售，我就买了。我这边一时半会儿也赶不回来，让你过去是去拿一下钥匙，原来的房主今天就要离开了。”

木棠棠回到湖心小苑时，已经是深夜了。

钱朵朵在大门等她，见了她差点没哭出来。

“棠棠姐，你总算回来了，要不然我就真的要卷被子回老家了。”钱朵朵说得委屈，没忍住又把温莱威胁自己的事情跟木棠棠说了。

温莱就是个纸老虎，木棠棠不以为意，捏捏钱朵朵的脸，说：“放心，没我的允许，谁也不能赶你走。”

钱朵朵的脸带着点婴儿肥，捏起来手感超棒。木棠棠爱不释手，钱朵朵挣扎了好半天才摆脱了她的魔掌。

或许是两人的声音太大，吓得邻居家的狗叫个不停。听到狗叫，钱朵朵才想起正事来。

“棠棠姐，我今天过来拿钥匙的时候看见韩绪了。”

今天下午她送原来的房主出来，恰好韩绪遛狗回来。钱朵朵对上次的事还心有余悸，赶紧心虚地低下头，好在韩绪并没有发现她，牵着狗直接从她面前走了。

木棠棠已经很多天没有听人提到这个名字，一时间以为自己听错了，又问了一遍：“你说谁？”

“韩绪啊，就是在马赛，住安姐隔壁的那个韩绪。”

“在哪儿看到了？”

“就在这儿。”钱朵朵指了指旁边，和她的房子只隔了一堵墙。

所以，他们又成了邻居？

木棠棠觉得简直不可思议：“你确定，就是那个养两条傻狗的韩绪？”

钱朵朵点头：“对啊，刚才你不是也听见狗叫了吗？”

怪不得觉得耳熟呢！

钱朵朵又说：“不过她好像没认出我来，所以你不用担心，她肯定也认不出你的。”

呵呵，怎么可能认不出来，他家的床她都睡过了！

木棠棠捂住钱朵朵的嘴，轻声说："嘘，小声点，不要吵着邻居。"

是不要吵着韩绪吧。

木棠棠觉得此地不宜久留，赶紧拉着钱朵朵进去。可是刚进客厅，外面的门铃就响了。

她和钱朵朵对视一眼，这深更半夜的，谁啊？

木棠棠让钱朵朵去开门，钱朵朵直接后退了几步，直摇头。她绝对不去，她害怕啊，万一开门是个贞子怎么办？她怕鬼，从小就怕！

木棠棠是无神论者，她不害怕开门见鬼，她害怕开门见韩绪。而且上次他留下的小字条，分明就是在威胁她！

门铃还在响，木棠棠铁了心不开门，她最后打开了门禁系统的电子屏。

一张棱角分明的脸，透过电子屏他好像在看她。

半夜见韩绪，真是比半夜见鬼还惊悚。

冷静，冷静，一定是打开方式不对，重来。

依旧还是那张脸，表情似乎比刚才冷了几分。

门铃依旧还在响。

木棠棠觉得这样耗下去也不是办法，说不定明天还会有人投诉她深夜扰民，想了想便捏着嗓子说道："不好意思先生，您找的人不在。"

不在？韩绪想到刚才在他门前鬼鬼祟祟的人，轻笑一声，说："木棠棠，你在睁眼说瞎话吗？"

"……"

木棠棠决定继续装。

"这位先生，想必您找错了，这里没有叫木棠棠的人。"

"是吗？"电子屏上，韩绪突然后退了一步，阴森森地说道，"木棠棠，往外面看一看，撒谎的时候，可是有四只眼睛盯着你的。"

木棠棠背后一阵凉风，觉得韩绪是在故意吓她。谁知往外一看，墙头上绿幽幽的四只眼睛正盯着她呢！

炸鸡和啤酒！两条傻狗，也不知是怎么爬上墙的，就挂了两颗脑袋在外面，看上去十分瘆人。

韩绪又说话了，但不是对她，而是对两条狗。

“来，炸鸡、啤酒，叫一声给木棠棠听听。”

很久之后，这个画面都时常出现在木棠棠的噩梦里。

深更半夜，夜黑风高，高墙之上，两条巨型犬类，抻长脖子，毛发飞扬，对着月亮，学狼嚎。

“嗷——呜——”

木棠棠是被门铃吵醒的，一大早相当扰民。

她窝在床上叫钱朵朵，没人回应，才爬起来找门禁系统的遥控器，开了卧室里的监控。

屏幕一闪，韩绪的身影就出现了。

依旧是马赛穿的那件运动服，脚边一左一右蹲着两条狗。

木棠棠盯着屏幕看了一会儿，眼皮开始打架，往后一倒，好像又睡着了。

门铃不响了，木棠棠翻了个身，把自己全裹进被子里，换了一个相当舒服的睡姿。然后，一道低沉的声音响起，还是 3D 环绕的。

“木棠棠，十分钟后过来吃早饭，超时后果自负。”

十分钟之后，木棠棠带着钱朵朵准时登门了。

给她开门的不是韩绪，而是啤酒，一只站立的阿拉斯加，看着有几分诡异。

韩绪正坐在餐桌旁，像是老朋友，很熟稔地朝她们笑。如果韩绪不开口，这样的场景还是很美好的。

“不请自来的这位女士，十分抱歉，并没有准备你的早餐。”

“正好，那我和她出去吃也是一样的。”木棠棠说。

韩绪不慌不忙，甚至还喝了一口咖啡：“你确定？”

这句话就像是被施了魔咒，木棠棠再也迈不动脚了。

钱朵朵一直以来都觉得韩绪不好相处，却没想到他直接毫不留情地给她难堪。她挣脱掉木棠棠的手，胡乱诌了一个理由：“棠棠姐，你不用管我，我突然记起来手里还有一些事情没有做完，我先去工作室了。”

钱朵朵跑得快，木棠棠没抓住，却看见了她微红的眼眶。

她哭了。

韩绪拉开椅子，叫她：“过来。”

木棠棠坐下，看着餐盘没动。

韩绪问她：“生气了？”

木棠棠没好气地回答：“起床气！”

韩绪笑，低头开始一小块一小块地切食物。

木棠棠忍不住看他，真怀疑他有强迫症，几乎每一块都切得四四方方，整整齐齐。

切完了，他抬头，木棠棠来不及收回放在他身上的目光，四目相对，十分尴尬。

木棠棠端着旁边的果汁喝了一口，没看清，几乎是一大口，喝下去后她只想吐。

韩绪将切好的早餐和她的调换：“芹菜汁，美容养颜，就是味道独特了一点。”

她真想吐他一脸的芹菜汁！

他又开始低头切食物，安安静静，道具和餐盘接触竟然一点声音也没有。

木棠棠想找点白开水，漱一漱嘴里的芹菜味。

目光扫了一圈，瞟见厨房吧台上还有一大瓶的芹菜汁，她放弃了，还是吃早餐吧。

“我只邀请了你，你不应该带不相关的人过来。”他突然说。

木棠棠放下刀叉：“她不是不相关的人，她是我的助理，而且和我住在一起。”又补充道，“你说话太伤人了。”

韩绪抬眼看她，眼神淡淡，话语犀利：“连一句真话都听不了，她还有什么资格做你的助理。”过了一会儿，他又道，“吃饭。”

是了，木棠棠记起来，他吃饭的时候是不喜欢说话的，刚才那几句，已经算是破例了吗？

木棠棠以为，吃完早饭，韩绪会让她洗碗。可这一次，他十分绅士地收了餐具拿进了厨房。

木棠棠在客厅等他，炸鸡和啤酒不知从哪儿冒出来，围着她，蹭她的腿。

木棠棠被蹭得有些痒，看着一脸求爱抚的两条傻狗，觉得蠢得好笑。

韩绪很快就出来了，他没有错过木棠棠的笑。

木棠棠拿余光看着他："这么快就洗好了？"这最多才过了两分钟吧。

一个愚蠢的问题，他说："你不知道有洗碗机这种东西吗？"

所以，为什么上次还要她手动洗碗呢？

韩绪在她的对面坐下，刚才还黏她的炸鸡和啤酒瞬间跑了过去。没良心的蠢狗！

"你应该感到荣幸。"韩绪如是说。

没头没尾的一句话，木棠棠真不知该怎么接下去。

"你是除周时卿女士外，第二个亲手吃到我做的饭的女人，而且还吃了两次。"他又说。

是两次，没错，可每一次吃得都不愉快！

第一次，他的鱼太咸，她忍住没说，结果渴得半夜起来找水喝。

第二次，他的早餐倒还不错，可是一杯芹菜汁差点让她吐出隔夜饭来。

其实她的内心是拒绝的，谁知道下一次会不会直接要了她的命啊！

"所以，明天的早餐也过来吃吧。"韩绪说。

木棠棠十分诧异，盯着他看了好一会儿，似乎想到了韩绪对她这么好意的理由。

“韩绪，你不会是喜欢上我了吧？”无事献殷勤，非奸即盗。木棠棠觉得这是个普遍适用的真理。

他看她，发现她竟然是素颜，就连衣着也是很普通的家居服，头发也没有仔细打理，就随意绾了一下。刚才和炸鸡、啤酒玩，耳间垂了几缕头发下来，少了作为明星的亮丽光环，现在的木棠棠看上去更让人舒服。

他勾唇，眉眼间尽是笑意：“木棠棠，你太自恋了。”

所以就是不喜欢了？

“我只是觉得你挺特别的。”他说。

“哪儿特别？”除了长得漂亮一点，木棠棠觉得自己真没有什么特别的。

韩绪拍了拍炸鸡和啤酒，对着木棠棠说：“你不知道吗？炸鸡和啤酒特别喜欢你！”

Chapter 5
馆长大人的附加条件

周一上午十点整，星途工作室剪彩仪式在温莱的主持下圆满落幕。

之后，例行召开了媒体见面会，木棠棠以一袭黑色露肩长裙亮相，逐一回复了记者们针对最近的“解约门”和“皇甫江车祸事件”的提问。

台上的她，黑白分明，鲜活得像一幅山水画，一颦一笑都是画卷上荡开的纹。

速战速决，木棠棠很快结束了这场见面会。

留温莱善后，与媒体打交道，她很擅长，木棠棠于是放心地回了休息室。

不久后温莱就来敲门了，身后跟了个小哥，抱着足有一人高的花篮，挡住了他的大半张脸。

木棠棠的视线从小哥身上移到温莱的脚上。

目测十五厘米，温莱又创了高跟鞋的纪录。

“随便找个地方放下就好了。”温莱吩咐小哥，顺便抛了个媚眼。

木棠棠只当没看见，问：“谁送的？”

温莱笑着往木棠棠身边一坐，顺手给了小哥一瓶矿泉水：“苏婧呗。”

小哥放下花篮，接过水，不好意思地朝温莱点点头，准备离开。

木棠棠叫住他：“小哥，帮个忙，再把这花搬出去呗。”

小哥不知所措，看看温莱，又看看木棠棠。

温莱指了指木棠棠，说：“她才是这儿的老板。”言下之意是听她的。

换了别人，小哥估计会抱怨两句，可眼前是两个大美女，小哥表现得十分任劳任怨，主动问：“搬去哪儿？”

木棠棠想了想，说：“估计外面的记者还没走，你拿过去一人送他们一朵。”

小哥关门离开，温莱拿出香烟，用食指和中指夹着，放到鼻下轻轻一闻，说：“我以为你会让他拿出去扔了。”

“扔了多可惜啊，做个顺水人情，回头指不定他们能多写我点好话。”

说到苏婧，木棠棠才想起来昨天钱朵朵告诉她负责解约案子的律师被温莱换了。

木棠棠问：“你把张律师给换了？”

香烟在温莱的指间跳舞，雪白的烟身，烟嘴处有一圈金色的纹路，像极了江左袖扣的颜色。

温莱盯着香烟，回道：“嗯。”

嗯？算什么回答！敷衍，太敷衍了。

木棠棠又问：“你就不解释一下，为什么把律师换成江左吗？”况且这个江左，好像和韩绪交情匪浅的样子。

温莱侧头，将头发往耳后捋了捋，手指轻轻摸着耳坠，说：“因为江左帅啊。”

“哈？”

说到江左，温莱嘴角噙笑，想到那天在停车场江左被戏弄后隐忍的样子，温莱的心就有些痒。

她将香烟点燃，狠狠地吸了一口，吞云吐雾让她整个人都朦胧起来。她说："江左就像一本书，让人看着看着就想睡了。"

木棠棠微笑，看着温莱青天白日地就开车上船。

看来改天她得找个时间介绍安珩和温莱认识了，两个老司机，肯定很有聊的。

突然，温莱的电话响了，她看了一眼，说："说曹操，曹操就到，是江左打来的。"

温莱接了电话，江左不知道说了什么，温莱答了一声"在"，说："你等一下。"然后就把电话递给木棠棠。

木棠棠做口型问："找我？"

温莱点头。

虽然不知道江左为什么找自己，但木棠棠直觉没什么好事。

果然，下一秒就听见江左公事化地说："木女士，韩先生让我正式通知你，关于律师函上提到的相关问题，请你尽快私下找他协商，不然直接走法律途径。"

木棠棠不明所以："什么律师函？"

江左似乎有点难以启齿："嗯……是关于韩先生的狗被偷拍……然后……"

江左说不下去了，这个案子他自己都觉得太奇葩了。

温莱隔得近，听完不厚道地笑了。

木棠棠表示很不爽！

早上给了她一个甜枣，下午就迫不及待地甩了她一巴掌！

此事韩绪倒是做得一点也不含蓄！不正常的还有温莱，竟然也反过来在一旁帮衬，木棠棠十分怀疑她叛变了。

温莱："棠棠，韩绪摆明了是想私聊，他并不想把事情闹大。你是公众人物，工作室又刚刚成立，这个时候再惹上麻烦，对你和工作室都不好。你也知道，苏婧就等着看热闹呢。你出了事，她肯定第一时间往上添把火。”

木棠棠琢磨着也是这个理，她的气来得快，消得也快，等她回到湖心小苑时，心中早就没气了。

她按了门铃，没人应，倒是炸鸡和啤酒在屋里叫得欢。

韩绪不在家。

木棠棠看着几步之外就是自己的家，一番思索，想着一时半会儿韩绪也回不来，不如先回家补个觉。

这一睡，木棠棠睡得通体舒畅，醒来的时候已经七点半了。

手机上有几个未接来电，有温莱的，钱朵朵的，还有安珩的。

木棠棠一一拨了过去，最后才打给了安珩。

电话接通，安珩很兴奋：“亲爱的，你猜我在哪儿？”

电话里风声太大，还有车轮卷起尘土的声音。

木棠棠说：“你在连云市。”

“哎哟！神了！你怎么知道我在连云市啊？”也不给木棠棠回话的机会，安珩一个劲儿地讲，“棠棠，你知道吗，木叔叔这车绝了！我都想直接给他开到撒哈拉沙漠去，绝对够劲！”

木砚山的车能不绝吗？世界上绝无仅有，只此一家。

安珩又说：“早知道当兵还可以有这项技能，我当初就应该剃了头发效仿花木兰去。”

木棠棠笑着说：“就你那体格，最多当个炊事员或者搞后勤的，我爸那活儿就你去，保准第一个把命搁那儿。”

安珩小时候体弱多病，所以父母才送她去学体育，好强身健体。后来她身体一天比一天好，父母希望她学跳水，做中国的第二个郭晶晶。安珩不喜欢啊，郭晶晶只有一个，她不想做第二个郭晶晶，索性瞒着父母，搞赛车去了。

木棠棠记得第一次在基地见到安珩的时候，满头的小辫扎了花花绿绿的头绳，配上皮衣皮裤，活活一个赛车界的汪峰。

她向着她走来，自带 BGM，汪峰的那一首《一起摇摆》。

那时候安珩箍着牙，朝她笑时都自带闪光灯，随着她说话，一开一合，一闪一闪，木棠棠终于在第一次见面时不厚道地笑了。

以至于安珩那时候说了什么，木棠棠完全不记得，只记得她闪闪发光的嘴。

******

她和韩绪，只一墙之隔。她起身走到窗边，刚好把韩绪的院子一览无余。

院子里很冷清，只有两个并排相连的狗棚。

木棠棠转身回屋，不一会儿手拿着望远镜回来了。

望远镜已经掉了漆，看上去有些年头了，但这并不妨碍它发挥自身的功能。

透过望远镜，可以清楚地看见狗棚里一左一右睡着两条狗，瘫软成一摊泥，只还精神着脑袋，瞪着两眼，巴望着大门的方向。

木棠棠将望远镜移到狗棚上，木板上刻着两条狗的名字：炸鸡和啤酒。

木棠棠一直挺好奇的，为什么会给狗取这么两个名字。啤酒还好，特别是炸鸡，难道每次被叫名字的时候，不会“吧嗒吧嗒”流口水吗？

木棠棠有些兴奋，拿着望远镜越发看得肆无忌惮起来。这一回，她准备偷窥一下韩绪的卧室。

望远镜往上移动，刚停住，木棠棠眼前有人影闪过。毕竟偷窥不是什么好事，突然出现一个人影，木棠棠赶紧拉上窗帘，把望远镜锁进了抽屉里。

她坐下来吸了几口气，反应过来，那人影是韩绪？

毕竟是正经的协商加谈判，木棠棠特意化了淡妆，换了一条水湖蓝及膝的裙子，下摆有流苏，越发衬得小腿纤细。上身微微收拢，更显得玲珑有致。

木棠棠看着镜子里的自己，学着金老师的动作，来了一句：完美！

这一次按了门铃没多久，木棠棠就听见里面有了动静。不一会儿，门口的对讲系统里有一个男声问道："找谁？"

听着声音不像韩绪，莫不是韩绪家的男……保姆？

木棠棠："您好，我找韩绪。"

男声沉默了一会儿，才说："您等一下。"然后，木棠棠便听见"吧嗒"一声，门开了。

"您先进来吧。"其实仔细听，这声音挺稚嫩的，不像是一个成年男人。

木棠棠开门进去，一个美少年正朝着她走来。

美少年边走边说："我哥不在，您进来等他吧。"

美少年走近，看清楚了木棠棠，突然就不动了。

下一秒，美少年睁大眼睛捂住嘴，一脸惊恐，连连退了好几步，才断断续续地说："你、你、你是木棠棠？"

木棠棠也同样仔细打量着眼前的少年：高，帅，十七八岁，眉宇间颇有几分少年韩绪的样子。

趁着木棠棠打量他，韩子高稍稍平复了心情。他凑近了看木棠棠，那架势，恨不得将她放到显微镜下看。

"天哪，你真的是木棠棠！"有了这个结论，韩子高准备来一个熊抱。

木棠棠眼疾，身体更快，她微微退后一步便躲开了。

木棠棠笑着看他，问："你是韩绪的亲弟弟？"

少年摸了摸头，一脸娇羞："嗯，我叫韩子高，韩绪是我亲哥哥。今年十七岁，准高三，是您的忠实粉丝。"末了，韩子高伸出手，"见到您真的太开心了，感觉自己要上天，和太阳肩并肩了！"

木棠棠微笑着回握，然后给了韩子高一个轻轻的拥抱。

木棠棠知道自己受欢迎，没想到竟然还受韩绪亲弟弟的欢迎，这感觉说不出来，反正觉得挺好。

突然，一个小念头就在脑海中生成，挥之不去。木棠棠笑了笑，心中开始琢磨起来。

这大好的机会送到她的手上，不抓住，都对不起面前这个美少年。

她主动上前，又是一抱：“子高，有你这么可爱的粉丝，是我的荣幸。我也很喜欢你，不介意的话，你可以叫我姐姐。”

这一抱，简直就是木棠棠处心积虑，为之后的一切奠定一个良好的基础。有韩绪的亲弟弟这么一个忠实粉丝，木棠棠感觉自己赢在了起跑线上。

木棠棠放开韩子高，本想再来一个摸头杀的，奈何十七岁的韩子高已经在身高上秒杀了她，尽管身为名模的她也不矮。

被自己心心念念了好多年，平时只能在电视上看到的女神，突然间仿佛走下了神坛，来到他身边，还对他笑，给他抱抱，韩子高觉得自己像在做梦。

他现在说话，都觉得自己像在云端，飘飘然的：“我可以不叫你姐姐吗？”

“嗯？为什么？”

“因为，我想叫你女神。”

木棠棠淡定地点头应允，心里暗爽，她觉得自己和韩绪的恩怨完全可以一笔勾销嘛！

真是丈母娘看女婿，越看越喜欢。

木棠棠认为韩子高才是一个非常合格的博物馆馆长接班人。礼貌又懂事，对她完全有求必应，没有丝毫抵抗力。

反正韩绪不在啊！

木棠棠简直可以为所欲为。

她说想多了解一下韩绪，韩子高就搜肠刮肚地给她讲韩绪小时候的糗事。

简直正合她的意！

韩子高真是一个上道的好青年。

他说："你知道我哥最怕什么吗？哈哈，他最怕长红冠子的鸡。因为小时候有一只大红冠子的鸡飞到我哥头上，啄了他，从此我哥就留下了不可磨灭的阴影。"

韩子高毫无保留，讲得兴致勃勃，说要去找韩绪小时候穿开裆裤的照片给木棠棠看，也不等她说什么，就"噔噔噔"地上楼了。

木棠棠已经笑得有些胃疼了，微微弯腰，捂着肚子，缩在沙发上笑。没想到小时候的韩绪这么可爱。

堂堂的博物馆馆长竟然害怕一只鸡，木棠棠已经在脑海里脑补了一场人鸡大战。

突然，背后冷不丁有人说话："你怎么进来的？"

木棠棠一愣，转身看过去。是韩绪，旁边站着江左。

木棠棠笑了笑，韩绪则是挑眉看她。

"女神，我找到了，包你满意，全是我哥穿开裆裤的照片。"

韩子高抱着相册跑下来，就像撒欢的小狗，完全没有注意到门口站着的人。

木棠棠："……"

少年，你自求多福吧。

"韩子高，把你刚才说的话再重复一遍。"韩绪的目光落到了韩子高怀里的相册上。

韩子高心虚，下意识地将相册往身后一藏，站得笔直："哥，左哥，你们回来了啊。"

韩绪："再不回来，我没穿开裆裤的照片都得被你翻出来！"

韩绪坐在她的对面，姿态优雅，语气恶劣："木棠棠，需不需要我亲自来满足你的偷窥欲啊？嗯？"

"不用。"话不能说得这么难听，什么叫偷窥欲，明明是好奇而已。

木棠棠切入正题："韩绪，律师函我已经看过了，不明白的地方也已经询问过江律师了。如你所愿，我愿意私了，毕竟我是公众人物，闹到法庭上影响不好。”

恰好江左从书房出来，木棠棠转头问他：“江律师，关于赔偿问题你怎么看？”

江左只是出来找口水喝的，他并不想参与这场荒诞的谈判，于是推托道：“这个问题我无权回答，你得询问我当事人的意见。”

木棠棠又看向韩绪。

韩绪勾唇一笑，不咸不淡地说道：“我现在不想谈论这个问题。”

“那请问韩先生什么时候想谈呢？”

“不如一起吃个饭，我吃饱了或许可以回答你的问题。”

木棠棠觉得韩绪好无理取闹，果然没有对比就没有伤害，韩子高简直就是天使。

木棠棠心平气和地问他：“韩绪，你是故意耍我吗？”

他摊摊手，一脸无辜：“我以馆长的名义发誓，我绝对没有戏弄你的意思。”

江左摇摇头，木棠棠啊，还是道行太浅了。

韩绪十分热衷于做饭，江左给他打下手，木棠棠和韩子高则在客厅看电视。

与其说是看电视，不如说是在用电视打掩护。

木棠棠：“子高，相册呢？”

韩子高委屈：“被我哥锁进保险柜了。”

木棠棠叹息：“唉，可惜了。”

韩子高安慰她：“没事，我妈那里还有珍藏版呢，以后有机会，我拿过来给你看。”

木棠棠眼睛一亮，觉得韩子高简直孺子可教也。她的余光瞟见韩绪走了过来，连忙扯开了话题。

木棠棠没有做演员简直是明智的选择，她的演技太过拙劣，韩绪实在不忍心拆穿。

“木棠棠，我觉得你应该感谢我，我做了你最喜欢吃的鱼。”

鱼？木棠棠有一种淡淡的不好的预感，问：“在马赛吃的那种？”

韩绪得意地一笑，答案不言而喻。

晚饭之后，江左走了，韩子高被驱逐到了自己的卧室。

韩绪将木棠棠带到书房，两人面对面而坐。

木棠棠等着韩绪作为主人为自己递上一杯水，今晚的鱼依旧咸出了新高度。

等了许久，韩绪却并没有这个意图。

书房的灯全都开着，这是木棠棠自己要求的。她坐了一会儿，问韩绪：“我可以开窗吗？”

“你看照片的时候可没这么询问过我的意见。”

木棠棠：“……”

记仇的男人一点也不可爱。

她径直开了窗，才发现外面淅淅沥沥又下起了雨。

“下雨了。”木棠棠脱口而出，下意识地就伸手去接。雨水打在手上，有点凉。

韩绪坐着看她：“木棠棠，做明星的都和你一样作吗？”

木棠棠没了兴致，因为连她自己都觉得刚才的行为有点幼稚：“韩绪，你这算是人身攻击吧。”

韩绪：“准确点，我是针对你。”

木棠棠：“那好，我们说正事。我的想法很简单，你撤诉，我赔钱。十万怎么样？”

韩绪看着她，反问：“木棠棠，假设你被人偷拍放到网上，给你十万你同意吗？”

韩绪这是在变着法儿骂她是狗，木棠棠忍住气，不和他计较：“这不一样。”

韩绪轻描淡写地说：“性质是一样的。”

性质一样？她是人，不是狗，不同物种怎么比？

木棠棠财大气粗地加钱，最好快点赔了钱走人，短时间之内，她不想再看到韩绪。

韩绪不说话了，显然还是对木棠棠提出的价格不满意。

木棠棠忍痛继续往上加：“五十万。”

韩绪摇头，终于伸手比了一个1。

木棠棠的心在淌血：韩绪，你家的狗是得道成仙了还是物种突变了，一张照片一百万，摆明了是在抢劫啊！

韩绪：“一百万，我撤诉。炸鸡和啤酒从此可以过上狗中木棠棠的生活，这样合算的买卖，我想你不会拒绝。”

呵呵，大哥，你给我拒绝的机会了吗？

木棠棠一生气，韩绪心里就乐了，他突然说：“不过也不是没有其他办法。”

韩绪不知什么时候戴上了眼镜，金丝边框的，看上去倒是有几分像学术界的知识分子了。

他拿出一份文件，一式两份，给了她一份，说：“只要你签下这份合同，关于那一百万，完全可以一笔勾销。”

听上去好像并不吃亏，可木棠棠觉得这份合同绝对是卖身契！

她粗略地翻了翻，然后合上：“我做不了主，这个必须先给我的经纪人审核。”

韩绪不慌不忙地拿出手机，打开微信，翻出和温莱的聊天记录：“这个你不用担心，你的经纪人已经同意了。只要你签字，这份合同立即生效。”

敢情她的经纪人先把她给卖了！

木棠棠不敢再含糊，抱着合同仔仔细细一个字一个字地看。其间韩绪已经回卧室洗了澡，来书房时，走路都带香的。

木棠棠忍不住抬头看他，刚好被他撞了个正着：“看完了？”

他递给她一杯牛奶，木棠棠瞟到他手里还有一杯咖啡。

“大晚上喝咖啡对身体不好。”其实主要是睡不着，木棠棠想。

韩绪微微一笑，并不在意，坐到她对面：“你是在关心我吗？”

突然想到在马赛的那一夜。

木棠棠突然起身，刚才她不该把窗户关上的，现在竟然有些热。

“我去开窗。”

“你没发现房间里开了空调吗？”韩绪打断她，笑意更深，“还是说你在逃避什么？”

这种处于下风的感觉很不好，木棠棠重新坐回沙发上，拿起合同，却一个字也没看进去。

韩绪微微倾身，将合同抽走，四目相对，他的眼里情绪不明。

木棠棠禁不住，对视了不到三十秒，便下意识地移开目光。

下巴一紧，韩绪擒住她，迫使她再次与自己对视。

木棠棠的呼吸不由得急促起来，韩绪突然靠近，她闭上双眼，来吧，接吻而已，有什么大不了的。

耳边传来低笑，韩绪已经放开她：“合同有什么不明白的吗？”

他是故意的，木棠棠瞪他：“你们博物馆搞这个，领导会同意吗？”

“当然，我就是领导。”

这似乎是一个愚蠢的问题。

木棠棠翻了翻合同，又问：“那你们拍摄的时候给我的员工包饭吗？”

“当然，你应该庆幸你认识博物馆的领导。”

木棠棠：“韩绪，有人说过其实你很自恋吗？”

韩绪点点头，看向她：“你是第一个，也是唯一一个。”

******

温莱带领的五人团队正式将工作室推入正轨，不到一周时间，温莱便凭借出色的工作能力，一举拿下十个合同，其中不乏时尚圈的顶级资源。

而接下来的一个月，木棠棠将全部身心重新投入工作中。

同一时间，乐锐也宣布为姚紫萱成立私人工作室，挂牌在公司旗下，专门为姚紫萱服务。

令人大跌眼镜的是，钱芳开始陆续陪着姚紫萱出席公开场合。而反观路琼，不仅曝光率锐减，就连助理也只有一个。

路琼的影迷实在看不下去，公开指责乐锐对待艺人的不平等，并罗列了苏婧的十大罪状。

一时间火速成为娱乐圈的热门话题，热度持续一周依然居高不下。

粉丝和艺人公司公开宣战在娱乐圈并不是第一次，而路琼这次却是最壮观、最激烈的一次。路琼在娱乐圈一直以来都是低调做人高调演戏，基本上与是是非非绝缘。

而现在，一边是支持她的粉丝，一边是自己的公司，路琼算是夹在中间左右为难。

而事情发展至今，路琼一直在剧组拍戏，并未对此发声。

姚紫萱也因为此事迅速刷了个脸熟，虽然被黑得很惨，但哪一条走红之路不是黑着黑着就红了呢？

相比之下，网红韩馆长与超模木棠棠之间的那一丁点水花，倒是没溅起什么涟漪。

木棠棠刚刚拍摄完了 H&Y 的第一场外景，换场的时候钱朵朵把温莱发过来的消息给她看。

是温莱发过来的微博截图，木棠棠扫了一眼，大致是江左在微博上贴出了撤诉声明，随后韩绪转发。

木棠棠看着韩绪的微博头像——一头看门的石狮子。再看看微博名称——万古博物馆官博。

木棠棠很心塞，亲爱的韩馆长，你转发的时候就不能用小号吗？莫名其妙看着自己的名字和万古博物馆连在一起，她内心很惶恐啊！

刚好有电话打进来，木棠棠将手机还给钱朵朵，钱朵朵看了一眼来电显示，说：“棠棠姐，我下去接个电话。”

随着车门一开一合，隐隐传来一声：“爸，不是让你在工作的时候不要给我打电话吗？”

钱朵朵渐渐走远了，木棠棠拿出自己的手机刷微博。她直接点进评论，一条一条地看起来。

有一个被赞到热门的评论说：裤子都脱了，你们就给我看这个？

木棠棠已经对网友们重拾节操不抱任何希望了。

她慢慢往下看，突然就很想知道，韩绪看见了自己微博底下这一片片露骨直接的“污言秽语”会是个什么表情。

然后下一秒木棠棠就经历了传说中明星必备技能——手滑点赞。

她发誓，她真的是手滑啊！

而她点赞的内容更是让人绝望：馆长大人，我想给你生猴子，么么哒！

么你个大头鬼啊！这下误会大了，她现在跳皇甫江还洗得清吗？

上午拍摄结束，中午稍加休息，下午木棠棠又赶去参加国内著名的女性购物网站在世纪中心举行的618女性狂购日的启动仪式，木棠棠作为受邀嘉宾为网站宣传。

简单的启动仪式之后，木棠棠不可避免地被记者追问——

“关于姚紫萱成立工作室，你怎么看？”

“据我所知，你也成立了工作室，将来会不会在资源上竞争？”

资源上的竞争肯定是避免不了，而苏婧成立工作室目的只有一个，就是阻挡木棠棠发展，所以苏婧一定会费尽心思和她争夺时尚资源。

但事情却没有这么顺利，时尚这一块一直都是乐锐的短板，唯一做出成绩的是温莱。如今温莱离开乐锐，苏婧想要过来瓜分，就必须从头开始。

木棠棠简单地回答了几句，记者们并不买账，还想要深入挖掘，却被钱朵朵给挡了回去。

见状，主办方的工作人员也过来挡着，护着木棠棠离开。

有一个身手矫健的女记者越过众人拦住欲离开的木棠棠，问她：“请问你和韩绪是什么关系？据我所知，你们在微博上的互动很频繁。”

什么很频繁，明明就只有两次，还有一次是她不小心手滑。

木棠棠停下来，微笑地看着镜头：“韩老师是我非常尊敬的前辈，他在学术界的造诣有很多值得我学习的地方。”

说白了，这些都是客套话。不过实打实论起韩绪在学术界的造诣，随便拿出一个那都是相当漂亮的。

这个时候，韩子高正霸占着客厅的电视机看自家女神的节目直播。

韩绪从健身房出来，因为出汗的缘故，衣服贴得紧，勾勒出的肌肉呼之欲出。鼻尖有微微沁出的汗珠，每一滴都充斥着男性荷尔蒙的味道。

他从客厅经过，恰好听到那句“韩老师是我非常尊敬的前辈”。

韩绪看了一眼电视上一脸假笑的木棠棠，这般打着官腔真是一点也不可爱！

韩子高往嘴里塞着薯片，看见韩绪，便指着电视得意扬扬地说：“哥，我家女神夸你呢。”

看电视已经很浪费时间了，而且还看木棠棠的节目，简直就是在浪费生命。

韩绪一向自诩是个负责任的好哥哥，周时卿放心将自己的小儿子交给大儿子管教，他就绝对不允许未来祖国的花朵被木棠棠这个女人给荼毒了。

“韩子高，你作业写完了吗？《五年高考三年模拟》做了吗？”

韩子高：“……”

韩子高终于明白为什么家中二老要将他打发到韩绪这里来了，因为他这个哥哥上辈子一定是折翼的班主任！

启动仪式之后，由网站做东组了饭局，除了公司高层，还邀请了一些圈里的重要人物。一来是因为网站的女老板白姜和和木棠棠交情匪浅，想帮木棠棠牵牵线，多笼络点资源；二来白姜和也有意插手娱乐产业，而饭局自古就是生意场。

只是，白姜和和木棠棠都没想到会在饭局上看到周家锐。

白姜和也有点蒙，她自然知道周家锐和木棠棠之间的恩怨，所以肯定是不会将两人凑到一起的。

然后白姜和看见了张友良，也就明白了为什么周家锐会出现在这里。

张友良和身边的人寒暄了几句，便直接向着白姜和走来。周家锐看见木棠棠，不怀好意地笑了笑，跟在张友良身后过来了。

张友良："白总，好久不见，不介意我多带一个人吧？"他看向周家锐，周家锐连忙掏出名片，递给白姜和："白总，幸会，我是宏艺的周家锐。"

当然也是大名鼎鼎专门拍烂片的周导。

周家锐成为导演，是因为有靠山，而这个靠山是他的姐姐周家惠。周家惠早年创办了宏艺，事业红火的时候嫁给了著名的制片人张友良。所以周家锐叫张友良一声姐夫，姐夫带着小舅子出来拓展人脉，也就不奇怪了。

白姜和自然是要卖张友良这个面子的，就算周家锐和木棠棠有过节，和她白姜和却是生意上的伙伴。

她是商人，商人在商场上是没有永远的敌人的，当然也没有永远的朋友。

白姜和和周家锐互换了名片，便和张友良寒暄："张制片说笑了，家锐也是一表人才，年纪轻轻就出了这么多作品，前途不可限量啊。况且姜和这小饭局，二位能赏脸过来，那是给姜和面子，我哪儿还有不情愿的理呢？"

张友良看向白姜和身边的木棠棠："这位便是木棠棠了吧，真人比电视上还漂亮，怪不得家锐这么欣赏你。"

张友良顿了一下，看了一眼周家锐，对木棠棠说：“不知道棠棠有没有进军影视圈的意愿，像你这样的美人，随便什么角色都可以驾驭，用不了多久，一定能超越现在很多的小花。”奉承的话谁都会说，张友良说得更是利索，但也不是谁都会把这些话放在心上。

木棠棠更直接，面无表情就拒绝了。

不过张友良说了这么多，有一句话倒是说对了，那就是，她也觉得自己美美哒！

张友良这个姐夫当得十分称职，整个饭局都在不遗余力地替周家锐开拓关系网。

木棠棠看了看时间，不到一个小时，周家锐已经和在座的称兄道弟了。

白姜和光顾着应酬，也顾不上木棠棠。起先白姜和是想带着木棠棠的，看她兴致不高，也就没管她了。

木棠棠是个美人，还是个美艳的美人，坐在那里不说话也美成一幅画，当然少不了有人主动过来敬酒，都被木棠棠冷着脸拒绝了。

与其说是敬酒，不如说是灌酒。这样的场面木棠棠见得不少。至于灌醉之后做什么，大家心知肚明，也就是圈子里默认的规则了。

张友良起先是在木棠棠这里讨了没趣的，他倒是没有再过来。周家锐跟着张友良，张友良在哪儿他也在哪儿，木棠棠自个儿摆弄手机，落个十分清静。

中途的时候，白姜和又过来了。木棠棠看她步子有些飘浮，显然是喝醉了。

白姜和在她旁边坐下，带着一股酒气：“棠棠，我让司机先送你回去。”

木棠棠：“结束了？”

白姜和摇头，笑容里带着苦涩：“还早着呢，待会儿他们还要玩夜场，我得陪着。”

白姜和拍了拍脸，试图让自己清醒一些：“棠棠，陪我去一下洗手间。”

出门就是一条长长的走廊，走廊尽头是厕所。

白姜和在厕所里吐，吐得撕心裂肺，吐完了等会儿回去还得接着喝。

木棠棠将纸递给她：“白姐，你觉得这样的生活有意思吗？每天都重复着同样的饭局，迟早你的胃先坏掉。”

咫尺之距，外面就是应酬场，声音断断续续传进来，木棠棠莫名觉得有些烦。

白姜和很出色，也很强大，几乎自己撑起了一片天。外人都说电商有个女霸王，却没人知道这个女霸王也是泥做的，也是水做的。

厕所的灯是橘黄色的，打在脸上整个人显得面黄肌瘦，白姜和用纸擦了擦嘴，对着镜子抹了抹口红。

语气里听不出情绪来，她说：“棠棠，这就是我选择的生活，有意思也好，没意思也罢，我都得受着。”

木棠棠无从安慰，劝说的话曾经说过不少，再说也不过是老生常谈。

白姜和笑笑，反过来安慰她：“不用担心，你白姐受得住，为了小杰，也为了我自己。”

小杰是白姜和的儿子，白姜和未婚怀孕生下了他，生父至今是个谜。

两人走到门口，里面张友良不知道说了什么，引得众人拍手叫好。在这样的场景下，木棠棠实在不想再进去。

木棠棠：“白姐，我在外面透透气。”

白姜和不勉强她，只是叫住她，说：“棠棠，周家锐的事抱歉了。”

木棠棠和周家锐的事情，还得从两个月前说起，那时候，她还是乐锐的艺人。

白姜和那段时间忙着扩展娱乐圈的业务，对这个圈子的消息也知道不少。那段时间只要在网页上输入关键词“周家锐、木棠棠”，刷出来的第一条新闻就是：国际超模变身女魔头，新锐导演重伤住院。

呵呵，女魔头。没将周家锐打到残废是她木棠棠仁慈，好吧！

事情一出，外界都怀疑是木棠棠和周家锐联手炒作，毕竟木棠棠这么一个看上去弱不禁风的漂亮姑娘怎么可能将一个一米八几的大男人打成重伤？况且早有媒体挖出消息，说乐锐有意安排木棠棠转行演艺圈，这紧接着就爆出周家锐被打？说不是炒作，谁信啊！

谁信？木棠棠信啊。因为她确实是把周家锐给打了。不仅打了，还差点让他周家断子绝孙了。只是后来温莱动用了关系，加上周家惠那边也极力封锁消息，这件事才算是不了了之。

周家锐最开始是和温莱联系的。

温莱早就有意让木棠棠在演艺圈发展，所以和周家锐的提议一拍即合，当即便约好了时间、地点洽谈细节。中途温莱出去接了一个重要电话，周家锐盯着木棠棠便开始不老实，字里行间都是那些龌龊的套路。

哼，套路玩得深，谁把谁当真！今天就让你见识见识什么叫套路！

周家锐见木棠棠只是看着他笑，也不说话，以为是自己表露得还不够直白。不仅动嘴，还开始动手，想要搂木棠棠的腰。

只是也不知道是周家锐低估了女人，还是低估了木棠棠。

他的手还没有触到那梦寐以求的柔软腰肢，便被木棠棠抓住手腕反手一别。他也还没反应过来，木棠棠就临门一脚踢到他的胫骨上，周家锐脚部失力，重重地跪倒在地。

路过的服务员听见里面的动静，连忙问有没有什么需要帮助的。

木棠棠几句话就打发走了，对付周家锐这种登徒子，她一个人足矣。

周家锐也后知后觉地反应过来，面露凶相，意图挣扎，却不想被木棠棠扣着手怎么也挣扎不掉。他破口大骂，也知道了木棠棠这样子绝对是练过的。

木棠棠也不客气，脱下高跟鞋便朝着周家锐的脸上呼去。

木氏家法：打人就是要打脸！

打完脸还不够，她绕到周家锐身后，重新将高跟鞋穿上，瞄准屁股，打算踢他个菊花开，满地伤。

温莱刚好接完电话回来，开门看见这一幕吓得不轻，想也没想就上前把木棠棠给拉开了。就木棠棠那一脚下去，只怕周家锐凶多吉少。

这个圈子是个名利场，多少人仗着权力为所欲为，看不见的便算了，像周家锐这种主动撞上门来的，她怎么能不好好教训一顿。

至于重伤住院，木棠棠自己动的手，他丫的绝对是装病！

那时候网上有骂周家锐的，也有骂木棠棠的，白姜和还不小心给骂周家锐的微博点了赞。虽然事后解释是手滑，估计也没人信。

所以木棠棠不想待下去，白姜和也就不挽留了。只是好好的机会就这么没了，白姜和觉得挺可惜的，下一次再聚齐这些人也不知道会是什么时候了。

Chapter 6 圣罗兰52号之吻

左唯森的烟瘾犯了，中途丢下客户，躲到人少的天台抽起了烟。

一支烟正抽一半，有人来了，而且还是个女人。

左唯森仔细听了听，高跟鞋踩在地板上，声音清脆却不尖锐，他判断，鞋跟高度不超过六厘米。

天台上有一个圆形花圃，花圃中央是一座光着身子的雕塑，雕塑遮住了左唯森，木棠棠并没有发现这里还有其他人。

而从左唯森的角度，刚好可以看见木棠棠的背影。

鲜花，夜景，美人，左唯森掐掉烟头，准备上去打个招呼。

“木小姐。”左唯森迈出去的步子定住，看向突然出现的人。

是张友良，左唯森曾和他有过一次短暂的合作，但并不愉快。商人都具有敏锐的洞察力，眼下的场景，怎么看都会发生点事。

或许……这次是个打击他的机会。

左唯森不动声色地退回去，隐在暗处，不动声色地拿出手机调到夜间模式。

镜头里美人转身了。真美，比花圃里的雕像还美，怪不得张友良来得这么快。

张友良上前打招呼，木棠棠没理会，问他："干吗？"

张友良淡淡地道："木小姐，我是特别看好你的，最近我在筹拍的新戏，女一号的角色就是为你量身定做的，保准可以大红。"

木棠棠觉得好笑："你的意思是我现在不红？"

"怎么会，木小姐前些日子在戛纳上风光无限，国内的很多一线小花都没有这个待遇。"

"既然这样，我为什么还要去拍戏，这可是一线小花没有的待遇。"

张友良被堵得哑口无言，找了借口又说："哈哈哈，家锐说木小姐喜欢开玩笑，我本来还不信，现在看来木小姐真是幽默。"

"那周家锐有没有告诉你，我除了幽默，还有暴力倾向，喜欢打人呢？"

周家锐被打的惨样张友良是陪着周家惠见过的，他尴尬地笑笑："那是家锐的错，木小姐属于正当防卫，怎么能说暴力呢。"

"呵呵。"木棠棠抱手看着他，"张制片倒是大义灭亲啊，不过我不想和你合作。"

张友良没有料到木棠棠会拒绝得如此直接，一下子面子上有些挂不住，但还是强颜欢笑说："木小姐这么不给我面子，有些说不过去吧。"

木棠棠觉得好笑，也笑出声："我木棠棠凭什么给你面子？这圈子这么大，是不是我见到谁都得给他面子？"末了，她又说，"张友良，面子是自己争取的，从来就不是别人给的。这点道理，你不会不懂。"

木棠棠眼里的轻视太过明显，张友良也装不下去了，拉下脸，往前走了几步。

冲天的酒气……

木棠棠往后退，背抵上了墙。酒气无孔不入地侵略着她的地盘，木棠棠皱眉，同样冷脸看着张友良，发出警告：“张友良，离我远点。”

木棠棠像只警惕到毛发立起来的野猫。

“呵呵，我可不是家锐那个窝囊废，被一个女人打成那样。”说着，张友良便伸手搭上木棠棠的肩，“我今天倒要瞧瞧，木棠棠到底有多野！”

酒喝多了，就容易犯傻，张友良便是其一。

果然不是一家人，不进一家门，前有周家锐，现在又来个张友良，木棠棠不爽到了极点。抓住他的手腕一使劲儿，木棠棠就将张友良搭在肩上的手拿了下来。

张友良吃痛，另一只手往木棠棠的头发抓去。木棠棠瞄准时机，抓住他的另一只手，双手交叉反别到背上。

木棠棠虽然练过，但张友良一个喝醉酒的大男人，多少有些蛮劲儿，硬生生地挣脱一只手来，抓住了木棠棠的头发。

头皮被扯得生疼，木棠棠心一横便下了狠手。

张友良鬼叫：“木棠棠，你这个疯女人！敢打我？”

木棠棠的嘴角已经被抓出了血：“我不仅打你，我还踹你呢！死变态，老流氓，敢对我动手，我让你从此没有夫妻生活！”

“木棠棠，我要告你！告你！”

早知道就听周家锐的话，不来了，现在领略到了木棠棠的拳头，他后悔了。

木棠棠居高临下地看着他，将头发往后一甩：“告我，你告啊，你告我打人，我还告你骚扰呢！”

张友良：“曝光！曝光！我要曝光你！”

木棠棠：“曝光？随你。不过，我提醒你一句，混这个圈子的，谁手里没点料啊，是吧，张制片。”

张友良：“……”

谁来救救他。

趁着木棠棠没注意，张友良挣脱着爬了起来，故意使劲儿撞向木棠棠。猝不及防，木棠棠被撞倒在了花圃里，身体狠狠地倒在了雕塑上。

雕塑往后倒去，木棠棠听见闷哼一声。

有人？

木棠棠刚想问，便听见那边逃跑的张友良“哎哟”一声，摔了个四脚朝天。

韩绪双手插兜，走了出来：“不好意思，腿太长，收不住。”

张友良：“……”

这个世界都在欺负他！他要回家！回家！

******

“五色炫耀”文物展圆满落幕，虽然时间短暂，但好评如潮。对此，上级特派领导下来慰问，并且嘉奖了万古博物馆全体员工。

韩馆长上午代表博物馆光荣地接受了锦旗，下午陪着领导参观，晚上带着员工们出来放松。

韩绪平时和大家玩得少，日常见面基本上是在庄严肃穆的展馆或是博物馆的食堂，所以这些人给韩绪的印象都是兢兢业业、规规矩矩的，谁知道私下里竟然个个都有两张面孔。

脱下了工作制服，换上日常装，一个个蹦跶得像野马似的。

还有韩言之，一把年纪，也不服老，学着小年轻又是扭又是跳的，玩得不亦乐乎。

韩绪安静地坐着喝白开水，他是馆长，他不负责跳，只负责美就好了。

瞧瞧那身段，坐在那儿活像一座雕像。

韩言之中途扭过来邀请他，韩绪拒绝多次未果，只好使出撒手锏，说：“二叔，凭我的美貌，上场绝对秒杀你舞王的地位，况且……”他勾唇，邪魅地一笑，“况且还是集智慧和美貌于一身的本馆长呢。”

韩言之想一想觉得是这个理，扭着走开了，只是自己这个大侄子那一副看惯风月的样子着实有些欠揍。

人是有三急的，况且还是喝了三大杯白开水的韩馆长。

任你脸上的表情有多淡定，可是身体绷不住啊！

美了一晚上的韩馆长，最后终于败给了……厕所。

从厕所出来的那一刻，简直就是重新踏入了天堂。

身体不重了，整个人轻盈得简直要飞起来。韩绪觉得自己完全可以回去继续喝三杯，白！开！水！

这时，有人从他身边走过，跌跌撞撞地碰到了他。

像触电似的，酒气瞬间穿透全身。韩绪皱眉，朝撞他的人看过去。

张友良喝高了，刚去厕所吐了好一阵，这会儿撞了人也浑然不知，嘴里嚷嚷着要找木棠棠，摇摇晃晃就往天台走。这架势，很明显是去找碴的。

韩绪想了想，他和木棠棠现在是正当的合作关系，以后或许还会有另外一种关系，不管基于现在还是将来，他都没有理由坐视不管。

想到这里，韩馆长觉得理由已经相当充分，迈着小步子愉快地跟了过去。

之后发生的一切，韩绪站的位置绝佳，三百六十度无死角，他看得清清楚楚。

至于最后，他以馆长的名义发誓，真的是腿太长，收不住啊！

露天的天台，有风，有月光，还有等待他救助的海棠花。

多漂亮的花儿啊，现在真是惨兮兮的。

韩绪走向木棠棠，在她面前蹲下，轻轻地将她凌乱的头发捋顺，然后伸手给她："木棠棠，看你打人挺带劲儿的，下手一次比一次狠。"

"不狠一点，还留着机会给敌人反击吗？"木棠棠抓住韩绪的手，借力起身，一使劲儿，脚上传来钻心的疼。

"嘶……"木棠棠疼得倒吸了一口凉气，韩绪将她扶到一旁坐下，脱下她的高跟鞋查看，脚踝处有瘀青，已经慢慢肿了起来。

韩绪简短地说了一句："忍一下。"

木棠棠尚未来得及听清，就听见“咔嚓”一声，是她的骨头响了。

在她疼得尖叫之前，韩绪先一步捂住她的嘴：“别叫，你想把所有人都叫过来吗？”又说，“反正你现在的样子惨不忍睹，被人拍到，你花瓶的称呼倒是可能就此打破。”

韩绪的手掌宽厚，木棠棠又是天生小脸，这般被他捂着，就只留下两只忽闪忽闪的大眼睛在外边。

睫毛又黑又长，上面有点点晶莹，韩绪估摸着是他刚才下手太狠，把这孩子直接疼出眼泪来了。她盯着他眨眼，睫毛一上一下地扫到他的手掌，那种痒痒的感觉蔓延到了心脏，有些奇妙啊！

木棠棠却不这么想。

她眨眼暗示，谁知韩绪却盯着她一动不动，丝毫没有放开她的意思。而且她没有记错的话，刚才韩绪的手明明是握了她的脚的啊！

木棠棠十分想把他的手给扒下来，这才发现刚才摔倒的时候，手臂擦伤，一动就扯着皮生疼。木棠棠别无他法，除了眨眼暗示，就只得“咿咿呜呜”地叫了。

这般模样，看在韩绪的眼里，像极了炸鸡和啤酒小时候，软萌软萌，恨不得抱进怀里一阵乱揉。

哟嗬，面前这人看她倒是看出瘾了，没见到她快被憋得没气了吗！木棠棠挣扎着，张嘴开咬，韩绪轻笑，一副早就看穿她的样子，手指微微使劲捏住她的嘴。而木棠棠一失足成千古恨，嘴没张多大，倒是舌头先一步出来了。

世界在这一刻安静了。

湿软的舌尖，扫过掌心，韩绪听到了自己的心跳，像古时候士兵出战，军擂鼓鼓，一下一下，搅得他不得安生。

而木棠棠却心生绝望，她所有的脸，都在今晚丢没了！

伸舌头啊！伸舌头啊！韩绪肯定觉得她是在勾引他！

天地良心，她只想咬他，绝对没有想过舔他！而且，舔的还是刚才摸过脚的手……

苍天啊，这事要是传出去，她还怎么做偶像，她还怎么做女神，谁会粉一个舔脚大汉！

韩绪错愕地看着自己的手掌，木棠棠感觉气氛太尴尬，她琢磨着说句话缓解一下。

“那个……刚才的事，你不要多想，是失误，失误。”木棠棠瞎扯，“你是馆长，肯定知道事物都是有惯性的，所以这舌头也有惯性，绝对不是人为，是它自己刹不住车跑出来的。”

“嗯。”韩绪淡淡地回答。

气氛真的是越来越诡异，亲爱的韩馆长你倒是多说几个字啊。

木棠棠深呼吸，又继续瞎扯：“韩绪，我知道，你就是看着浪荡不羁，实则是个保守的老青年，不就是被舌头舔了一下吗？至于这么失魂落魄吗？而且吃亏的是我，我还没有嫌弃你的手刚才摸了脚呢。”

韩绪眸光微动，向她看过来，语气十分正常，好像不正常的只有她一个。

他说：“木棠棠，我刚才摸的是你的脚。”

嗯哼，所以呢？木棠棠傲气地看着他。

韩绪笑得意味不明：“放心，我不嫌弃的。”

风儿吹啊，吹啊，终于吹走了打情骂俏的两人。

快被雕塑压得半身不遂的左唯森终于掀翻了倒在身上的雕塑的“残肢”，从一堆废墟中灰头土脸地爬了出来。

他发誓，以后偷拍偷看这种事他绝对不干了，这天谴来得太快就像龙卷风，砸得他一脸蒙圈啊！

这样子，绝对比犀利哥好不到哪儿去。左唯森不打算回饭局了，一边往外拖着一条腿挪，一边给秘书打电话。

“安吉，上来接我一下，我……腿断了。”

挂断电话，左唯森抬头，一阵风吹过，吹起了他头发上的灰尘。左唯森在风中甩头，暗自感叹了一句：啊，今晚的风真喧嚣啊！

******

木棠棠站在楼梯口踌躇不前的时候，一件衣服直接飞到了她的头上，衣服宽大，把她罩得很严实。然后就听见有一群人说笑着从她身边经过，下楼去了。

木棠棠下意识地侧头，转身，将整个人藏进了西装外套里。

韩绪站到她身后，伸手将西装掀开一角，看着她语气鄙夷地说："傻站在楼梯口，生怕别人认不出你是木棠棠吗？"

才没有傻站好不好？她只是在思考。

韩绪刚才回包间拿了外套，韩言之见他要走，拉住他问："大侄子，你这么早就要走？夜生活才刚刚开始呢。"

韩绪抽回手，把韩言之往回推，直接将他推到人群中间去："二叔，刚才捡到一只受伤的'小野猫'，我得把它送回去。"

说完韩绪就跟大家打了一声招呼，然后就走了。出门时听到韩言之在后面吼叫："韩绪，下一次找一个好一点的理由，什么受伤的'小野猫'，你才没这么好心呢！"

是啊，他也不知道是从什么时候开始，他将自己的好心和耐心全给了这个"小野猫"。

"小野猫"鬼鬼祟祟地顶着韩绪的衣服，露出一双乌黑明亮的眼睛来，瞧着周围没人，才把外套又掀开了一些，说："韩绪，你背我下去吧。"她伸脚给他看，"身为馆长，偶尔也得关爱一下弱势群体，对不对？"

"你确定？"韩绪瞟向她，夜晚她依旧穿着裙装，刚过膝，露出小腿。小腿白皙，显得瘀青更甚，又说，"走光了概不负责。"

"我穿了打底裤。"今夜注定是荒唐戏剧的一夜，她为什么要站在楼梯口和一个大男人讨论走光与打底裤？

韩绪又开始打量她，然后将外套取了下来。

木棠棠惊呼，只能赶紧用手将脸挡住："你干吗？我现在的样子不能被人看到。”

“我知道。”韩绪靠近她，微微躬身将西装围在她的腰上，说，“所以，待会儿自己把脸藏起来。”说完，他便拦腰一抱，将木棠棠抱了起来。

身体腾空的瞬间，木棠棠因为失去重心，本能地勾住了韩绪的脖子，将人紧紧抱住。

木棠棠：“不是说好用背的吗？”为什么突然公主抱了？

韩绪迈步往下走，眼神向前，语气淡淡，一副藐视众生的模样。

“愚蠢，公主抱不仅可以满足你们羞耻的幻想，还可以彰显本馆长的帅气英姿。而且你不觉得一个人背另一个人像两只王八重叠起来玩叠叠乐吗？”

说完，韩绪抱着木棠棠掂了一掂，像菜市场买大白菜一样，然后说：“木棠棠，你要是再重一点，我可就抱不起来了。”

木棠棠呵呵一笑，只怪自己当初瞎了眼才会被韩绪的一张脸给迷惑了。什么大众男神，明明是就男神经。

“韩绪，你承认吧，你就是体虚，我是标准体重，再重一点也不超标的，何况我还没有吃饭呢！”

韩绪骤然停下，眯起眼睛看她，木棠棠感受到了危险的气息，下一秒，韩绪轻飘飘的话语传来。

“木棠棠，没人告诉你不能轻易说男人虚吗？”

木棠棠摇头，认真地道：“没有，我只听说过不能轻易说男人小。”

韩绪：“……”

韩馆长终于有一天搬起石头砸了自己的脚。

就在韩馆长抱着木棠棠走后不久，安吉背着左唯森下楼了。两个身强体壮的大男人，玩着韩馆长口中的“叠叠乐”，那画面太美，简直不敢脑补！

不得不承认，认真开车的男人很有魅力，对女性的杀伤值简直爆表。

韩绪开车很专注，也不说话，木棠棠就光明正大地看着他。

微微蜷起的手指，精致的腕表，宽阔的肩膀，滚动的喉结，微抿的双唇，高挺的鼻梁，还有他慢条斯理解开衬衫衣扣无意中撞见的胸膛……

突然，车靠路边停下了。

韩绪开始解安全带，问她："需要开窗吗？我看你脸都热红了。"

"热吗？还好啊，我不热。"木棠棠装得很淡定。

韩绪挑起半边嘴角，抿出一条柔软的弧线，笑容坏坏的："在车里等我。"

趁韩绪离开，木棠棠赶紧开窗透气，夜里的凉风灌进来，车里的空气才渐渐降下了温度。

二十分钟之后，韩绪回来了，手里提了一大包东西，上车前全部放进了后备厢。

车里很安静，木棠棠靠着车窗睡着了。她的头发自然地垂下来，将脸全部遮住，美感全无，大半夜甚至有点恐怖。

韩绪安慰自己，接下来他要做的事全部是基于人道主义，绝无半点非分之想。

首先，他伸手小心地将木棠棠的头发捋到后面，露出半张脸和白皙光滑的颈项。顺着往下，便是精致诱人的锁骨。那微微凹陷处，仿若能装进一汪湖水。

韩绪很满意地点点头，这样多美啊，刚才那样子简直惊悚。

然后进行下一步，他微微倾身到副驾驶座，将盖在木棠棠腿上的外套拿起来，往她身上盖去。却不料外套的袖扣勾住了木棠棠的裙子，随着他的动作，裙子被掀开了，传说中的打底裤露了出来。

"你在干吗？"木棠棠醒得很及时。

平日里嘴不饶人的韩馆长，这时候沉默得像个哑巴。

手里的外套此时像一个烫手的山芋被他扔下，恰好落在木棠棠的腿上，将她的打底裤严严实实地盖住。

韩绪松了一口气，重新将车发动："看你睡相太吓人，拿衣服帮你盖盖。"

韩绪驱车回到湖心小苑，韩子高推着轮椅已等候多时。

见韩绪下车，韩子高忍不住抱怨："哥，我是你弟弟，亲弟弟，不是你呼来唤去的小弟。而且我马上上高三了，我得抓紧每一分每一秒学习。你这样使唤我，是在耽误祖国未来的花朵！"

韩绪压根儿没搭理他，绕到另一边打开车门后，才看了他一眼："把轮椅推过来。"

韩子高嘴里嘟囔着，却还是不敢违背韩馆长的命令，乖乖地把轮椅推了过去。

韩绪弯腰将木棠棠从副驾驶座上抱出来放到轮椅上，韩子高才看清坐在轮椅上的女人是他的女神。

韩子高："女神……你怎么？"怎么深更半夜从我哥车上下来，还衣衫不整！

在自己忠实的迷弟面前，木棠棠笑得很亲切，像二月春风，像初晨朝阳。

"子高，好久不见啊。"

女神的微笑很治愈，可是……韩子高还是觉得自己受到了伤害。这伤害不是别人给的，是他最亲最爱的人给的，一个是最亲的亲哥，一个是最爱的女神。

韩绪见韩子高伤心欲绝地盯着木棠棠，终于有点良心发现，说："推木棠棠进屋的任务就交给你了，好好表现。"

这事，韩子高是很乐意做的，可是当他看向前面的路时，他觉得自己似乎又被亲哥给坑了。

真是完美的四十五度倾斜角，下坡容易上坡难啊！

木棠棠于心不忍，建议道："子高，我自己来吧。"

"不！"韩子高大义凛然，视死如归，"连女神这么轻的体重我都推不上，我还算什么男子汉！"

瞧瞧，这一个爹妈生的，说出来的话差别咋这么大呢！

看着韩子高将木棠棠推走了，韩绪打开后备厢，取出刚才去超市买的食材，进屋的时候刚好被去厨房接水的韩子高撞了正着。

韩子高问："哥，大半夜你买这么多菜干吗？"

韩绪微笑，拍拍韩子高的脸："当然是给辛苦读书的你好好补一补了。"

韩子高狐疑地看着韩绪，明显不信。如果他没记错的话，昨天他说肚子饿，韩绪直接甩了他一包老坛酸菜。这会儿又说给他补补，你确定不是想下毒？

算了，他还是快点接了水去找女神吧。

趁着韩绪上楼拿药箱，韩子高酸酸地问木棠棠："女神，你是不是看上我哥了？"

有这么明显吗？

木棠棠摸摸脸："很明显？"

"有点。"韩子高有点黯然。

过了一会儿，似乎自己想通了，他坚决地说道："女神，你放心，有我在，我哥肯定是你的。等你给他套上紧箍咒，他就是你的孙悟空了，绝对逃不出你的五指山！"

这都什么比喻啊，木棠棠暗搓搓地觉得有点污。

韩绪拿着药箱下来，炸鸡和啤酒一路蹦跶着跟在他身后。

他的目光扫到韩子高身上："明天周一，你不上课吗？"

韩子高不明所以地看看木棠棠，又看看韩绪，一脸茫然："要上课啊，怎么了？"

韩绪班主任附体："韩子高，还需要我提醒你吗？你即将高三，你没有浪费时间的资本。"

韩子高看着他，有点鄙视：也不知道刚才是谁厚颜无耻地使唤他，现在倒是义正词严地说他浪费时间了？

得了，反正你美，你帅，你说什么都是对的！

韩子高已经不想再和自己这个厚颜无耻、蛮不讲理的哥哥争辩了。他看着木棠棠，微笑着说：“女神，我本来想多陪一陪你的，可是你也看见了，我哥他想和你独处，找着理由要赶我走。家有恶兄，兄命难违啊！”

说完，韩子高一步三回头地走了，刚走到楼梯口，韩绪叫住他：“把炸鸡和啤酒也带走，哥怕你孤单，让它们陪着你睡我才放心。”

不带这样的。

韩子高哭丧着脸，说：“哥，我认错行不行？”

韩绪笑了笑，一脸慈父的表情：“认什么错，你没有错，都是哥错了。”

说出去的话，泼出去的水，收是收不回来，韩子高求助木棠棠：“女神，你不是喜欢炸鸡和啤酒吗，让它们留在下面陪你好不好？”

小眼里全是期待，木棠棠肯定支持自己的迷弟：“好啊。”

韩绪斜睨了一眼木棠棠，依旧无动于衷，直接将炸鸡和啤酒赶了过去：“子高，好好和炸鸡、啤酒谈谈狗生，没事就别下来了。”

两条傻狗已经在往楼上奔了，听主人提到自己的名字，直接站起来趴在扶梯上，仰着蠢萌的狗头叫唤着，丝毫不知道自己已经被见色忘狗的主人给抛弃了。

送走了韩子高和两条狗，客厅里瞬间安静下来。

已是深夜，外面很黑，从屋里往外看，玻璃上映照出两个身影。

韩绪将药箱放到木棠棠面前，低头看她：“伸腿。”

这是要亲自给她上药的节奏啊，木棠棠心里美滋滋的，撩起外套将美腿伸了出来。

不得不说，木棠棠的腿很美。

线条勾勒，像山水画，偶遇连绵的山峰，缓慢凸起而又徐徐落下，最后全部汇集在一点上。点上分出五只，像含苞待放的蕊，尖儿上透着淡淡的粉。

韩绪的喉结微不可见地滚动了一下，他觉得有点热，还有点闷。

房间里突然多了一个人，好像连空气都变得稀薄了，他不动声色地将衬衣的纽扣解开了一颗。

他得赶紧让木棠棠离开。

将酒精和纱布排列整齐地放在桌上，韩绪又去接了一盆热水过来。

毛巾浸过热水，敷到肿起的脚上，异常舒服，韩绪拿过靠枕给她垫到脚下。

其间木棠棠就双手托着脸静静地看着面前的男人。

他就蹲在她的面前，木棠棠仔细看他的脸，观察着他的每一个细微的表情："韩绪，刚才子高问我是不是看上你了。"

韩绪的脸隐在灯光下，投射出一片阴影，他听了这话也没有抬头，表情一如既然，只是淡淡地问："然后呢？"

木棠棠笑，突然想恶作剧："然后我说是你先看上我的。"

她将头靠近了一些，问他："韩绪，你是不是在马赛就看上我了，所以故意不给我钥匙，故意制造机会让我去找你啊？"

突然想到什么，木棠棠恍然大悟："对了，还有那次水管突然炸裂，我也怀疑你是故意的。"

这简直就是在兴师问罪，针对木棠棠的指控，韩绪简单地点评了一句："很好，想象力很丰富。"

"好吧好吧。"木棠棠见韩绪这样子分明就是乐于看戏，不咸不淡的，赌气似的说道，"我承认，是我先看上你的。"

很早之前，那时候韩馆长还是一个小青年呢。

追逐他的那段时光，很美好，光是想一想，就觉得连带着空气都是甜的。

"嗯，算你有眼光。"韩绪取下热毛巾，轻轻揉了揉，又说，"本馆长有颜有钱又有智慧，不喜欢我是你的损失。"

木棠棠："韩绪，你为什么如此自恋？"

韩绪："天生的。"

“嘶……”

胳膊上的伤口沾上酒精，木棠棠抓住韩绪的手，看着他：“你轻点，疼啊！”

韩绪：“我压根儿没使劲儿。”

“可是疼啊。”木棠棠的语气有点委屈，韩绪也放软了态度，眸光闪动，轻声说道：“好，我轻点。”

重新沾上酒精，一点一点地给她清洗伤口，神情很专注。木棠棠看着他的眼睛，开始一根一根地数他的睫毛。

原来男人的睫毛也可以这么长啊，还有头发，看上去也那么柔软。眉毛不化妆也可以这么浓，还有嘴唇……

木棠棠的目光定格在韩绪的嘴唇上，嘴唇这么漂亮，好想用口红给它试试色啊！

木棠棠的内心蠢蠢欲动，她抿了抿唇，看得更加专注了。

今天参加启动仪式，她涂的是圣罗兰 52 号色口红，不知道给韩绪涂上会是什么样子呢？

好想知道啊……

心痒难耐……这么好看的嘴唇，不用口红，可惜了啊。

圣罗兰 52 号色……饱满滋润，橘色系列。

不管了！

她马上就想知道。

木棠棠闭眼，直接吻了上去。

猝不及防，伴随着柔软的触觉，韩绪仿佛尝到了圣罗兰 52 号的味道，有点甜，带着酒香，好想深入……

似蓦地惊醒一般，韩绪推开木棠棠，站了起来。

他生气地质问她：“木棠棠，你在做什么？”他好心给她上药，她却满脑子只想侵犯他！

木棠棠很无辜，理由非常充分：“你这是恼羞成怒，我是看你嘴唇好看，帮你试一试色号。”又指了指他的嘴唇，说，“不信你自己照一照镜子，圣罗兰的这款颜色挺适合你的，粉中带点橘色，涂上口红你就是性感的韩馆长了。”

挺适合，你见过男人涂口红的吗？

而且，该死的，虽然生气，但他却羞耻地想再来一次怎么办！

那种柔软的感觉，和被炸鸡、啤酒舔一下是不一样的！

韩绪想要冷静一下，将酒精和纱布扔给木棠棠，说：“你自己来。”

“哎……”

韩绪扔得太快，接是来不及了，木棠棠索性倾身张开双手去抱。由于动作幅度偏大，不小心又走了个光。

韩绪现在是站得高，视野好，那一片白花花和粉嫩嫩可是看得十分清楚。

韩绪心情复杂，他突然觉得放木棠棠进来，跟放了一匹饥饿的狼进来没什么两样！

木棠棠丝毫没有意识到刚才的意外走光，抬头看着韩绪，随口说道：“不就是亲了一口吗，又不会少一块肉。你要是觉得亏了，你也可以亲回来啊。放心吧，我是不会反抗的。”

木棠棠此刻的样子，让韩绪想起了昨天韩子高给他发的一张表情图：一个小人扯开衣裳，露出花花绿绿的小裤衩，说：来啊，来互相伤害啊！

简直有病，这太丧心病狂了！

韩绪这么站着不说话，木棠棠想着是不是自己太主动吓到他了……可是她才做了第一步，她还没有霸王硬上弓呢？

韩绪不说话，木棠棠也不说话。她低头自己清洗伤口，伤口在右手臂上，她拿左手上药显得有些笨拙，试了好几次，都把自己戳得直叫疼。

韩绪站了一会儿，见她这样子，突然觉得刚才木棠棠说得没错，他确实是恼羞成怒了。他怎么可能不怒，他辛辛苦苦守身如玉三十载，初吻就这么被夺走了。

最起码，事先告诉他一声，让他有个心理准备啊！

算了，他堂堂馆长，不该斤斤计较的。

韩绪走到她面前蹲下，重新拿起酒精给她消毒，然后骚气满满地说：“木棠棠，你是不是特想让我亲回去？”

木棠棠没说话，韩绪又说：“但我偏不想让你如意。”

表情嘛，很欠揍！

木棠棠不甘示弱，反击道：“哼，我才不稀罕呢，说出来你可能不信，等着亲我的人都排到皇甫江大桥了。”

表情嘛，更是欠调教！

韩绪觉得，她现在在自己的地盘上作威作福，是该调教调教了，让她知道什么叫人在屋檐下，不得不低头。

就势而下，韩绪倾身向前将她抵在沙发上，勾起她的下巴，含住她的唇，轻轻一咬，他说：“是吗？很荣幸，那我将是第一个。”

唇上异常酥麻难耐，像久旱逢甘霖，有些迫不及待，木棠棠很主动地微微仰头。

世界在这一刻仿若静止，空气中只剩下浓重而杂乱的呼吸声，秒钟的嘀嗒声，还有彼此的心跳声。

过了好一会儿，木棠棠才反应过来，自己被韩绪给反攻了。

她推开韩绪，看着他：“韩绪，人家说摸一摸三万多，你亲都亲了，怎么也得给十万吧？”

韩绪轻笑，毫不在意木棠棠的胡言乱语：“既然这样，那就来全套的，我付全款。”

他凑近她，蹭着她的耳垂，轻声说：“你知道的，我不差钱。”

“呵呵，算了吧，你还是赔我一支口红好了。”木棠棠觉得痒，推着韩绪往后躲，“你看，我的口红都被你吃干净了。”

谁想吃口红了，他只希望没有副作用。

这时，和炸鸡、啤酒斗智斗勇的韩子高下楼找水喝，看见自己女神被哥哥压在沙发上，心痛得不能呼吸，大喊：“哥，你放开我女神！”

这个智障弟弟！

韩绪放开木棠棠站起来，给助手打电话：“订全套的《五年高考三年模拟》，越多越好，最好每个省份的来一打，明天直接送到韩子高的学校去。”

这个傻哥哥！

Chapter 7

韩馆长的初吻被狗啃了？

次日，木棠棠带伤上班，温莱吓得赶紧给她倒了一杯水。

温莱问：“才一晚上没见，怎么把自己搞成这样子了？昨天晚上你不是和白姜和在一起吗？”

接过钱朵朵递过来的抱枕靠在腰下，木棠棠半躺在沙发上不说话，脸上倒是美滋滋的，连嘴角都藏着笑意。

温莱只好问钱朵朵。

钱朵朵昨天本应该跟着木棠棠参加启动仪式的，结果H&Y那边的负责人来电话，说是前几天拍的片子出了一点问题，让他们派一个人过去看看。木棠棠这边走不开，就让钱朵朵去了。

片子的确有问题，不大不小，如果要做新一季的海报图肯定是不行的，经过协商，两边都同意重拍。

钱朵朵一直和H&Y负责人确认细节和重拍的时间，直到晚上才基本敲定。

木棠棠给她打电话的时候，她正巧被堵在了高架桥上。等她赶到酒店的时候，白姜和说木棠棠已经走了。

钱朵朵扑了个空，给木棠棠打电话也一直无法接通。下楼的时候，她碰见了从厕所出来的周家锐和张友良，两人都喝得面红耳赤，骂骂咧咧地相互搀扶着。钱朵朵从他们的只言片语中听到了木棠棠的光荣事迹。

温莱听完大笑，不生气，也不奇怪，反正这事放眼整个娱乐圈也只有木棠棠干得出来了。自从见识了木棠棠揍周家锐之后，温莱觉得论动手能力，木棠棠称第二，没人敢称第一。

刚才钱朵朵提到了一家酒店，昨天钱芳也去了，带着姚紫萱。

自从知道车祸事件的真相后，温莱放心不下苏婧，就私下找人监视着她的一举一动，刚好昨天她收到消息，说苏婧在酒店组了饭局，就让钱芳带着姚紫萱过去了。

温莱问木棠棠："你昨天在酒店碰见苏婧了吗？"

"苏婧？她也在那家酒店？"木棠棠问。

"嗯，听说苏婧邀请了很多电影导演，有意为姚紫萱铺路。"温莱说。

"苏婧真是贪心，这边还抓着时尚圈，那边就已经伸了一只脚到电影圈了。"苏婧最近的做法越来越让人看不懂了，甚至圈子里慢慢传出谣言，说什么苏婧魔怔了。

木棠棠觉得苏婧那是心魔，一天不解开，她就会不死不休地纠缠下去。这样着实挺累人的，木棠棠认为解决方法有很多种，不一定非得斗个你死我活。

苏婧不是说一命偿一命吗？那就双方坐下来，开诚布公地谈谈，到底谁欠谁的命！

温莱见木棠棠眉头紧蹙，便及时换了话题："瞧你这一身伤，难不成昨晚教训张友良输了？"

"我有可能输吗？"木棠棠挑起好看的眉毛反问，不是她太自信，而是论起打架这功夫，她师承安珩，不能给师父丢脸。

木棠棠又说：“况且，昨晚不是我一个人在战斗。”

温莱好奇，木棠棠打人都是讲究自己动手，绝不麻烦他人，难不成这一次她还带了帮手？

温莱问：“莫不是这次是双打？”

木棠棠：“严格意义上说还是单打，就是落幕的时候韩绪动了动腿。”

有句话怎么说来着：我的意中人是一个盖世英雄，总有一天他会伸长大腿来救我。

温莱敏锐地抓住了关键：“韩绪？所以昨晚你和韩绪在一起？”

木棠棠点点头，打算提前给温莱透点消息：“温莱，我打算追求韩绪了。”

温莱痛心疾首地说：“你是要抛弃我了吗？”

“少来。”木棠棠揭穿她，“你和江左是怎么回事，不打算说一说？”

说到江左，温莱才想起来差点忘了正事。她让钱朵朵先出去，然后拿出昨天江左送过来的资料给木棠棠看：“这是江左查到的，果然和你猜测的一样，车祸的时候，苏婧公司的财务出了问题。”

木棠棠随手翻了翻，全是乐锐近几年账务上的漏洞，缺口很大，苏婧一直是在借新填旧，导致了资金上的恶性循环。

翻完了，木棠棠将资料扣上：“所以苏婧才这么着急拉我垫背，然后借助我来转移注意力吗？”

温莱倒觉得不是转移注意力这么简单，苏婧头脑精明，转移注意力的手段何其多，她不会剑走偏锋选择最艰险的一条。

虽然这份资料可以反映乐锐目前资金链上出了问题，用它去和苏婧谈解约的事也绰绰有余，但江左昨天给她资料的时候若有所指地说了一句话。

他说：“乐锐被人盯上了。”

所以，到底是怎么样的人对乐锐造成了威胁，苏婧需要牺牲木棠棠来保全自己？温莱想不通，也暂时没有想到。

木棠棠翻身坐起来，突然说："温莱，我想见一见江左。"

温莱很快就安排了江左和木棠棠见面，是在一家茶社，茶社偏日式，独立包间，隐私性很好。

包间里，弥漫着茶香，三人各坐一方。

江左坐在木棠棠对面，眼睛时不时地看她一眼，眼神有点恐怖。

木棠棠被看得有些不自在，她暗自想了想，真没什么地方得罪江左的，便看向温莱，用眼神示意她。

温莱从江左进了包间，那眼神就黏在人家身上没有离开过，自然也就注意到了江左老是盯着木棠棠看。

温莱性子直接，问得也直接，点名道姓地问："江左，你喜欢木棠棠吗？"

"噗……"木棠棠险些喷了一口茶！她眼神扫向温莱：大姐，你就不能问得委婉一点啊？

温莱并不看她，她只是盯着江左，等待他的回答。

江左摇头，否定了。

温莱又说："既然不喜欢，为什么你老是看她。我喜欢你，你却从来没有这般看过我。"

喂，咱们是来说正事的好吗？不是来看你们两个打情骂俏的啊！

木棠棠心里咆哮，在桌子底下踢了温莱一脚。

江左无视温莱的控诉，突然问木棠棠："你用的是圣罗兰 52 号色吗？"

这算什么问题？

他又问："斩男色是它吗？"

这江左，是被温莱附体了吗？好惊悚啊！

这没头没尾的提问确实直接让当事人蒙了。见温莱和木棠棠都看着他不说话，江左终于意识到了一丝尴尬，假装咳嗽了一声，才开口解释道："昨晚三点，韩绪打电话问我，吃了圣罗兰 52 号会不会有副作用。”

昨晚三点，江左被韩绪的电话吵醒，然后就被他劈头盖脸地问了这么一个神奇的问题。他是律师，不是医生，也不是美妆博主，他连口红和唇彩都分不清楚，大半夜打电话问他吃了圣罗兰 52 号色会不会有副作用？

有病！

江左气愤地挂断电话，以防韩绪再次骚扰他，他直接将手机关机塞到了枕头下。

直到早上洗脸的时候，回想起这件事来，江左才觉察出了猫腻。

韩绪不会无缘无故地问他，事情肯定是有缘由的。综合以上种种分析，最有可能造成这种结果的好像只有一个人。

所以今天他才要当着木棠棠的面把事情问清楚，然后再琢磨着该怎么和韩绪说。

江左问木棠棠：“韩绪昨天是在你这里吃了圣罗兰 52 号色吗？”

这么羞耻的问题，非要当面问她吗？

现在回想起来，木棠棠都觉得那种触感仿佛还停留在唇上。

温莱恍然大悟，“啧啧”地摇头：“好啊，木棠棠，动作够快的啊，这才几天，你就和韩绪亲上了。”

说着说着，温莱的语气突然哀怨起来，目光又从木棠棠身上落到了江左身上：“哪像我啊，明示暗示多少次了，连我家江小梅的手还没有牵上呢。”

江小梅，这个羞耻的昵称，亏温莱想得出来。而且江左居然还能接受，不反驳，不反抗，木棠棠琢磨着，温莱要拿下江左，简直指日可待啊。

面对木棠棠的无情吐槽，温莱解释：“江小梅这个称呼怎么了，你没觉得像古龙小说里的绝世高手吗？最近大火的一部古装剧看了吗？里面就有一句话叫‘遍识天下英雄路，俯首江左有梅郎’。江左梅郎，不就说的我家江小梅吗？”末了，她看着江左，又说，“而且，都长得这么帅。”

正事谈完之后，江左先送木棠棠和温莱到工作室，然后驱车回了事务所，中途又接到了韩绪的电话，只得临时改道去了万古博物馆。

温莱依依不舍地送走了江小梅，才和木棠棠进去。刚走进大厅，就被前台的妹妹叫住：“棠棠姐，有你的花。”

一株香槟玫瑰，夹着一张精致的卡片，没有署名。

温莱问：“韩绪送的？”

是韩绪吗？木棠棠不确定。虽然昨晚在她主动的情况下两人的关系有了实质性的进展，可送花，不像是韩绪会干的事。

她打开卡片看，上面有一句话：祝早日康复。

木棠棠见过韩绪的字迹，这明显不是他的字，莫不是代写？

心中有点小小的失落，却还是极力找理由安慰自己，代写就代写，毕竟身为一馆之长，还是日理万机的。

另一边的私人医院高级病房里，左唯森正在处理安吉送过来文件。

这些文件都是需要他签名才可以生效的，安吉身为总裁助理，他在一边陪着，一边静候左唯森的吩咐。

中途他出去接了电话，回来时小声地对左唯森说：“老板，你订的花已经送到了。”

“嗯。”左唯森淡淡地道，“换一种，明天继续送过去。”

安吉心中记下，又问：“署名吗？”

手里的动作骤然停下，笔画停在森字的最后一笔，他说：“不用署名，下次见面我会亲自告诉她。”

******

木棠棠借养伤为名，自己给自己放了一周的假。

虽然是养伤在家，温莱也没有让她闲着，派人把关于博物馆代言人的全部资料和相关文件都送了过来，让她趁着养伤期间，好好琢磨琢磨剧本。

剧本分三册，围绕汉代文化史展开，分别讲述了汉文化的前期、中期、后期，整个拍摄过程以纪录片的形式呈现，演技上要求不高，对于这一点，木棠棠本人表示非常满意。

其实这也是为什么在温莱多次威逼利诱之下她也坚决不进演艺圈的原因，因为实在是演技太烂，她觉得还是不要祸害广大观众朋友的好。

她做模特的时候，对着摄影师的镜头可以很自然，很放得开。可如果让她在片场去演绎另外一个人，去表演别人的人生，她就会面无表情，四肢僵硬。

书到用时方恨少，木棠棠现在已经抱着第一册剧本啃了三天了，其中晦涩的东西太多，她似懂非懂。虽然让钱朵朵帮她在图书馆借了不少参考书，可书堆起来比她坐着都高，茫茫书海真是无从下手啊。

她今天特意起了个早，打算怎么着也得把第一册看完，一边查参考书，一边做批注，不知不觉就到了中午。

钱朵朵订了外卖拿过来，进门的时候就看到木棠棠被包围在一摞书里。

“棠棠姐，该吃饭了。”钱朵朵将饭菜放在桌子上，叫她。

木棠棠看得认真，也没有抬头，随口敷衍了一句：“你放这儿吧，我待会儿吃。”

待会儿吃就是不会吃了，钱朵朵直接走到书堆里，将木棠棠手里的剧本拿走，关心地说道：“今天可不行，我必须看着你吃完才可以走，这是莱姐吩咐的。她说你可不能再瘦了，再瘦下去拍片的时候就不好看了。”

这是模特行业的通病，为了追求骨感美，一个个不吃饭只喝水，那样瘦是瘦得快，可是怎么看都不健康，对身体来说也是一大伤害。

木棠棠这才抬头看了看时间，十一点，便说：“再给我一个小时，十二点我就放下手里的工作过来吃。”

钱朵朵想了想，这样也好，总比不吃好，就说：“那好吧，我把饭先给你热着。”

一个小时很快就到了，吃饭的时候木棠棠还是心心念念着自己的剧本。

其实这是常态。以前木棠棠拍摄杂志封面，或者走秀，都会提前和摄影师还有工作人员确认细节，确认服装，小到化妆师的化妆品，她都会去检查一下。本来这些都可以不用她做的，完全可以交给经纪人或者助理去做，但她坚持亲力亲为，说这样可以更好地把握拍片时候的感觉，往往拍出来的效果也是极好的。

所以钱朵朵接手助理工作之后，工作量和同期的助理相比不知道少了多少，更多时候，她干的跑腿的事情比较多。有时候拍片会遇到其他模特，她们的助理在片场简直忙疯，只有她一个人清闲。她们私下多次向她抱怨，也羡慕她工作量这么少，可钱朵朵觉得这样也未必就是好事，毕竟和她们比起来，她得到的锻炼机会也少了很多。这样下去，她可能一辈子都只是个助理而已。有时候，她也羡慕那些工作量多的助理，看着她们一次比一次有能力，反观自己，好像还在原地踏步。

况且家里最近给她打电话的次数更频繁了，她应该回去一趟了。

吃完饭，钱朵朵就表示自己想请一周的假。

木棠棠也没有多问她为什么请假，只是说：“行，前段时间跟着我跑国外也辛苦，是该放一放假了，你回头跟温莱说一声就可以了。”

钱朵朵听到“温莱”两个字时表情有点为难，问：“能不能不跟莱姐说？反正你是老板，你批准了就可以了。”

“我是老板没错，”木棠棠语气认真起来，看着钱朵朵，说，“可我从来没有把温莱当成是我的员工，不只是她，还有你们，跟着我开工作室，你们都是担了风险的，我当你们是朋友，是伙伴，而不是下属，知道吗？”

钱朵朵的眼神动了动，轻声说：“我知道了。”

见她一脸的黯然，木棠棠想了想，问她：“你为什么不想告诉温莱？”

“莱姐她肯定不会同意的。”钱朵朵笃定说道，况且温莱不喜欢她，“最近工作室一直缺人手，莱姐带过的团队都是一个人干两个人的活。”

“既然这样，那你为什么还要请假？”木棠棠问。

目光又暗淡了些，钱朵朵有些难为情：“家里出了点事，我爸让我回去看看。”

钱朵朵如此一说，木棠棠突然想起上次拍 H&Y 的广告时，她无意之中听到钱朵朵和她父亲通话。

想了想，木棠棠告诉她：“三天，最多只能给你三天。至于温莱那边，我会跟她说明情况的。”

三天也好，总比一天也没有的好。而且有些事情，她是必须要回家处理的。

钱朵朵下午就匆忙收拾东西走了，木棠棠给温莱打电话说明了情况，温莱破天荒什么也没有说，只说自己忙，便把电话给挂了。

但木棠棠知道，温莱生气了。温莱就是这样，假生气都是声势浩大，真生气了就一声不吭，默默地冷你几天，让你自己上门认错。

木棠棠中午就在沙发上小憩了一会儿，然后全身心地投入剧本当中。

下午五点多钟的时候，韩子高过来了。

他见她如此，便天花乱坠地夸了一番，木棠棠表示很受用，当即就答应了把自己的写真集签上名字送给他。

韩子高自然是高兴坏了，不仅嘴甜得跟抹了蜂蜜似的，还开始八卦起韩绪来。

“女神，你知道吗？我哥他被我妈逼着相亲去了。”

木棠棠无心看剧本了，韩绪竟然背着她去相亲，怪不得最近一周都不见他的人影。

木棠棠问：“和谁相亲啊？”其实她是想问，相亲对象有自己漂亮吗？身材有自己好吗？

韩子高笑嘻嘻地问她：“女神这是吃醋了啊？”

木棠棠大方地承认：“这是嫉妒。”

韩子高撇嘴，手指使劲儿戳沙发：“哎，有什么好嫉妒的，说不定我哥乐在其中呢？”

说完，韩子高瞥了一眼木棠棠，果然见她微微皱了眉。他心中暗叹女神的占有欲真强，一边心里却暗爽，亲哥啊亲哥啊，可是你先对不住我的，就别怪我暗中给你使绊子了。

韩子高一脸痛心，又显得左右为难：“女神，我听说了一件事，不知道该不该讲。”

“讲啊，你是不是不想要写真了？”说着，木棠棠作势要把签了名字的写真拿回去。

“当然想要。”韩子高给抢了回来，紧紧地抱在怀里，才说道，“本来我哥不让我跟你说的，但你是我的女神，我觉得必须跟你说。”

韩子高示意木棠棠靠近一些，小声跟她说了。木棠棠听完眼里有杀气闪过，眼神在空中劈出两道惊雷。

再次见到韩绪，是纪录片开拍那天的清晨。

一切都是这么美好，清风、暖阳，还有花香。

她从别墅出来，韩绪的车就停在她家门口。木棠棠心中是有气的，将背着她相亲的韩绪视如空气，越过他，直接开着自己的车走了。

韩绪一头雾水，他担心她脚上的伤没好，特意一大早等在这里接她。不过看她刚才甩了一个飘移风风火火地走了，想来脚伤是没什么大碍了。

他也要去博物馆，兀自笑了笑，狠踩一脚油门，也跟了上去。

明明是比韩绪先走，可当她到达博物馆的时候，刚才停在她家门口的那辆车已经停在博物馆外的停车区了。

韩绪倚在车边打电话，单手插在裤兜里，风姿挺拔，俨然一道亮丽的风景线。就是不知道他在和谁打电话，笑得那叫一脸的春风荡漾。

木棠棠开车过去，故意按响喇叭。

韩绪看过来，木棠棠毫不回避地给他瞪了回去，然后指了指旁边，示意他闪一边去。

韩绪挪了几步，木棠棠无视他，将车开了过去。

停好车下来，韩绪还没走，似乎是在等她。

哟，还知道等她呢？在拍完纪录片之前，木棠棠不想和韩绪说话，便假装没看见，从另一边走了。结果她刚进博物馆门口，便被追上来的韩绪给拉住了。

韩绪没给她反抗和拒绝的机会，直接将人拉到了博物馆外面的石狮子后面。

“为什么不理我？”他问。

这语气，敢情是来兴师问罪了。可到底该谁问谁的罪啊！

木棠棠不看他，抬头看石狮子：“啊？没有啊，刚才你不是在打电话吗？谁知道这个电话是不是关乎韩馆长的终身幸福啊，我总不能直接打断吧，那多没教养啊。”

怪不得木棠棠觉得这石狮子眼熟，万古博物馆微博的头像不就是它吗？

憨态可掬，越看越想笑。

韩绪对木棠棠强词夺理的行为不以为意，继续发问：“之前，在你家门口，你也没有理我。”

何止没有理，分明是直接忽视，想他韩绪，什么时候被人如此无视过。

木棠棠终于不看石狮子了，改看远处：“哦，之前啊，我以为你停在那里休息，所以就没有打扰你。”

“我停在你家门口休息？”韩绪都觉得木棠棠这个理由简直太蹩

脚。

“是啊，有什么问题吗？”木棠棠收回目光，又说，“韩馆长要是问完了，我就先进去了，里面还有人等着呢。”

刚说完，温莱就出来了，她只看见木棠棠，没看见石狮子后面的韩绪，于是叫木棠棠：“干吗呢？还不进来，化妆师和造型师都准备好了，你再不出现，明天网上就该说你耍大牌了。”

木棠棠笑了笑，暗道温莱来得太及时，应了一声，就跟着温莱进去了。

韩绪站了一会儿，韩言之也来了，隔了老远就开始叫他：“嘿，大侄子，干吗呢？”

韩绪看韩言之的眼神有点奇怪，韩言之一头雾水，看了看天，又看了看他。

风和日丽，万里无云，除了韩绪，一切都挺正常的。

然后，就听见韩绪一本正经地问他，让韩言之一度以为这个大侄子要和他探讨学术问题。

“二叔，一个女人故意不理你，还给你甩脸色是为什么？”

安静了好一会儿，博物馆外响起了韩言之的咆哮：“韩绪，你为什么要一大早问万年单身狗女人的问题！你故意的！”

木棠棠感受到脚痛是在纪录片拍摄的后半程，好在剩下的拍摄是不需要走位的，她只要安静地站在展柜面前就可以了。

而且她穿着汉服，长长的裙裾下，只要不是大幅度的动作，脚部微微的不适也看不出来。就这样，木棠棠坚持到了下午的另一个场景拍摄。

中场休息的时候，她撩起裙角看了一眼，脚踝微肿，有些红。这就叫死要面子活受罪，早上如果坐韩绪的车，她的脚伤就不会复发了，作死的她还显摆地在韩绪面前甩飘移，真是自作孽不可活啊！

休息时间很快就到了，场记过来通知她，说导演临时改了剧本，下一场先拍摄第三场——雨中漫舞，讲述的是一个身着红色汉服的美艳舞女，在雨中擂鼓跳舞，其中涉及的动作多是旋转、跳跃、空中劈叉。

这场景肯定是不能拍了，再拍下去她的脚就得废了。木棠棠让场记先等着，她给温莱打电话，而温莱此刻正在副馆长办公室给韩言之科普恋爱套路指南。

等温莱赶到拍摄现场的时候，木棠棠竟然已经换了衣服上场了。

不是说脚受伤了吗？温莱在现场随便抓了一个人问："怎么回事？木棠棠怎么上场了？"

那人指了指旁边，说："喏，馆长来了，刚才好像和木棠棠吵了一架，之后木棠棠就换了服装上场了。"

温莱看过去，韩绪就站在导演旁边，看着场上的红衣黑发的木棠棠。

而木棠棠的脸色不好，心情肯定更不好。

这都不重要，重要的是她的脚伤复发，怎么可以拍摄这样的动作内容。温莱直接找到韩绪，说："韩先生，这一场棠棠不能拍。"

韩绪没有给她更多的解释机会，面无表情地说："温小姐，我一直认为你很专业，不会在工作上放纵手中的艺人。"

这个艺人直指木棠棠。

温莱还想说什么，导演突然叫了一声"Action"，全场安静下来，负责人工降雨的工作人员开始向场地中央的木棠棠洒水，鼓风机也就位了，呼呼啦地吹着风。

风雨交加，墨发飞扬。

木棠棠似乎往这边看了一眼，然后飞扬起手中的红绸缎，翩翩起舞，鼓声雨声阵阵。

温莱一时没话，拿出手机给钱朵朵发短信，然后对韩绪说："韩先生，虽然不知道你是怎么胁迫棠棠上场的，不过，这次是你错了。合同上明确写了，你们必须保证棠棠的人身安全，而你却直接漠视了她的脚伤。如果你方先违约，那我们也有权为艺人争取利益。"

韩绪看着场上的木棠棠，他也发现了异样，她的脚……

“停下来。”韩绪突然说。

导演不明就里地看着他：“这才刚拍，停下来……”

“停下来。”韩绪又重复了一句，不顾众人的眼光，直接向场中的木棠棠走了过去。

在大家的错愕之际，韩绪已经走到木棠棠身边，蹲下来，撩起她的裙角。

“脚伤没好，为什么不说？”

木棠棠低头看他：“你给我说的机会了吗？”

裙角撩起，脚踝处又红又肿，或许因为浸泡了水，显得有些乌青。

韩绪神色黯淡，雨水打在他的脸上，晦暗不明。

而那边，温莱已经跟导演说明了情况，导演忙叫了暂停。雨停了，风也不吹了，只有场中的两个人安静得像一幅画。

钱朵朵赶过来时就见着这样一幅场景——一身红衣汉服的木棠棠，一身西装革履的韩绪，一个站着美如画，一个蹲着风韵神朗。

她提着一包药跑到温莱面前：“莱姐，什么情况？”

温莱：“姑且算是情侣吵架后遗症？”说完，温莱就叫木棠棠。

木棠棠看着韩绪，说：“温莱叫我，我先过去了。”

韩绪却握紧她的脚，她动弹不得。

他说：“你怎么过去？”

“走过去。”

“你脚上有伤。”

“那就一步一步挪过去，你要是想看我笑话，那就尽情看好了。”

韩绪放开她站起来，看着她的眉眼，说：“我带你过去。”

又是拦腰一抱，木棠棠被韩绪打横抱起，踩着地上的积水，像是蹚过山河，从远古而来。每一步脚印，都是时间镌刻留下的痕迹。导演灵光乍现，连忙叫摄影师录下了这一幕。

韩绪抱着木棠棠，经过温莱的时候，说：“把药送去我的办公室。”

然后留下不明真相的一群吃瓜群众，场记问导演：“还拍不拍了啊？”

导演竟笑得十分开心，招呼着大家：“今天收工收工，不拍了。”

馆长办公室里，两人都换上了干净的衣服，韩绪蹲着给她上药。就在一周前，也是一模一样的场景，只是换了一个地方而已。

木棠棠垂着眼，肩上披着韩绪的外套，外套上有一股清香，特别安抚人心。

擦完药，韩绪抬起她的脚一圈一圈地缠绷带，说：“我把拍摄推迟了，你现在的状态不适合投入工作。”

木棠棠眸光闪了闪，说：“脚伤只是复发，多注意一点就行，明天的拍摄继续吧。”

韩绪停下手中的动作，淡淡地说：“木棠棠，你不要任性。”

木棠棠抬起头，直视着他的眼睛：“我任性？韩绪，我真任性刚才就甩手走人了。被说耍大牌也好，我不在乎，可我还是留下来了。”

她微微把头低下来，和韩绪平视，他的眼里是她，她的心里是他。

她伸出手，慢慢覆在他的胸前，手掌之下，是他的心脏，她看着他，说：“你说，我为什么留下来？”

没有给韩绪回答的机会，她自顾自地说：“韩绪，我喜欢你，你也不讨厌我不是吗？我不傻，我可以感觉到你是喜欢我的，你大可以选择我，谈恋爱也好，结婚也罢，我都是适合的人选，为什么你还要去相亲？相亲就算了，你们竟然还一起去了酒店。”

她捧起他的脸，手指在他的唇上摩挲，问他：“你们接吻了吗？”

韩绪看着她，没有说话。

木棠棠又牵起他的手，手掌宽大，骨节分明，与之十指相扣，她又问：“你们这样牵手了吗？”

韩绪还是没有说话。

木棠棠拿出湿纸巾，擦他的唇，擦他的手，说：“韩绪，你是我的，任何人都不要想染指你。”

她像一个占有者，霸道而自信。

韩绪低声笑了，明白了木棠棠从早上到现在一切反常的原因。他抓住她的手，将她往身后一压，欺身而上，将她禁锢在身下。

一低头，他顺势吻了上去。

他说："木棠棠，这样才干净。"

唇齿勾缠，勾的是天雷与地火。

一通热吻之后，木棠棠喘得厉害，他放开了她，鼻尖相抵，指腹摩挲着她红嫩饱满的唇。

"棠棠，我很开心。"他浅啄一口，看她，"你生起气来，像一只自暴自弃的小野猫，模样真惹人怜。"

木棠棠脸红发烫，她双手抵住胸膛推他，没推动，又挣扎着要起来："少来这一套，我还在生气呢！"

面对不老实的小野猫，韩绪轻松地将她的双手抓住往后压去，然后整个人都欺了上来。木棠棠脸红得厉害，她是臊得慌，虽然平时嘴上叫喊着要睡韩绪，可真枪实弹上场了，她倒是有点㞞了。

她将脸侧到一边，不敢看他的眼睛，谁知他竟顺势咬了她的脖子。

一吃疼，木棠棠也顾不得了，挣扎着往后退，可身后是死路，她只能前进，不能退缩。

韩绪将她的手放到自己的脖子上："抱着我。"

几乎是下意识的，木棠棠执行着韩绪的命令，而他不知道什么时候开始，就控制了主导权，似乎这是男人天生的能力。

木棠棠的双手缠了上去，韩绪很满意，勾起她的下巴轻轻啃咬："我的手，没牵过别人；我的唇，也没有吻过别人，现在你放心了吗？"

这是解释吗？木棠棠点点头。

韩绪轻笑，突然想到什么，放开她坐了起来。

木棠棠还有些恍惚迷离，低声问："怎么了？"

韩绪奇怪地看了看她，好一会儿才说："木棠棠，我收回刚才的话。"

木棠棠没明白，问："什么话？"

韩绪："我被别人吻过，也牵过别人的手。"

木棠棠一听就急了，要不是脚上有伤，她几乎要跳起来："是谁？是你的相亲对象吗？你们果然在酒店做了不可描述的事情吗？"

韩绪摇头，痛心地说："说出来你可能不信，那个别人就是炸鸡和啤酒。"

木棠棠："……"

木棠棠成为万古博物馆代言人的消息一出，乐锐也紧跟其后，放出姚紫萱接下张友良新剧的消息，搭档影帝苏哲，饰演女一号。

网上骂声一片，多数是骂姚紫萱，而骂人的就是男一号苏哲的粉丝。这戏还没有开拍，男女主角的粉丝先掐起架来，连带着这部剧的关注度也一下子涨了上去。反而是木棠棠，像是从娱乐圈销声匿迹了一般，消息少之又少。

木棠棠这是乐得清静，她现在怎么说也算是为文物保护服务吧，多光荣啊！

拍摄第五场戏的时候是周六，韩子高终于解放了自己，农奴翻身把歌唱，一大早就跑到博物馆帮忙。

摄影组很多人不认识他，但韩子高长得帅，又阳光，整个一青春洋溢的美少年，加上勤快又嘴甜，很快就和大家熟络了。

每次拍木棠棠特写镜头的时候他就端着一张小板凳，像小学生春游一样乖巧，挨着导演排排坐，盯着导演面前的监视器笑眯眯的。

导演见了，乐呵呵地让人买了糖果，看见韩子高坐过来了就抓一把糖果塞他怀里。后来不知这个习惯怎么就流传开了，几乎每人兜里都揣着糖，见了韩子高就给，韩子高俨然成了人见人爱的小公举，比韩馆长可是受欢迎得多。

Chapter 8
三年生俩，五年抱四

最近博物馆里流传着一个桃色绯闻——韩馆长恋爱了。

而绯闻对象，就是正在为博物馆拍摄纪录片的名模木棠棠。

传闻仅限于在博物馆的工作人员之间传播，至于摄影组，整个都是工作狂，两耳也不闻八卦事。导演带领着众人剪片子，做后期，除了日常拍摄，剩下的时间全都耗在剪辑室，哪儿还有闲心关心什么八卦。

不过说到韩馆长和木棠棠谈恋爱，大家便不由得回想起在几周前的例行会议上，韩馆长力排众多实力男星，然后一锤定音地选择了木棠棠成为博物馆的代言人的事情。

当时大家并没觉得有什么深意，反正选谁都是选，琢磨着博物馆经费有限，就选择便宜一点的明星，那时候韩馆长自掏腰包的行为简直帅呆了。可如今随着传闻的流传开来，大家私下里不禁开始猜测：莫不是这韩馆长早就狼子野心，居心叵测，觊觎木棠棠多时？所谓的自掏腰包，还不是用在了女朋友身上？

这简直……太浪漫了啊！

霸道馆长为了追求自己心爱的女人用尽手段，只为把她圈禁在自己身边？

这简直就是深夜八点档啊！

其实大家私底下早就受周时卿女士所托，结成媒婆统一战线，存在的理由就是为韩馆长物色相亲对象，所以平时在私底下也没少给周时卿女士发情报。这不，上周大家就物色了一位海归女博士，由周时卿女士张罗着给韩馆长相亲去了。

相亲虽然失败了，但现在看韩馆长和木棠棠很有戏啊。

那天可是多少双眼睛看着韩馆长亲自抱着木棠棠回的办公室。两人在办公室待了一下午，等到下班的时候才出来，出来时两人可都是换了一身衣服。

大家暧昧地看着两人笑，木棠棠脸色红润，唇色饱满，韩馆长春风得意，两眼发光，一看就知道发生了什么不可描述的事情！

大家笑眯眯地为他们感到高兴。

还甭说，这木棠棠和韩绪往那儿一站，倒是金童玉女般配得很，十分养眼的组合。所以韩馆长要和名模谈恋爱，看似离谱，大家可都是乐见其成的。

这个消息很快就传到了正在度假的周时卿女士耳朵里，虽然现在的万古博物馆不再是韩怀远的天下，但他的眼线依旧遍布全馆，替媳妇探听一点情报，还不是分分钟的事情。

周时卿一听木棠棠这个名字就觉得熟悉，仔细一回想：哎哟，这不就是安安那朋友吗？

对象都有了，抱孙子还会远吗？周时卿女士不想度假了，催促着韩怀远快点准备，她要马上回国。

韩怀远不乐意了，这说好的度假，怎么能度到一半就喊停呢？

他和周时卿商量："媳妇，儿孙自有儿孙福，韩绪要是连一个女人都搞不定，还配做我韩怀远的儿子吗？所以，咱们俩继续度假，你不是还想要一闺女吗？你瞧这里，碧海蓝天，多适合迎接闺女的到来啊！”

韩怀远同志陷入幻想中无法自拔，周时卿一巴掌将面前做白日梦的男人拍醒：“什么闺女，你是不是傻啊，让儿媳妇生一个孙女不就好了，我年纪大了哪里禁得起你的折腾。”

说完，她恨恨地白了韩怀远一眼。

韩怀远同志委屈啊，这说想要一个闺女的也不是他，总是拍他干吗。

周时卿女士又说：“怎么了？嫌我拍疼你了？还是觉得我说错了？”

韩怀远同志呵呵一笑，上前牵起周时卿的手，往脸上蹭：“媳妇，这说的什么话，没有错你也可以打我的。”

周时卿被逗笑了，捏着韩怀远的脸，说：“德行！”

******

博物馆的食堂非常人性化，周一到周五的菜色各不相同，每天主打一种特色菜，比如今天周三，食堂推出的招牌菜就是糖醋小排。

木棠棠打了一份，没吃，光看着解馋。

“你这是望排骨止馋吗？”韩言之端着餐盘在木棠棠的对面坐下，他早就暗中观察木棠棠多时，毕竟她曾经是他的锁屏女神，虽然后来被韩绪给改成炸鸡和啤酒了。

木棠棠没见过韩言之，自然也不知道韩言之与韩绪之间的关系，只是看到他工作牌上写着“副馆长”三个字。

出于礼貌，木棠棠先打了招呼：“副馆长您好，我是木棠棠。”

韩言之哈哈笑，自来熟得很，一点也不拘谨，而且虽然木棠棠不认识他，可是他认识木棠棠。

韩言之：“好好好，大家好才是真的好。你叫我二叔就行了，副馆长听着生分。”

“二叔？”木棠棠不知道二叔，她只听过三叔。

韩言之盯着木棠棠碗里丝毫没有动过的糖醋小排，嘴里念念叨叨：“谁知盘中餐，粒粒皆辛苦。你们这些年轻人，就是体会不到粮食的来之不易。来，你不吃，全给二叔吃。”

韩言之将排骨一块一块地往自己碗里夹，然后说道：“你不是我大侄子的女朋友吗？你们俩现在谈恋爱，以后还得结婚，反正迟早都是一家人，现在叫一声二叔，先叫着适应适应，免得以后嫁过来叫着不好改口。”

“……”

等一等，为什么突然就谈婚论嫁了，木棠棠还没有搞清楚状况，将韩言之看了又看，才试探性地问道：“您是韩绪的二叔？亲二叔？”

韩言之排骨吃得正香，闻言先点了点头，等到完全咽下去了才开口说道：“当然是亲二叔了，他爸就是我爸，你说亲不亲？”

这句话吓得木棠棠不轻，问：“您说他爸就是您爸，那个……”

“嘿，瞧我这嘴快的。”韩言之改口，说，“是他爸就是我哥，我亲哥。”

韩言之大快朵颐，糖醋小排很快就被他搞定，吃完了他又问：“你和韩绪打算什么时候结婚啊？”

“咯咯咯——”木棠棠刚喝了一口水就被韩言之的问题给吓得呛到。结婚？她现在和韩绪好像连男女朋友都算不上，虽然抱过了，亲过了，但韩绪并没有明确地表示过。而且，结婚什么的，不是要先订婚吗？

韩言之见木棠棠不说话，以为她是不好意思。这可不行啊，想他老韩家，哪个不是能说会道。刚想要说什么，韩言之眼角的余光瞟见韩绪正朝这边走来。

不得了，这个大侄子来了，他赶紧收拾了餐盘起身：“大侄子媳妇，你慢慢吃，二叔先走了哦，下次二叔请你吃饭。”

说完，还朝她挤眉弄眼，然后韩绪就出现了。

“二叔，你在这里干吗？”

韩言之朝着两人暧昧地一笑，拍一拍韩绪的肩，说：“好小子，深藏不露啊！”

旁边有博物馆的工作人员路过，听到韩言之的话，悄悄背着韩绪给韩言之竖起了大拇指。

韩言之受到下属们的鼓励，来劲儿了，先朝木棠棠笑了笑，然后凑到韩绪耳边，低声说：“二叔这就走，你们小两口慢慢培养感情，争取三年生俩，五年抱四。”

这项任务似乎很艰巨啊！

看着韩言之出了食堂，木棠棠才松了一口气，这个二叔简直招架不住啊。

韩绪坐到她对面，看着她碗里几乎没怎么动过的饭菜，微微皱眉，问她：“怎么吃这么少？”

木棠棠：“保持身材啊，饭吃三分饱，剩下七分靠水填。”

她笑了，问他：“是不是觉得干我们这行特别不容易？是不是特别心疼我？”

韩绪一本正经地说：“嗯，心疼被你浪费的饭。”

“嘁，口是心非。”木棠棠看了看时间，问他，“下午的拍摄你会过来看吗？”

韩绪不答，反而勾着唇问她：“你希望我来？”

“还好吧，你想来就来，不来我总不能强迫你来吧。”木棠棠也学会了韩绪口是心非这一套。

但她又害怕自己这么说韩绪就真不来了，想了想，补充道：“我只是想告诉你，下午只拍一场，你不来看可就看不到我了。”因为下午拍完纪录片，木棠棠还要赶去重拍 H&Y 的海报。之后的一周，她会再次飞往法国 H&Y 的总部进行最后的拍摄，而纪录片的第三册剧本内容，就排到了七月初。

也就是说，如果今天下午韩绪不来看木棠棠拍摄，那么将会有一周的时间韩绪都见不到木棠棠本人了。

下午拍摄汉文化的中期文化部分，拍摄地点被安排在博物馆的西展馆。西展馆成列的展品多是汉代中期出土的文物，而木棠棠将化身汉女，与这些古文物来一场穿越时空的对话。

拍摄过程很顺利，几乎都是一条通过，所以拍摄结束的时候，比预期的时间提前了一个小时。

木棠棠拍摄的时候走心，中途休息就四下张望，温莱当然知道她在找谁。

温莱挡住她的视线：“别找了，我听他们博物馆的人说了，韩绪今天要去西部博物馆进行研讨会，所以不会来了。”

木棠棠本来心中有些失望的，可是在赶去 H&Y 拍摄现场的时候，韩绪发来了短信。

简短的四个字：拍得不错。

这意思是他来现场了？

木棠棠直接给他打了过去，电话很快接通，木棠棠心中殷殷期待：“你过来看我拍摄了？”

韩绪轻笑，语气却很严肃：“身为馆长，当然要在现场监督。”

木棠棠嘴角微勾，脸上扬起笑意，心道：哼，嘴上说着不来，身体倒是很诚实嘛！

她顿了一下，才轻声说：“韩绪，我今晚就要走了，飞法国。”

这一次的法国之行不短也不长，但一想到要和韩绪分开这么长时间，心中又怪舍不得的。毕竟他们的关系最近好不容易才又亲近了一些，就应该趁热打铁把该办的事情都给一次性办了。中途这么分开，搞不好等她回来两人又是一朝回到解放前了。

“嗯，我知道。”韩绪语气淡淡，隔着话筒，木棠棠也听不出他的情绪。

两人都默契地安静了一会儿，谁也没有说话。半晌之后，韩绪才突然问她：“下午的拍摄几点结束？”

木棠棠说：“你等我一下，我问问。”

木棠棠捂住话筒，倾身问前面开车的钱朵朵：“朵朵，下午的拍摄几点结束？”

钱朵朵开着车，似乎没有听到。

木棠棠又叫了一声：“朵朵？”

钱朵朵恍然回神：“啊，棠棠姐怎么了？”

自钱朵朵从老家回来，就常常在工作的时候出神，显得心事重重，可人家家里面的事情，钱朵朵不主动和她说，木棠棠也不方便直接问。

木棠棠想了想，先给点时间让钱朵朵自己想一想，于是说：“下午 H&Y 的拍摄，什么时候结束？”

“大概五点。”

“好，我知道了。”木棠棠坐回后座，才对韩绪说：“下午五点，怎么，你要来送我吗？”

韩绪坐在商务车里，腿上摊着一本菜谱，他慢慢地翻页，然后轻声说：“等着我。”

******

H&Y 海报的摄影楼设在 H&Y 亚洲分部的西面楼。

左唯森今天来 H&Y 是谈生意的，但听说木棠棠在摄影棚里，他便提出想过来看看。

自从上次在酒店一别之后，左唯森一直没有找到合适的机会再见木棠棠，所以今天既然撞上了，便直接过来了。

木棠棠这次的海报拍摄，身上穿的是 H&Y 协办方品牌赞助商提供的春季最新款裸色流苏裙，裙边灵动而富有设计感的线条，将她交叠着的双腿衬得越发纤细修长。

她的每一个动作，每一个眼神，都很美。左唯森评价道。

而木棠棠只要开始拍摄，便全身心地投入，注意力十分集中，所以没有注意到摄影棚多了一个人。直到一个镜头拍完，化妆师上场补妆的时候，她才发现有一个男人站立在不远处静静地看着自己。

木棠棠回以礼貌的一笑，那人也对她微笑。

起先木棠棠并未在意，只以为是路过的人，谁知直到拍摄结束，那个男人还依旧站在那里，好像是在等她。

钱朵朵也看出来了，在她耳边小声说："棠棠姐，那人是谁啊？他好像在等你。"

可不就是在等她，见她现在下场了，他便直接走了过来。

左唯森是特意过来等木棠棠的，他有意结交，等一等根本不算什么。

他自我介绍，礼貌地说道："木小姐你好，我是左唯森。"

他拿出名片给她，随口问道："花还喜欢吗？"

花？

木棠棠突然想起，自从在酒店教训张友良之后，每天都会有人往工作室送花，而且每天不重样。

她本来以为是韩绪，可后来她专门问过韩绪，韩绪说："我追女孩不送花，一般直接送人。"

所以，那些每天不重样的花都是这个叫左唯森的人送的？木棠棠搜寻脑海中的记忆，确定自己以前没见过左唯森，也不认识他，那他为什么要每天给她送花呢？

单纯的追求者？木棠棠打量着左唯森，看着不像。

左唯森见木棠棠疑惑，主动解释："我和木先生是生意上的伙伴，有幸听他提过你。"

这样解释倒是不奇怪了，左唯森的名片上写着他是通用电讯的总裁，而木砚山是做电器的，两人有生意上的往来很平常，而木砚山又是一个炫女狂魔……

木棠棠微笑而礼貌地将左唯森请到一旁坐下："左先生，找我有事吗？"

左唯森笑道："叫我唯森就可以了，严格算起来我们也算平辈。"

他又说："木先生总是夸赞自己的女儿漂亮，今日一见，木小姐果然是一个美人。"

这话木棠棠觉得不假，也不是左唯森在假装客气。因为木砚山喜欢向别人炫耀她，逢人就说自己有一个乖女儿。

想到木砚山，木棠棠心中就柔软起来，所以对左唯森的态度十分温和："左先生不介意的话，待会儿一起喝杯咖啡怎么样？"

左唯森微笑，语气得体道："荣幸之至。"

喝完咖啡，左唯森听说木棠棠要去机场便提议一起过去，恰好他也是今晚飞国外。既然顺路，木棠棠便没有拒绝，到了机场才和左唯森分开，在 VIP 候机厅等韩绪。

大概二十分钟，木棠棠没有等到韩绪，却等到了韩绪让人送过来的晚餐——香菇鸡丝玉米粥。

还有一张便利贴，上面写着：爱心晚餐。

木棠棠笑了笑，这粥是韩绪做的不假，可这便利贴一看就是韩子高弄上去的，还画了几个粉色桃心，真是一个内心住着美少女的大男孩。

这次法国之行温莱也有陪同，见木棠棠抱着饭盒傻笑，摇了摇头，直道："恋爱中的女人啊！"

那边钱朵朵已经办理好了登机手续，朝她们招手，温莱拍了拍傻笑的木棠棠："走了。"

上到机舱里，木棠棠就看见了一个熟悉的身影，他侧身在和身边的人低声交谈。他显然也看见了她，过了一会儿，起身走了过来。

"真巧，我们又见面了，木小姐。"

木棠棠笑，说："是啊，原来左先生也去法国。"

******

周一上午，张友良的新剧《赤月》曝光了男女主演的定妆海报。

姚紫萱饰演的女主角是一只千年狐妖，从曝光的造型来看，竟然异常美艳。本来姚紫萱就因为脸的辨识度太高，角色十分受限，可如今这个狐妖一角，搭配上姚紫萱的脸，也是一种说不出的惊艳感，就连以前经常在网络上黑她的黑粉们，也是一改常态，不仅没有开骂，反而表态很期待。

影帝苏哲的造型更是不用说，就算是粗布穿在苏哲身上，那都是时尚大片的既视感。况且苏哲以古装剧成名，素来就有古装王子的称号，所以这一次在《赤月》中，他饰演的上仙莲月，气质浑然天成，仙气逼人，所以也是万众期待。

原本姚紫萱和苏哲这样的CP搭档，大家非常不看好，定妆照没出来之前，姚紫萱的微博底下也是一片叫骂声。如今定妆照一出，质疑声、骂声也有，但相比之前已消停了不少。毕竟光从定妆照上来看，姚紫萱真的是惊艳了众人一把。虽然之前由于拍的烂片太多，诟病也不少，大家还是期望这一次姚紫萱能拿出真演技来。

乐锐方面也是在大力配合《赤月》电视剧的官方做宣传，近日有消息传出，乐锐已经高价邀请了好莱坞的特效团队来参与《赤月》电视剧的后期特效，比起如今很多电视剧的三毛钱特效，这样的承诺无疑也是提前给观众吃下一颗定心丸。至于效果好不好，还得最后等到电视剧开播交给观众来评价。

本来一切都进行得十分顺利，不知突然从哪儿冒出小道消息，宣称《赤月》女主角原本人选是木棠棠，后来被姚紫萱抢了过去。靠着前几天定妆照获得的好感还没有捂热，就被这突如其来的小道消息给冲散了。

网上出现了为木棠棠鸣不平的声音，甚至还有一些牛人画出了木棠棠版本的《赤月》，或者是木棠棠和苏哲的CP特辑。就这样，远在法国，什么都不知道的木棠棠，莫名其妙就和《赤月》被顶上了热搜。

然而这对于双方都没有什么影响，但对于新剧《赤月》却起到了很大的宣传效果，倒是节省了不少的宣传费用。

棠棠也选择沉默，并没有对此事表态，继续在法国专心完成拍摄。张友良也在新剧热度炒够了的时候，带着《赤月》剧组悄悄在影视城开机了。

娱乐圈暂时归于平静。

韩绪也从西部博物院归来，韩子高见到他的时候差点没敢相认，这也晒得太黑了吧！

韩子高惋惜："哥，你这样子，我女神肯定不会喜欢的。"

韩绪瞅了他一眼，显然没有将韩子高的话放在眼里。

受到轻视的韩子高怎么甘心，他说的这些话可都是有理有据的。

韩子高很快拿出平板，找了木棠棠曾经接受采访的视频。视频里，主持人问木棠棠的理想型是什么样子的？

木棠棠第一条就说要白净的。

韩绪看完，直接将平板反扣在沙发上，不以为意："这些都不重要，前提如果是我，这些都将被推翻。"

******

木棠棠在法国被袭的视频传回国内已经是六个小时以后。

此时，韩绪正在参加一个国际性的交流会议，他作为国内私人文物保护机构的代表发言人，正在台上就关于如何促进中外文化交流发表演讲。

韩子高急着给他打电话，一直无人接听，最后辗转找到江左，但江左也没有联系上温莱，所以木棠棠如今伤势怎样，还是个未知数。

从法国传回来的视频里，木棠棠是在摄影棚遭到袭击的。袭击她的人先是大叫了一声，然后不知道突然从哪儿冲了出来，工作人员来不及阻止，眼看着他直接冲上去撞倒了木棠棠，身后是背景板和背景架，根本没有时间让木棠棠躲避，她直接被撞了上去，“砰”的一声，背景板全部塌陷。而那个袭击木棠棠的人，因为脚下被打光灯的线绊住，这一拉扯，打光灯也不能幸免，直接朝着木棠棠砸下去。

然后木棠棠和她的团队就集体失联了，消息传回国内，媒体们第一时间联系了木棠棠的经纪人，可电话显示关机，根本就联系不上。木棠棠到底伤势如何，国内媒体一无所知。

不久后，H&Y 的官方发表了声明，宣称袭击者是木棠棠的疯狂粉丝，如今已被警方控制，而木棠棠也已经送到医院接受进一步治疗。

韩子高看完这则报道生气得直跺脚，什么叫疯狂粉丝，这样的变态能称为粉丝吗？这样的人才不是粉丝，是 stalker！

正真的粉丝是不管什么时候都愿自己的爱豆被这个世界温柔以待，而不是疯狂地接近她、偷窥她，甚至像这般直接造成人身伤害。

韩子高既担心，又生气，自家那个不争气的哥哥现在也联系不上，甭提有多闹心了。

想了想，韩子高还是给江左发了一条短信：左哥，一有女神的消息就告诉我。

短信还没有发完，韩子高只觉得自己突然就笼罩在一片阴影之下，然后一只粗糙的大掌就伸过来夺走了他的手机。

韩子高苦着脸抬头，班主任那秃掉的地中海在灯光下越发亮了，像一个行走的发光体。

班主任笑眯眯的眼睛藏在超厚的镜片下面，说话间镜面反光，让韩子高不能直视。

“韩子高，下了晚自习来办公室找我，我要和你谈一谈人生。”

韩绪参加完国际交流会，又被同行的人强行拽去喝酒，等到酒会散去，已经是凌晨了。

韩绪半倚在商务车的后座上，单手揉着太阳穴，可能很久没有一下子喝这么多酒，他只觉得头疼。

今天同行的除了上级领导，还有不少新来的后辈，后辈敬酒，韩绪作为这一业界的前辈，都一一喝了。这不，现在酒劲上来，直冲脑门，看着窗外飞驰而过的景象，也只觉得头晕。

司机将车慢慢启动，才问他："先生，是直接回家吗？"

韩绪的语气疲惫，淡淡地说道："回博物馆。"

深夜的博物馆显得有些阴森，很吓人，韩绪下了车，便让司机先回去了。

博物馆的大门是眼球自动识别系统，他开了大门，又开了一盏小灯在一楼的展厅照明，然后径直往二楼的办公室而去。

办公室里有上次韩言之留下的醒酒茶，韩绪泡着喝了一杯，靠在沙发上休息。蓦地想起昨天周时卿女士的吩咐，才开始找自己的手机。

手机在外套里，因为电量耗尽，已经自动关机了。韩绪又去韩言之的办公室找了备用的充电器，充上电才发现韩子高给他打了十几个未接来电，还有江左。

韩绪看了看时间，打给了江左。

电话接通得很快，江左先问他："你怎么不接电话？你看新闻了吗？"

新闻？从上午十点开始他就一直在准备交流会的演讲，交流会之后又有后辈找他请教问题，然后晚上又被领导拉去吃饭，直到现在他才空闲下来。

韩绪开口，嗓子哑着："手机没电了，发生什么事了？"

江左琢磨着，说："我先发一段视频给你，你自己看吧。"

说完江左就挂了，不一会儿手机提示，视频发过来了。

江左掐着时间，刚好韩绪看完视频他的电话就打了过来。

"韩绪，温莱和木棠棠我都尝试着联系了，可一直联系不上。现在唯一的消息，都在这段视频上。”

江左只听道那边韩绪呼吸很重，他叫了一声，没应，然后又连续叫了好多声，韩绪才疲惫地说：“江左，现在帮我订一张去法国的机票。”

这样的行为不是最明智的，江左还试图劝他：“现在过去也无济于事，你根本不知道木棠棠在哪里，你上哪儿找人去？”

法国这么大，韩绪能想到的地方只有马赛而已。尽管如此，他也非去不可，因为他知道，有一个人正在等他。

韩绪对江左说：“至少，我可以离她近一点。”

韩绪心意已决，江左没有再劝，只说让他在博物馆门口等着，他马上就过来送他去机场。而此刻，韩绪已经穿好外套下楼去了。刚走到楼梯口，他的眼神突然定格，脚步也停了下来。

博物馆门口的两座石狮子对面而立，馆里的灯光透过玻璃折射出去，呆板的石狮子也显得生动起来。而更加生动的是站在石狮子下，冷得跺脚的木棠棠。

兰溪市接连两天降雨，温度一下子低了下去，到了深夜，凉得不行。木棠棠穿着一条连体的短裙，纯白缀有花色，好看的双腿已经被冻得并在了一起。

她抱着胳膊站着，又戴了一顶滑稽的帽子，宽大的墨镜遮去半张脸，然后一条格子披肩遮得更加严实。

韩绪悬起来的一颗心慢慢落了回去，看到木棠棠的那一刻，就好像小时候心爱的东西失而复得，那是一种久违的愉悦感。

电话还通着，江左不知说了什么，韩绪一句也没有听进去，只是对他说：“江左，她回来了。”

“啊？谁回来了？”江左话还没有问完，韩绪就挂断电话，朝木棠棠走去。

木棠棠冷得直打哆嗦，她本来是打算直接回湖心小苑的，谁知那里竟然蹲满了记者，她进不去，只得掉头出来，来博物馆碰碰运气。

谁知道博物馆竟然有人，就是她连打了几个韩绪的电话，一直显示占线中。

突然吹起了风，木棠棠抱紧胳膊连忙往后退，躲到石狮子的后面去，却不想刚往后退了一步，就撞上一个温热的胸膛。

木棠棠刚想转头看他，手腕上一紧，等反应过来已经被拉进了博物馆。

韩绪放开她，将一楼展馆的所有灯打开，一楼瞬间恍如白昼。

然后，韩绪走近她，不说话，只是静静地看着她。

木棠棠连忙取下帽子和墨镜，还有披肩，解释道："别觉得这样的装扮丑，这可是明星必备的伪装装备。"

说着她晃了晃手里的帽子："看吧，就是这顶帽子，帮我躲过了好多记者呢。你没瞧见，我家都快被记者给包围了，还有……"

话语骤停，木棠棠睁大眼睛，感受着韩绪温热的带着酒气的吻。这个吻并没有持续多久，他放开她，手却紧紧箍住她的腰肢不曾放开。他的目光，从她的脸从上往下，扫遍全身。

"伤哪儿了？"

从刚才开始木棠棠就觉得韩绪的情绪不对，表情也不对，便猜想到他肯定也看到了那个视频。

不过视频上虽然看着她摔得很惨，但实际上她伤得并不重，就是腿上和背上都有瘀青。

"我没事，就是腿碰到了一点。"木棠棠笑着观察韩绪的表情。她本来以为自己走了几天，回来之后她和韩绪又得重新培养感情，谁知这次算是因祸得福，还能看见韩绪如此紧张的样子。

韩绪好像不信，看了她一会儿，突然抱着她的腰将她往上举起，然后放到了什么东西上坐下。

木棠棠吓得不轻，这里是展馆啊，她坐的不会是展柜吧。她扶住韩绪低头看，才发现自己坐在一把高脚椅上，不是展柜。

放下心来她才问韩绪："你这是干吗，把我放这么高坐着。"其实这些都不是关键，关键是她穿着裙子容易走光啊。

韩绪脱下外套给她搭在腿上，才说："我不信你，我要给你全身检查。"

木棠棠愣了一下，才反应过来韩绪说的全身检查是检查她到底有没有受伤。她突然笑了，这样的韩绪真的太可爱了。她要坦白从宽，主动伸出腿给他看。

"喏，就是这里，这里，还有这里被扑倒的时候在地板上磕的。"木棠棠指的地方，都是青一块紫一块的，韩绪看着心疼。本来就是当公主养的姑娘，何时遭过这些罪？

韩绪看着，想用手轻轻抚摸，似乎又怕弄疼她。他没敢靠得太近，只是在伤口周围短暂停留，便离开，然后轻声问："还有吗？"

木棠棠想了想，点头："嗯，背上还有。"

韩绪走到她身后，轻轻地将她的头发撩起来，瘀青突兀地出现在了她洁白的背上。

木棠棠只觉得浑身的汗毛在刚才突然竖了起来，她忍不住颤抖，韩绪的唇像是烧得火红的烙铁烙在了她的背上，她身体的每一处神经都敏感起来。

木棠棠呼吸一滞，她转过身紧紧地抓住韩绪："韩绪，你别这样，我真的没事。"

他的心疼，她感觉得到。

韩绪几乎是在她转身的一瞬间便将自己埋进了她的颈项间，木棠棠只觉得浑身酥麻，像一万只蚂蚁在她的心上挠。

韩绪声音闷闷地说："木棠棠，别受伤了。"

******

江左给温莱打电话的时候，温莱刚从法国警察局出来。

警察局外面等候了不少记者，温莱实在是疲于应付，和 H&Y 的负责人商量了一下，她从另外一张门先走，让 H&Y 的人去应付。

司机早早等候在外，温莱拉开车门坐了上去，说：“去机场。”

话音刚落，她的手机就响了。

江左的语气里难得地掺杂了一点紧张：“温莱，你们回国了？”

他不确定，刚才韩绪没头没脑的一句话，他猜测或许指的是木棠棠。如果木棠棠回来了，温莱应该也回来了。

木棠棠被袭之后，温莱配合着法国警方还有H&Y处理之后的事情。送走木棠棠之后，她又在警察局做了几个小时笔录，现在身心俱疲。接到江左的电话，她突然就平静了。

不知是天生如此，还是职业影响，江左的声音很温柔，很难想象江左身为律师在法庭上唇枪舌剑为人辩护的样子。

温莱轻声一笑，她喜欢在言语上调戏江左：“怎么？江小梅先生是想我了吗？”

江左静默了一瞬，才温柔中带着一点责备地说：“温莱，你正经一点。”

温莱听完，几乎是放声大笑，司机也好奇地透过后视镜频频看她。

笑完了，也笑够了，温莱有些喘，才慢慢地说道：“江小梅，我怎么不正经了？我现在可是非常认真地在问你，说出来你可能不信，我温莱不正经起来，连自己都害怕。”

说完，她又是一阵笑，笑着笑着，眼角渐渐染上晶莹，只觉得鼻翼有些发酸。

温莱侧开脸，将车窗打开，避开了司机探究的目光，任凭风呼啸在自己的脸上，似乎只有这样，她才会觉得好受一些。

电话还通着，江左的呼吸就在耳边，均匀细长，温莱突然叫了他一声，然后说道：“江小梅，你可以来机场接我吗？”

“嗯。”他说，“我来接你。

窗外淅淅沥沥下起了雨，温莱没有立即关窗，而是任由细小的雨点打湿在脸上。她突然就想到了以前读过的一句话：你走，我不送你；

你来，论多大的风雨，我都去接你。

******

同样下起小雨的还有兰溪市，一场夜雨来得突然，恰好两人都没有带伞。

木棠棠站在大门外等他，韩绪折回博物馆找伞，最后在韩言之的办公室找了一把废弃许久的伞。韩绪打开仔细检查了一下，虽然长得丑了一点，实用性一点也没打折扣。

找到伞从博物馆出来的时候，韩绪正好看见木棠棠在对着石狮子呆呆地傻笑。

韩绪走过去，在她身边站着，然后脱下外套给她披上，问她："你的车钥匙呢？"

木棠棠紧了紧身上的衣服，感觉瞬间被余留的体温温暖了。她仰头笑眯眯地说："你喝了酒不能开车。"

韩绪看她，满眼温柔："你开。"

谁知木棠棠听完摇了摇头，态度坚决："不，我也不能开车。"

反正木棠棠是下定决心不开车的，不管韩绪怎么问，她也不会说，因为理由太羞耻了！她总不能告诉他，是因为她现在身子发软，根本没有力气去踩离合器吧！

好在韩绪也没有多问，最后两人打了车回到湖心小苑。

Chapter 9
深得未来婆婆独宠?

次日一早，木棠棠再次在韩绪家醒过来，然后和周时卿女士大眼瞪小眼。

周时卿笑眯眯地打量着木棠棠，问她：“你就是木棠棠？”

木棠棠机械地点头。

“嗯。”周时卿满意地围着她转了一圈，评价道，“我儿子眼光不错，这小脸蛋不输我年轻的时候。”

她就是转个弯也不忘把自己夸一夸。

说完，周时卿突然就爬到床上将木棠棠的被子也给掀了，然后捏了捏她的屁股，掐了掐她的腰，又往她的胸前扫了一遍：“不错不错，胸大腰细屁股翘，天生做模特的好苗子。”

其实不然，周时卿现在心里的小九九是：好家伙，简直就是她心目中的最佳儿媳人选。

看来回头得给这两个孩子做一做思想工作，早点把这个婚给结了。

周时卿的眼神着实让木棠棠心里慌慌的。她试探性地问："阿姨，您是韩绪的妈妈？"

周时卿嗔怪着牵起她的手，在她的手背上轻拍："傻孩子，叫什么阿姨，叫妈。"

木棠棠："……"

这这这，八字还没有一撇呢，怎么就先把妈给叫上了啊！

韩绪似乎听到了木棠棠内心的呼救声，及时出现在了门口。他倚在门框上，看着她们，说："妈、棠棠，下来吃早饭了。"

今天是周末，韩子高也从学校回来了，餐桌边有韩绪、韩子高、韩怀远，还有周时卿，木棠棠就顶着众人的目光，吃着早餐。

她的心里早已乱糟糟的，什么个情况？这样子分明就是像在见家长啊！

她抬眼偷瞄韩绪，谁知韩绪压根儿不看她，倒是被周时卿女士给抓了个正着。周时卿女士笑得很温柔，可木棠棠总觉得这笑容背后，周时卿女士在计划着什么。果不其然，吃完早饭，周时卿女士就提出让木棠棠陪自己去遛狗。

韩子高一听，也嚷嚷着要一起去，可韩怀远呵斥了一声后，韩子高便被叫去学习了。

临出门时，木棠棠还一直向韩绪使眼色，可韩绪看了她一眼，便拿出棋盘和韩怀远下棋去了。

木棠棠只能硬着头皮和周时卿女士出门遛狗了。

清晨，公园的路上竟然有很多遛狗的爷爷奶奶，周时卿女士和他们一一打了招呼，还介绍木棠棠给他们认识。这些爷爷奶奶可不关心娱乐新闻，也不认识木棠棠，只是周时卿逢人便介绍这是自己的未来儿媳妇，大家都善意地恭喜，还直夸木棠棠漂亮。

木棠棠也是被夸着夸着就忘了周时卿女士是有阴谋的，果不其然，遛着遛着，周时卿就指着不远处带着孙子出来玩耍的一对爷爷奶奶，伤感地对木棠棠说："棠棠，你看，人家老头儿老太太都是出来带孙子，我呢？我整天遛狗！”

正在被遛的炸鸡、啤酒浑然不知已经被主人嫌弃了，两条狗在草地上奔跑着撒欢儿。

炸鸡，毛发飞扬；啤酒，唾液横流。

周时卿女士和木棠棠遛完狗回来，韩怀远和韩绪正在棋盘上激烈厮杀。

为了不打扰他们，周时卿轻轻碰了碰的木棠棠，将她叫到院子里：“棠棠，来，我们来做点有趣的事情。”

周时卿女士所谓的有趣的事情，就是给炸鸡和啤酒洗澡。两条狗刚才到处撒欢儿，身上蹭脏了不少。

周女士将炸鸡交给了她，炸鸡喜欢洗澡，见木棠棠拿起水管，它自己就已经乖乖坐好了。

木棠棠将炸鸡的毛发从上往下打湿，看似漫不经心地对周时卿女士说：“阿姨，我现在还是这样叫你吧。”

周时卿正在教训不听话，使劲蹦跶的啤酒，闻言只是笑道：“哎哟，你们现在这些小年青就是害羞，想当年我第一眼看到韩绪的奶奶，张嘴就叫了一声妈，可把老人家逗乐了。”

说到这里，似乎回忆起了什么趣事，周时卿一巴掌拍开啤酒，挪过来一些，说：“偷偷告诉你，韩绪他奶奶那时候牙齿没了，戴的假牙，被我这么一逗，乐得假牙都笑掉了。本来当时丑媳妇见公婆还是挺紧张的，闹了这么一出之后，我迅速就打进了韩家内部。”

周时卿说完又指了指自己，说道：“还是你好，有我这么一个牙口好的婆婆。”

炸鸡简直就是一个傲娇的小公主，这会儿木棠棠给它抹上香喷喷的宠物香波，它耷拉在地上的尾巴瞬间就摇了起来，还仰着头，眯着眼。

木棠棠给它顺毛，随口和周时卿聊天：“阿姨，炸鸡的毛太长了，要不待会儿给它剪一剪？”

周时卿急忙摆手：“不行，不行，当初我买炸鸡就是看中它的毛长得长。”

木棠棠好奇地问：“好看是好看，可这毛太长不容易打理，到了夏天炸鸡也热。”

周时卿似乎又在回忆，然后说：“其实，当初买炸鸡是因为我生了两个儿子。”

买狗和生儿子有什么联系？木棠棠静静地等待下文。

周时卿女士又说：“当初我特别想生一个女儿，我都想好了，生个女儿就把她当公主养着，每天都给她换一种发型，让她做全世界最幸福的孩子。”

“可是我这肚子不争气啊，一连生两个都是小兔崽子，可把我心塞了好一阵。后来心灰意冷，只能买炸鸡来代替了。夏天的时候就给炸鸡编辫子，也算是体验一下养女儿的感受。”

“你肯定想问我为什么还买了啤酒是吧？这都怪炸鸡！”

炸鸡正惬意地享受着木棠棠的按摩，冷不丁被周时卿女士点名道姓地批评，瞪着迷离的小眼，呆呆地看着周时卿。

“这家伙，也不知道是怎么长的，越长越像韩绪，那小表情，活脱脱一个翻版韩绪。后来我觉得这样也不错，反正我两个儿子长年不在身边，我这个做妈妈的难免有时候念子心切，所以，后来就买了啤酒。”

周时卿女士将啤酒的脸掰过来给木棠棠看：“瞧瞧，这小脸是不是像极了子高，这蠢样，简直是一个模子里刻出来的。”

说完周时卿女士哈哈大笑，轻轻拍着啤酒的头，说：“哈哈哈——有时候我都怀疑我这两个儿子是不是投错胎了，哈哈哈——”

木棠棠：“……”

她突然觉得韩绪和韩子高好可怜啊！

周时卿女士见木棠棠这边洗得差不多了，又把啤酒拉过来给木棠棠。

她一边看着木棠棠给狗洗澡，一边又神秘兮兮地说：“棠棠，你知道吗，以前它们可不叫现在这个名字。”

木棠棠安静地给狗洗澡，反正周女士会接着说。

周时卿：“那两个小兔崽子不让我说，不过你又不是外人，我偷偷告诉你，以前他们叫绪绪和高高。”

“咯咯咯——”木棠棠实在没忍住咳嗽出声，打断了周时卿的话。她抱歉地看着周时卿，示意她继续。

周时卿又说：“可这两个小兔崽子死活不肯，还搞了一个什么联名上书，逼我把名字给改了。没办法，我们老韩家提倡民主，三比一，少数服从多数，最后给改了现在的名字。”

话锋一转，周时卿女士得意地说：“可那又怎样，只要他们父子三人惹我不开心了，我就对着炸鸡、啤酒叫儿子，他们还不是只有静静地看着，拿我也没辙。”

木棠棠暗暗道：阿姨，没事，您开心就好。

这边刚洗完两条狗，那边韩怀远和韩绪也结束了。

韩怀远看着不高兴，韩绪倒是笑得春风得意。

木棠棠估摸着韩怀远是下棋输了，就悄悄在韩绪耳边说：“韩绪，你就不能含蓄一点，让着叔叔点吗？”

周时卿耳朵尖得很，木棠棠的悄悄话被她听得一清二楚，她说：“让什么让，自己技不如人输给儿子有什么好丢脸的，还摆臭脸。韩怀远，你跟我来，我们去卧室好好谈谈。”

哎呀，木棠棠估摸着又是一阵腥风血雨。

韩怀远默默地跟着周时卿女士走了，院子里只剩下木棠棠和韩绪两个人，还有洗完澡一身香喷喷的炸鸡和啤酒。

木棠棠好奇地问他：“韩绪，你是不是和叔叔打赌了，不然叔叔的脸色怎么这么难看？”

韩绪挑眉看着她：“这么明显？”

哦，超明显的啊，就差在脸上开两朵鲜花了。

韩绪摸了摸木棠棠的头，竟然笑得一脸宠溺，然后拉着她往外走："这是男人之间的秘密，不能告诉你。"

男人之间的秘密？哦，既然这样，那女人间的秘密也不用告诉他了。

上车之后，韩绪十分贴心地为木棠棠系上安全带，以前木棠棠觉得电视上男主角为女主角系安全带什么的简直太作了，如今自己亲身实践起来，才切身体会到这种爽劲儿。特别是当韩绪微微倾身靠过来的时候，她可以看见他柔软的发和闻到他身上好闻的味道，还有回想起两人之间亲密的种种。几乎是瞬间，她就感受到自己心跳加速，毛孔微张，全身有淡淡的紧绷感，还有从脚底涌上耳后的热意。

特别是当他系好安全带，抽身离开的时候若有似乎喷出的热气和不小心触碰到的唇，这简直就是一撩心花怒放，二撩心浪滚烫，三撩魂飞魄散只想与你浪荡到天亮啊！

不行不行，木棠棠暗自告诫自己，她要做一个矜持的女子，不能被韩绪这么轻轻一撩拨，就神魂颠倒分不清东南西北了。

韩绪痞痞地勾唇笑了，撩拨完木棠棠他的心情很好，去博物馆的路上似乎开了一路的繁花，连空气都是淡淡的花香味。

温莱提早就到博物馆了，摄影组的人还有博物馆的工作人员都很关心木棠棠的现状，温莱便一一解释了。恰好这个时候，韩绪和木棠棠也来了，大家见木棠棠健健康康的，也没有缺胳膊少腿的就放心了。

摄影组放下心来，因为纪录片可以准时完工了；博物馆的工作人员放心了，因为韩馆长终于可以好好谈恋爱了。

纪录片只剩下最后一部分，木棠棠换好衣服，化好妆，很快就进入了状态。只是当她看着今天的拍摄场地竟然就是昨天晚上……

羞耻，太羞耻了！她下意识地在人群中寻找韩绪的身影。

这个罪魁祸首此刻端端正正、衣冠楚楚地站在二楼，两人视线相对，韩绪笑得很有深意。木棠棠脸红了，昨晚的场面像是在播放幻灯片一样，一张一张清晰地在脑海中闪过，想刻意忽略，可越是这样，那种感觉就越是强烈。

导演突然喊“卡”，皱着眉头过来斥责她：“棠棠，你要是身体不舒服，今天我们就不拍了，但你既然过来了，我就希望你可以认真地拍。”

木棠棠隔空狠狠地瞪了韩绪一眼，才抱歉地对导演说：“导演，我一定认真拍，刚才拍的麻烦您再拍一遍。”

温莱趁着木棠棠拍摄的时候询问了导演的意见，拍了几张无关紧要的路透照，都是木棠棠的，然后发到星途工作室的官方微博上面，针对木棠棠在法国遇袭的事件也简要地进行了说明。

粉丝们见到健康的木棠棠，悬着的心也放了下去，但对于袭击者，粉丝们义愤填膺，呼吁不能轻饶。

当然不能轻饶，因为这个所谓的袭击者可没有这么简单！

昨天晚上，温莱刚从机场出来，法国那边就打来电话说调查有了新的进展。这个袭击者是个法籍华裔，移民去法国不到十年，十年前就有点精神恍惚，然后被家人送去法国治疗。不过治疗好像并没有起到效果，反而病情在逐年加重。后来法国警方找到了他唯一的监护人，巧合的是，那人也姓苏，老家也是在沿海一带。不过奇怪的是，这个监护人在八年前就已经显示意外身亡。

八年前？还真是一个敏感的数字。

直到晚上十点，前中后三期的纪录片终于全部拍完，大家一起拍了照，而被韩馆长勒令不准找木棠棠签名的博物馆工作人员也得到韩馆长的默许，大家一窝蜂地围上来，将木棠棠圈在人群之中。

不仅要了签名，每一个人都像是商量好了一样，齐齐地叫她“嫂子”。

木棠棠：“……”

被一群西装革履的人齐齐叫嫂子，她有一种自己在拍摄警匪片的错觉。

******

周时卿和韩怀远经过一晚上的商量，决定暂时住下来。

至于什么时候回去，周时卿女士发话了：给我一个孙子，我可以现在飞回法国。

韩绪闻言，直接放下手里的考古杂志，眼神轻飘飘地瞟向了正在和炸鸡、啤酒玩耍的韩子高。

韩子高觉得背后阴风阵阵，转头看去，果不其然对上韩绪似笑非笑的眼睛。

儿子都是自己生的，周时卿女士还能不清楚韩绪心中那点小九九？

她直接将韩绪的想法扼杀在摇篮之中："别看你弟，你坑你弟倒是爽快！你什么时候和棠棠结婚，倒是爽快地给我一个准话啊。"

话说到这里，韩子高凭借多年被哥哥坑的那股子灵敏劲儿，放开炸鸡、啤酒就跑过来抱住周时卿的大腿。

韩子高："妈，你刚才的话是什么意思？难不成我哥又在背后悄悄坑我了？"

周时卿女士自知说漏了嘴，眼神不自在地往上飘啊，飘啊。

韩子高站起来，挡住，可怜兮兮地盯着周时卿，开始诉苦："妈，我哥坑我我认了，我爸坑我我也不计较，可怎么连您都不帮我了，还瞒着我。看来我爸说得没错，我就是您从垃圾堆里捡回来没人疼爱的小可怜！"

越说，那眼泪就越"吧嗒吧嗒"地往下掉。

周时卿赶紧把韩子高拉进怀里安慰："傻孩子，甭听你爸瞎说，你爸他才是充话费送的呢！你是妈妈怀胎十月辛辛苦苦生下来的，怎么可能是捡回来的。"

韩子高趁机问："那您都不告诉我我哥是怎么坑我的，您还帮他瞒着我。"

周时卿瞪了一眼看好戏的韩绪，安慰韩子高说：“他是你亲哥哥，怎么会坑你呢，对你好还来不及呢。是不是，韩绪？”

被点名的韩绪点点头，说：“嗯，作为哥哥，我会把最好的都留给你。”

韩子高似信非信，看看韩绪，又看看周时卿，前者神色淡淡，不像在撒谎，后者温柔微笑，也不像在撒谎。

难不成，韩绪真的没有在背后坑他？这一次是他想多了？

韩子高还是太傻、太天真，韩绪是没有撒谎，他说的也是在陈述事实，他的确是把最好的留给他，比如：馆长之位。

周时卿看看时间，拍了拍韩子高的头，问他：“子高，妈要去邀请棠棠遛狗，你要不要一起？”

听到木棠棠的名字，韩子高的脸一下子由阴转晴，笑得特别灿烂：“好啊，妈，你等我一会儿，我上去换件衣服。”

韩子高刚跑出两步，韩绪就拦住他，说：“遛狗我替你去，你上去好好学习。”

韩子高不依，抗争地说道：“今天我可以休息的，我需要劳逸结合。”

韩绪淡淡地看了他一眼，眼神中有威慑力，韩子高一下就㞞了，但他没有轻易妥协，依旧和韩绪对峙着。

韩绪轻飘飘地看他，然后直接越过他，看向他身后的周时卿。

“妈，你还想不想早点抱孙子？”

这句话完全就是周时卿女士的软肋啊，她一听便明白了，刚刚还心疼的小儿子，这一刻和孙子比起来简直微不足道。她看都没看韩子高一眼，直接推着韩绪出门了。

“早这么上道也就不用我操心了。喏，这是棠棠家的钥匙，妈给你提个醒啊，这对付女孩该出手时就得出手，不要太含蓄，这事你还得学学你爸，想当年……”

“打住！”

周时卿女士要是回忆起当年来，她可以不眠不休地说上三天三夜，韩绪直接打断她是最明智的选择。

他接过周时卿递过来的钥匙，牵着炸鸡、啤酒出了门。走到门口，像想到什么，他又转身对周时卿说："妈，我爸追你那一套放在木棠棠身上可行不通。"

周时卿女士不明白，有什么行不通的，这种东西不都是通用的吗？

突然，周时卿女士觉得身后阴森森的，慢慢转身看去，是韩子高站在楼梯口，哭丧着脸，颇为怨念地看着自己。

周时卿尴尬地笑笑，上前问道："子高，要不妈带你去坐云霄飞车？"

韩子高一脸生无可恋，因为周时卿女士的话变得更加绝望了。

他说："妈，我早就不坐云霄飞车了。"

他转身往上走了几步，突然又停下来，问周时卿："妈，你知道我现在上几年级吗？"

这个问题倒是问住周时卿了，她想了想，试探性地说："高一？"

韩子高的脸色几乎是白了又白，最后重重地叹了一口气，看着周时卿说："妈，我今年高三了。"

说完，他头也不回地走了。

周时卿愣在原地，直到韩怀远过来轻轻抱住她，她才回过神来，问韩怀远："阿远，我是不是不是一个称职的好母亲？"

韩怀远轻轻拍着周时卿的背，回答她："媳妇，这不怪你。"

韩怀远说得没错，真要是严格算起来，也不能怪周时卿。那时候才刚刚怀上韩子高不久，因为周时卿的身体一直不太好，韩怀远几乎没有丝毫犹豫，当即就劝她不要这个孩子。或许每一个做母亲的都很强大，周时卿明知当时自己的身体不允许，她还是坚持将韩子高生了下来。生完韩子高之后，周时卿又病了很久，韩怀远无暇照顾韩子高，周时卿的身体也是每况愈下，他便将不足月的韩子高送回国内，让韩绪和韩言之看着，他则陪着周时卿待在法国。

这么一待，韩子高就已经到了能说会跳的年纪了。后来周时卿身体养得差不多了，便将韩子高接到身边带了几年，直到韩子高读高中才又将他送回国内，由韩绪看管。

韩绪无疑是让人放心的，周时卿和韩怀远便放心地过上了悠闲的晚年生活，自然也就忽略了韩子高还是处在青春期的小男生，这个时候他的内心是最敏感。就好比刚才，他短短的一句话就问倒了周时卿，还有他离开时落寞的背影，周时卿感觉到了愧疚和心疼。

而另一边，韩绪轻车熟路地打开了木棠棠家的大门，将炸鸡和啤酒放了进去。

炸鸡和啤酒一路上寻着味道，飞奔到二楼，扑到木棠棠的床上。

木棠棠昨晚拍片到很晚，回来都已经深夜一点多了，困得不行，几乎刚躺下就睡着了。此刻她正做着美梦，梦里韩绪送了她一卡车的玫瑰花，就冷不丁被什么东西湿湿地一舔，美梦戛然而止，一睁眼就看见啤酒流着哈喇子朝着自己傻笑。

木棠棠几乎是下意识地一个高抬腿，将啤酒一脚踹下了床。啤酒滚啊滚，滚到蹲坐在门口，冷眼看着这一场闹剧的炸鸡身边。而在炸鸡身后，双手插兜倚在门框上的韩绪正看着她。

这什么情况？难道自己还在梦里没有醒过来？

木棠棠立刻又缩回被窝里将自己给盖住，肯定是还没有睡醒，肯定还是在梦里，不然怎么想什么就来什么呢？

突然身上一轻，又是一凉，韩绪将她的被子给掀了！

木棠棠腾地坐起来，这肯定不是做梦，梦里温柔的韩绪才不会掀她的被子！

韩绪笑着看她，似乎她的一切在他的眼皮子底下都无所遁形，他说：“木棠棠，看你这表情，该不会是睡觉的时候梦到我了吧？”

木棠棠下意识地否认：“没有！”

韩绪满意地点点头：“嗯，那就是梦到了。”

木棠棠："……"

突然意识到刚才韩绪掀被子的行为实在是……太流氓了，万一，万一她有裸睡的习惯怎么办？

木棠棠当即表达了强烈的谴责："韩绪，你刚才掀我被子的行为是不对的！身为馆长，你怎么可以跑到女孩家里掀人家的被子！"

韩绪挑着好看的眉眼看她："那你说怎样才是对的？"

木棠棠想了想，说："最起码你应该事先通知我一下，让我有所准备。"

"事先通知？"韩绪重复了一遍，才淡淡地说道，"可以，下一次我会提前一晚告诉你，第二天一早我什么时间过来掀被子，或许到时候你真的可以准备准备。"

韩绪话里有话，意有所指，木棠棠又怎会不明白。她把自己裹进被子里，露出脑袋，伸出白皙的胳膊指着门，对韩绪说："你出去，我要换衣服了。"

韩绪也觉得逗够了，一大早就粉粉的脸也是诱人得很，他的确不能再待下去了，转身叫上炸鸡、啤酒下楼去找水喝了。

木棠棠确认韩绪是真的离开了，才火速起身，直接奔向浴室，看着镜子里的自己，怎么看怎么都是一副欲求不满的样子。这简直太羞耻了，她引以为豪的自制力呢？怎么到了韩绪这里，三言两语就被他撩拨得心神一荡一荡的。

太没出息了。

遛狗的队友突然从周时卿换成了韩绪，走在公园里，平时打招呼的爷爷奶奶也不过来了，就远远地叫一声"韩家媳妇"，然后眼神来来回回地在两人身上逡巡。

爷爷奶奶的目光太炙热，木棠棠终于受不住，拉着韩绪快步走。韩绪腿长，木棠棠几乎是在小跑，他只需跨几步就可以跟上去。终于到了人少的湖边，木棠棠放开韩绪，重重地喘着气。

韩绪抱手看着她，适时地递过来一瓶水。

木棠棠接过来“咕咚咕咚”喝了几口，才想起来问他：“你什么时候买的水？”

韩绪笑，轻描淡写地说：“不是买的，刚才你拉着我跑的时候，路边的一个奶奶送的。”

没天理，为什么不送她？

韩绪看穿了她的心思，说：“我的，也是你的。”

当然了，能不是她的吗？木棠棠在心里还补充了一句：早晚有一天，你人都得是我的。

木棠棠正美滋滋地想着，突然身后传来“扑通”一声，她转身去看，是啤酒，不知怎么的就掉进湖里了。

木棠棠突然慌了，拉着韩绪问：“怎么办，为什么啤酒掉湖里了？”

韩绪还是一贯的语气，慢悠悠地说：“或许它是想不开。”

“啊？”狗还有什么想不开的，木棠棠不懂。

韩绪将她拉进怀里，嘴唇凑到她的耳边，轻声说：“毕竟主人都恋爱了，它还是一条单身狗。”

单身狗啤酒听不见主人在背后诋毁它，它欢快地一个躬身潜入水中，然后突然从湖心的水面冲了出来。在日出的阳光下，它甩了甩毛发上的水，水珠颗颗金黄。

然后木棠棠就看清了，啤酒的嘴里死死地咬着两条鱼。

啤酒自豪地爬上岸，将鱼并排放在公园椅上的一只大白猫的面前，像是在……

木棠棠想了半天，才憋出两个字来：求偶！

实践告诉我们，跨物种的恋爱是没有好结果的，傲娇的大白猫不领啤酒的殷勤，坚守着好猫不为两条鱼而折腰的骨气，迈着优雅的小碎步走了，留下湿淋淋的啤酒独自在河边忧伤。

微风吹过，公园的椅子上坐着一条阿拉斯加雪橇犬，它用背影完美诠释了什么叫“蓝瘦，香菇”。

而韩绪也不能再和木棠棠愉快地遛狗了。

昨天晚上，博物馆的例行会议上，关于下半年的工作计划，他做了初步的安排。同时接下来接近一个月的时间，韩绪要飞往各地参加文物论坛研讨大会。

木棠棠也是一样。

夏季马上来临，各大秀场都在准备夏季时装周，而木棠棠作为现在炙手可热，知名度和话题度都异常活跃的超模，更是各大秀场争相邀约的对象。

到目前为止，就温莱接洽过的也差不多有二十来个，大大小小都有，最后温莱经过多方考虑，只接了八个。

木棠棠初步算了算，就算一个月赶四个秀场，那也得两个月才能赶得完。这些还只是主要的，其间她还有几个化妆品代言和时尚杂志封面的拍摄，然后九月初的时候，还要参加一个慈善晚会。

木棠棠初步将后面的行程翻了翻，光是参加各大秀场，就已经排到了明年的春节。这样看来，她倒是比韩绪更忙。

木棠棠仰天长叹："这么忙还怎么谈恋爱啊！"

当然，这也是温莱的心声。虽然这些活动都是木棠棠去参加的，但她得跟场，所以，这么忙，她要怎么和江左谈恋爱啊。

两个渴望爱情滋润的女人正惺惺相惜时，钱朵朵敲门进来，手里拿了一个文件包，进来便看见生无可恋地瘫在沙发上的两人。

钱朵朵将文件包轻轻地放到桌子上，说："莱姐，这是刚刚江律师送过来，说让你尽快看了给他答复。"

听到江左的名字，温莱立马坐起来："江小梅过来了？"

她伸头往钱朵朵身后看，没瞧见江左，又问："他是走了，还是在下面等着？"

钱朵朵回答道："走了，走得挺匆忙的，应该是有事吧。"

温莱一听到江左已经走了，瞬间又瘫回沙发上，对钱朵朵说："你先出去吧。"

钱朵朵闻声未动，过了一会儿，她才走到沙发前，说道："莱姐、棠棠姐，我想请三天的假。”

温莱将搭在额头上的手拿开，坐起来看着她，木棠棠也睁开眼看着钱朵朵。

钱朵朵的头压得更低，缓缓说道：“我家里出了事，我……”

她的话还没有说完，就被打断，温莱直接问她：“如果我没记错的话，你上个月才请了三天的假。”

温莱又说：“你要是不想干这个助理的工作你就直说，别三天两头来请假。而且，你请假的理由，别总是一个行吗？”

温莱的语气挺重的，木棠棠担心伤到了钱朵朵，便扯了扯温莱，示意她先不要说话，然后对钱朵朵说：“你先说说，为什么请假。”

温莱气得慌，嫌木棠棠就是太好心，便出口堵她：“还能为什么，不就是想偷懒吗？”

“温莱！”木棠棠叫了一声，不管怎样，也应该先听钱朵朵把话说完，这个温莱就是太急性子了。

木棠棠看向钱朵朵，说：“朵朵，你家里是不是有什么困难？”

钱朵朵点了点头，又立马摇头，然后才缓缓说道：“是我妈，我妈不行了。”

说完，钱朵朵便哽咽了，刚刚忍住的眼泪都掉了下来。温莱看不得别人在她面前哭，索性起身去了吸烟室，办公室里只剩下木棠棠和钱朵朵。

木棠棠挺心疼的，但安慰人她不从拿手，最后只能说：“假期先批三天，不够的话你直接给我打电话就行。”

钱朵朵点点头，转身走了。刚走到门口，木棠棠就叫住了她，从钱包里拿出一张银行卡给她：“朵朵，好好给你妈妈治疗。”

钱朵朵有些惊讶，不知道是不是自己看错了。木棠棠仿佛看见她脸上有一闪即逝的讽刺的笑容，然后钱朵朵便将银行卡收下：“谢谢你，棠棠姐。”

温莱抽完一支烟进来时，钱朵朵已经走了。她看了一眼靠在沙发上的木棠棠，没有搭理她，直接走到办公桌边拿起刚才江左送过来的文件包。

拆开之后，里面是装订成两份的文件，温莱翻了翻，然后笑了。

木棠棠问她："瞧你笑成那样，该不会是江左给你写的情书吧？"

温莱直接给了木棠棠一个大白眼，将文件一并拿过来扔给她，说："我家江小梅要是会写情书就好了，他啊，只会每天写状书。"

木棠棠一边听温莱吐槽江左怎么怎么不解风情，一边将文件看了看，然后也笑了。

"温莱，你说苏婧要是看到了这个会不会气疯啊？"

温莱耸耸肩："估计还会内分泌失调。"

突然想到什么，她又问："棠棠，我家江小梅厉害吧？这样堪称机密的文件他都可以搞到手，真是太帅了。"

木棠棠附和着温莱点点头："对对对，你家江小梅最帅，得了吧。"当然，木棠棠在心里补充了一句：我家馆长也不赖。

想到馆长这出差走了都快一周了，木棠棠心中就荡漾开浓浓的思念之情。没有馆长的日子，就好像突然不准时到访的大姨妈，她心里相当焦灼。

温莱将文件收起来，说："这样一来，解约的官司可就轻而易举了。"

何止轻而易举，说不定我们还可以谈一谈条件，毕竟手里握着这样好的筹码，不好好利用一下，都对不起江左同志辛辛苦苦找了这么久。

下午，木棠棠在摄影棚给一个时尚杂志拍夏季封面。

周时卿来的时候，木棠棠只穿了一件比基尼在拍摄。

钱朵朵不在，新跟过来的临时助理也不认得周时卿，见她一进棚就盯着木棠棠看便将她误认为是木棠棠的粉丝。

这是不公开的拍摄，是不允许粉丝探班的，新助理四处望了望，好像除了她，大家都没有注意到棚里突然多了一个人，她赶紧上前将周时卿拉到棚外面的走廊上。

“这里不允许粉丝探班，趁保安过来之前，你还是先走吧。”这话她纯粹是说出来吓唬周时卿的，这哪儿有保安啊，连保镖都没有一个。

周时卿知道面前的小姑娘误会了，便微笑着解释：“小姑娘，我不是粉丝，我是……”

新助理余光瞟见木棠棠中场休息，此刻似乎正在到处找她，于是不耐烦地催促周时卿离开，也完全不听周时卿解释，直接将她晾在这里便推门进去了，进去的时候还不忘停下来警告她。

“大妈，这里真不是随便进的，你自个儿从哪儿来回哪儿去吧。”

木棠棠正在找自己的手机，找半天也没有找到，新助理跑过来问她：“棠棠姐，你找我吗？”

“找手机。”

“手机在我这里。”新助理将手机递给她，木棠棠接过来才想起刚才上场的时候，似乎是随手将手机给了谁。

木棠棠瞧着面前的陌生面孔，一时想不起她叫什么名字。

“我叫小西，东南西北的西。”

木棠棠想起来了，这个小西似乎一直是温莱在培养，现在是工作室的实习生。木棠棠平时待在工作室的时间不多，所以即使见过面，看上去也十分陌生。

小西瞧木棠棠低头在玩手机，她就在边上随口说道：“棠棠姐，刚才有一个粉丝来探班，我给打发走了。”

木棠棠淡淡地回了一句“嗯”。她翻了翻手机，没有未接来电，也没有短信，她都快怀疑韩绪是不是要人间蒸发了。

目光突然扫到拦截短信，点进去便看见了周时卿给她发的短信：乖儿媳妇，妈带了好吃的来探你的班。

探班？她记得小西刚才说……

木棠棠猛地站起来，拿着手机就往外跑，跑了几步又停下，问小西："你刚才说的那个粉丝在哪儿？"

小西不明所以，却还是指了指外面，说："在外面……"

她还没有说完，木棠棠就跑出去了。其实她是想说，刚才她已经警告那个粉丝了，估计现在已经走了吧。

木棠棠追出去，果然走廊上一个人也没有，小西也追了出来："棠棠姐，怎么了？"

小西问得很谨慎，她是害怕自己做错事了。因为在来之前，温莱就告诉过她，趁机好好表现，赢得木棠棠的好感，她就可以从实习生直接升为助理了。

木棠棠没工夫解释，又往一楼跑去。跑到大堂，周时卿正在和前台的小妹妹聊天，走近了才听清楚她们是在聊护肤心得。

周时卿也看到了木棠棠，朝她招了招手，转身就给前台的小姑娘介绍："喏，没骗你们吧，这就是我儿媳妇，是不是特别漂亮？"

木棠棠经常在这个摄影棚拍摄，这些前台小姑娘自然认识她，只是，超模木棠棠竟然结婚了！

天哪，劲爆大消息！

赶过来的小西自然也听得一清二楚，她没有想到自己自作主张赶走的人竟然是木棠棠的婆婆，并且温莱也没有告诉她木棠棠结婚了啊！

小西赶紧上前道歉，周时卿倒不是个斤斤计较的人，只是有一点她十分不开心，她认真地问小西："小姑娘，我看起来真的很像大妈吗？"

小西尴尬地笑了笑，心想：这话我没法接啊！

没有得到小西的回答，周时卿女士一下午都耿耿于怀，她平时最注重的就是保养，连韩怀远都说她快五十岁的人了，依旧像个小姑娘。

周时卿现在严重怀疑韩怀远是在欺骗自己，回到家，她便直接找到韩怀远质问："阿远，我老吗？"

韩怀远不明所以，本能地说着甜言蜜语："我媳妇永远十八岁！"

韩子高正好口渴下来接水，闻言，没忍住“扑哧”一声笑出来。

韩怀远和周时卿都转过头看他。

韩子高灵机一动，笑道：“我妈永远十六岁！”

这一局，韩怀远败！

周时卿乐呵呵地回到卧室，突然想起自己远在他乡的大儿子，便给他发了一条短信：乖儿子，妈今天去探棠棠的班了，棠棠身材哪儿都好，就是胸小了一点。

发完短信，周时卿就去洗澡了。洗完澡出来，她看到手机提示灯一直在闪，打开是韩绪回复的短信，他说：妈，没什么能难倒你儿子的。

周时卿满意地点点头，真是孺子可教也！

Chapter 10 馆长大人被兵马俑伤害了

江左最近开始着手负责木棠棠和乐锐解约的案子，三天两头地往工作室跑。木棠棠虽然是当事人，却没她的什么事，几乎全权交给了温莱负责。

温莱相当乐意，这是她和江左培养感情的绝佳机会，她当然不能放过。

木棠棠自然是不想做那个被温莱嫌弃的电灯泡，每次江左过来沟通解约案细节时，她要不在出外景，要不就是在摄影棚，反正不能待在工作室就对了。

这天，她正巧拍完片子，在回工作室的路上，消失许久的安珩终于给她了个打电话。

电话一接通，安珩就生无可恋地问她："棠棠，我中奖了怎么办？"

木棠棠一头雾水，中奖了？她问："五百万？"

木棠棠记得，安珩在连云市比赛结束后，便直接去了非洲，非洲的是季赛，没这么快结束，所以安珩现在应该是在非洲给她打的电话。

安珩一声长长的叹气，忧心忡忡地说："不是这个中奖，我的意思是我和别人睡了。"

别人？

木棠棠问："你给塞尔斯戴绿帽子了？"虽然木棠棠连塞尔斯长什么样子都没有见过，对于安珩的这些男朋友，她觉得都长得差不多，不用看也知道是高大威猛身材好的。

安珩说："塞尔斯？我早就和他分手了，那个小气的男人，竟然因为一只仓鼠要我赔偿他精神损失费。"

过了一会儿，安珩才说："其实，我是想说我和一个陌生的男人睡了。"

"哦。"木棠棠说，"激情而荒唐的一夜？"

安珩解释："我喝断片了，过程不记得了，只知道结果是我终于不再是黄花大闺女了。"

这语气，一点也听不出遗憾啊！

安珩又说："关键是他是一个很陌生的男人，我只见过一面，根本不记得他的样子。"

其实也不是全然不记得，最起码安珩记得这个男人皮肤很黑，非洲传统的那种黑。

木棠棠指出了问题的关键："阿珩，陌生一点没关系，我相信你很快就可以把这个你口中的陌生男人变成你亲密的男朋友。"

安珩支支吾吾，半天才说："这个不一样，有些棘手。"

何止棘手啊，安珩觉得，其实稍微黑一点也没有关系，他们还可以组合成现在流行的最萌肤色差，但他不是一般的黑啊。他虽然说中文，五官也像中国人，可就他那个肤色，往人堆里一站，一看就是非洲本地人！

安珩止不住地想，她和他，一白一黑，做不可描述的事情的时候，不就是活生生的奥利奥吗！

画面太美，她真的不敢想象了。

和安珩打完电话，车子刚好到达工作室楼下。

木棠棠一下车，江左就和温莱并排出来了。

江左朝她点了点头，木棠棠问："谈完了？"

温莱直接替江左回答："还没有，我看时间也晚了，刚好大家都没有吃晚饭，便决定一边吃一边谈。"

温莱话都说到了这个分儿上，木棠棠还能不懂？什么一边吃饭一边谈，她分明就是想借此机会约江左吃饭。

木棠棠配合着温莱，说："那你们好好谈正事。"

江左先一步去取车了，温莱趁机感谢了木棠棠一番，然后问她："你知道韩绪回来了吗？"

木棠棠还真不知道这个消息，她一整天都在拍片啊，赶场啊，还没有时间和韩绪联系。可昨晚他们聊短信的时候，韩绪也没有提到说他要回来啊。

等到温莱和江左走了，木棠棠正准备给韩绪打电话，他却先一步打了过来。

"在哪儿？"韩绪声音沉沉的，说话异常简洁。

"在工作室，你回来了？"木棠棠问。

韩绪说："嗯，在工作室等我，我接你吃饭。"

小西正在搬车上的服装，看见木棠棠站在一旁笑着打电话，不禁猜想：莫非这就是木棠棠传说中的丈夫？

韩绪来得很快，接了木棠棠便直接走了。想看看这个人的小西并没有瞧见韩绪的正面，等她追出来时就只剩绝尘而去的车影子了。

木棠棠一路都盯着韩绪看，不过是出差两周，就好像是隔了两个月，抑或是更久。韩绪认真开着车，他目不斜视，笑着问她："看够了吗？"

木棠棠认真地摇摇头："看不够。"

闻言，韩绪果然挑眉看过来，木棠棠将他的脸又掰回去，说："今天下雨了路滑，好好开车。"

虽然继续直视前方，但韩绪却单手掌着方向盘，另一只手将她的手握住，说：“木棠棠，你说这话考虑过后果吗？”

木棠棠起初没有明白，看一看能有什么后果，大不了让韩绪看回来好了。

结果前方左转之后，韩绪突然刹车将车停靠在路边。

看着他解开安全带，木棠棠还不明所以，以为他要下车买什么东西。然而下一秒，韩绪就倾身靠到了副驾驶座上。

狭小的空间，挤着两具身体，都在不约而同地发热。

韩绪吻了吻她的眼睛，一边说一边渐渐往下蹭到了她的唇上。

起初还是浅尝辄止，他并没有加深这个吻，只是缓缓地吻她的唇，慢慢在唇边流连。可当她忍不住微微用了力气推他的时候，下巴扬起，一道淡淡的奇怪的声音便从她的口中溢出。

木棠棠自己也听见了，她……太羞耻了。

她整个人瞬间都清明了，她挣扎着推开韩绪，再这么下去可不行。

韩绪哪肯轻易放过她，两周没见，鬼知道他整天和一群男人做学术都经历了什么。他抓住她不安分的手，固定在胸前，然后舌尖挑动，在她轻呼的时候，长驱直入，横扫千军。

木棠棠软得不行，手也没劲儿，身体不争气地往下滑。韩绪终于放过了她，坐回驾驶座上，好像什么事也没有发生，平静地开着车走了。

最后韩绪将车停在了一家日式店外，他好像是这里的熟客，服务员恭敬地叫他韩先生，然后直接引着他们进了一个封闭的雅间。

木棠棠也没瞧见韩绪点菜，不一会儿菜就上来了，一看竟然都是她可以吃的。木棠棠虽然不敢吃太多，但还是每一样都尝了一下。

她觉得自己吃得就挺少了，但韩绪竟然吃得比她还少。

木棠棠问他：“你怎么只吃这么一点？”

韩绪看着她笑，意味不明地说：“刚才吃饱了。”

刚才？刚才有吃什么吗？

木棠棠问：“刚才没见你吃东西。”

韩绪轻轻一笑，看着她的眼睛说："怎么没吃东西，刚刚在车上不是吃了你吗？"

也许是韩绪说这话时眼里的光芒太盛，木棠棠差点被电晕了。

这样的韩绪，一点也不含蓄啊！

吃完饭，韩绪驱车去了博物馆，下车的时候，外面竟然又下起雨来。

是小雨，缠缠绵绵地下着。

韩绪停好车，直接拉着她快步走进博物馆。现在博物馆早已经闭馆了，就连工作人员也走得差不多了，留下来值班的是一位老大爷，看见韩绪打了声招呼，便继续低头吃饭。

韩绪牵着木棠棠往一楼的会议室走去，木棠棠看了看二楼，说："不是去你的办公室吗？"

"去会议室，给你看一样东西。"

进了会议室，韩绪打开投影仪，然后在电脑上点了什么，才走过来和木棠棠并排坐着看。

是导演今天下午发过来的纪录片片花，他原本已经看过一遍，但这又有什么关系呢？陪着她，看上千千万万遍又何妨。

木棠棠没注意到韩绪看着她，她已经完全被纪录片吸引了，虽然只是片花，可这一帧帧的水墨剪影，晕染出的是一个不一样的汉朝。

就连里面的自己，木棠棠都快不认识了，仿佛那个人和自己没有一点关系，她们虽然长了相似的面孔，却是生活在不同时空的人。

画面又是一转，竟然出现了韩绪的身影。他一身西装革履，抱着红衣汉服的她，脚下踏着水墨，一步一渲染，晕出古今交替的时空。

木棠棠差一点就惊呼出声，她没想到导演竟然把这些拍了下来，还放到了纪录片里。

她转过头看韩绪，目光灼灼："你早知道了？"

韩绪："今天下午才知道的。"

如果早知道了，他或许会让导演把这段剪掉，因为一旦这个纪录片播出去，他或许会有一些麻烦。

不过这样挺好的，反正他也不怕麻烦。那个曾经号称娱乐圈最大的麻烦不是已经被他搞定了吗？

木棠棠站在展柜前看文物，韩绪上二楼办公室拿东西。

因为韩绪的缘故，她来博物馆的次数也挺多的，但认真看这里的文物却一次也没有。因为拍摄纪录片的缘故，木棠棠没少查找资料，现在看着这些文物，她竟然还能知道一二。这一点认知让她很自豪，可不就应该这样吗？和博物馆馆长谈恋爱，却一件文物都不认识，说出去都丢人。

木棠棠微微倾身，低头看得入神。突然，一双手自后面抱住她，下一秒，韩绪的下巴就抵到她的颈窝处："看什么，这么开心？"

木棠棠指着面前的文物，邀功似的说："喏，这个我知道，我还知道它背后的故事呢。"说着木棠棠便一副马上就要长篇大论的架势，韩绪将手放到她的唇上："嘘，我现在不想听故事。"

木棠棠转身和他呈面对面的姿势，问："那你想干吗？"

韩绪的手很自然地搂住她的腰，轻轻将人往前一带，凑近了，将她的眉眼笼罩在自己的阴影里，才轻轻地在她耳边说："想吻你。"

然后，他便低头温柔地吻了上来。没有花样百出的前戏，直接横扫整个唇瓣，然后深入，就在两人大喘气的时候，韩绪却突然停住了。

木棠棠睁开眼睛看他，他已经放开了她，脸色有些难以形容。

木棠棠问他："怎么了？"

韩绪没说话，上前拉着木棠棠就往外走。这么丢脸的事情，他是不会说的，他决定将它烂在肚子里，带到坟墓里面去。

鬼知道他刚才专心接吻的时候，不小心看到一个兵马俑站在不远处一脸严肃地盯着他是什么感受，反正他以后看到兵马俑是有阴影了。

次日一早，韩馆长就指挥着大家将一楼的兵马俑搬到二楼靠最里面的展柜去。

眼不见，心不烦。韩绪如是想。

韩言之好奇地在一旁看着：“大侄子，搬来搬去多麻烦啊，反正这个兵马俑是仿出来供游客拍照用的，等过了下周，直接用大红布一遮，扔库房去。”

韩绪哪里还等得到下周，他现在一刻也不想看见这个严肃地微笑的兵马俑了。

因为这个兵马俑是仿出来的模具，比真的兵马俑要轻许多，大家没费什么劲儿就搬到了二楼，然后用红布一遮，韩馆长的心情瞬间美丽了许多。

韩绪大手一挥，迈着步子朝着会议室走去：“开会。”

******

今天是和苏婧约好谈解约案的日子，江左和温莱亲自去谈，木棠棠要出外景，拍摄一套沙滩大海主题的写真。

温莱出发前，还特意又打了电话问木棠棠，木棠棠态度依旧，不去。

江左就在温莱旁边，将木棠棠的话听得一清二楚。既然木棠棠不去，他们也就不用继续等了，江左先去取了车过来。

温莱这时已挂断电话，江左摇下车窗叫她：“上车。”

温莱微微一笑，红唇在阳光下非常炽烈。她躬身坐进去，一边系安全带，一边对江左说：“江小梅，我希望下一次你是让我上船，而不是上车。”

江左闻言看过来，眼里满是疑惑。温莱也不解释，她知道江左不懂，就江左这个人，整天脑子里装的都是他的工作，都是他的案子，所以温莱只是说：“以后实践的时候你就会懂了，现在先保密，不告诉你。”

温莱是藏着小心思的，现在说了，最多就是一时的调戏，可人都是有好奇心的，现在温莱先吊着江左，让他时时刻刻保持着好奇，想要一探究竟。对于江左，可不能操之过急，需要慢慢等待时机，到时候她再好好实践，必然取得事倍功半的效果。

约谈的地点是苏婧选的，在乐锐大楼前不远的一家茶楼。

雅间，封闭性很好，环境清幽，十分适合谈事情。

温莱和江左到的时候，苏婧已经在等着他们了。她让人重新上了茶，双方面对面而坐，谈判才正式开始。

这一次的谈判，除了要解决木棠棠和乐锐的解约问题，温莱还要给工作室未来的新人争取出镜的机会，而目前，这个机会就是张友良。

张友良的新剧《赤月》是和乐锐合拍的，且其中最大的投资方也是乐锐。虽然以张友良现如今在圈里的地位是有权利决定演员人选的，但出钱又出力的是乐锐，有钱也就意味着有话语权。

单单是这一点，从苏哲搭档姚紫萱就可以看得出来。这部《赤月》虽说是打着张友良的作品，但任谁看了都知道，这部剧就是乐锐为姚紫萱买的。圈里人私下都在说，这不像是苏婧的风格，就算以前路琼刚红的那一阵，苏婧也没有做到砸钱买剧的分儿上。

加上前几天温莱打听到苏婧有意让路琼在《赤月》中出演女二，为姚紫萱配戏，单就这样的卡司阵容，剧好不好已经没有关系了，话题度肯定会居高不下的。不管是苏哲、路琼还是姚紫萱，温莱预测，这三个人肯定会成为讨论的中心，到时候关注这部剧的人自然就多了。

所以，温莱想通过这次谈判拿到这个好机会，作为星途工作室推出新人的第一步。这件事情，温莱曾和木棠棠商量过，木棠棠也是赞同的，毕竟星途工作室才刚步入正轨，没有一下子拿得出手的新人，基本上全靠着木棠棠一个人的知名度在撑着。加上她们对影视剧这一块也是比较薄弱的，必须要借助他人之手才行。恰好乐锐是最佳的选择，一来是因为温莱抓着苏婧的把柄，各方条件都比较好谈；二来，星途工作室如果和乐锐合作，在外人看来，也就是冰释前嫌的意思了。

而且像这样的新人打包条件，以后还有很多，毕竟这是目前最简单、最快捷、最容易混脸熟的方式。一旦和片方混熟了，以后才会有更好的剧本自己找上门来。

况且木棠棠和乐锐解约的事之所以拖了这么久，一方面是因为苏婧对于违约金的不满意；另一方面，江左手里有苏婧的资料，她也不敢妄动。温莱猜想苏婧肯定是私下找对策去了，所以才一拖再拖，拖到今天才勉强答应双方见面好好谈一下。

不过温莱很有自信，加上旁边坐着江左，她便更加自信可以完美地解决这件事，就算苏婧私底下做了什么，她们不是还有江左吗？

温莱是个不喜欢绕弯子的性子，开门见山，直接向苏婧提出了要在张友良的新剧《赤月》中插入新人。

温莱："苏总，该说的我都说了，我们愿意做出适当的让步，只要苏总提的条件在合情合理的范围之内。但我们也只有一个要求，就是让我们工作室的新人上戏，戏分也不用太重，只要露个脸就行。"

见苏婧犹豫，温莱用胳膊戳了戳身边的江左，江左会意，拿出早已经准备好了的文件放到桌上。

"苏总，你不妨先看看这个。"江左说着，把文件推到苏婧面前。

翻开第一页，苏婧就脸色大变。

温莱和江左对视一眼，彼此心照不宣，这事算是成了！

******

木棠棠拍完写真集，下午便可以休息，司机先将她送回了工作室，到门口的时候，恰好碰见了钱朵朵。

自从上次请假之后，木棠棠这次见到她中间都隔了快五天了，而且这一次回家之后，钱朵朵明显憔悴了许多。

她的目光有些空洞，站在工作室门口愣愣地看着前方出神。木棠棠走过去叫了她几声，她才慢慢有了反应。

"棠棠姐？我听说你去拍外景了，正打算去找你。"

钱朵朵话音刚落，小西就抱着服装跌跌撞撞地跑过来，微微喘着气："棠棠姐，你慢点走，等等我。"

钱朵朵打量着小西，小西也同样看着钱朵朵。和钱朵朵的疑惑不同，小西是认识她的，因为温莱的关系，而且，她们如今也算是竞争对手了吧！

小西微微一笑，先自我介绍："你好，我是棠棠姐的新助理，我叫小西。"

钱朵朵闻言一愣，新助理？

她慢慢将目光移到木棠棠的脸上，似乎是在确认："新助理？棠棠姐，你找新助理了？"

其实她作为助理哪里有权利过问这些，但木棠棠一直对她都很好，她知道，只要不要触碰木棠棠的底线，一切事情都是好商量的。比如现在，她可以质问木棠棠：为什么她才走了不到一周，你就有新助理了？

钱朵朵的脸色不好，木棠棠也没有多想，只觉得是因为家里的事情，便说："嗯，小西是我的新助理，你比她有经验，以后你多带带小西。"又微微侧脸对小西说："这就是我跟你提过的钱朵朵，以后有什么不懂的、不确定的，可以先问问她，不要再鲁莽行事了。"

小西嘟嘟嘴，嘟囔道："我哪儿有鲁莽行事啊。"语气似乎在撒娇。

小西又看钱朵朵，伸出手，礼貌地说道："朵朵姐，以后好好相处吧，我做得不好的地方，还希望你作为前辈多多包涵。"

钱朵朵推开小西伸过来的手，不仅仅是小西，连木棠棠也愣住了，说："朵朵，你……"

"我怎么了？"钱朵朵突然拔高了音量，声音里带着笑意，却让人感觉到了寒意。

她直视木棠棠，质问她："棠棠姐，你忘记我是你亲自挑选的助理了吗？你忘记了吗？你是想把我踢开了吗？"

面对钱朵朵一连串的质问，木棠棠想解释，小西却抢过了话头：

“朵朵姐，有什么事我们回工作室再说，你现在在门口这般吵闹会影响到棠棠姐的形象的。”

“你闭嘴！”钱朵朵大声呵斥，她知道现在自己一定丑陋极了，可她就是这般丑陋，不是吗？不仅是外表，还有那颗肮脏丑陋的内心。就在三天之前，这颗心亲手杀死了自己的母亲。

不，不，不是她害的，是父亲，是他亲手……

钱朵朵突然蹲下抱头痛哭，小西手足无措地看看钱朵朵，又看看木棠棠。

木棠棠让小西先走，自己慢慢蹲在钱朵朵面前，抱住她，说：“朵朵，有什么事情你说出来，不要一个人撑着。”

钱朵朵将头深深地埋下去，哭着，断断续续地说道：“棠棠姐……我妈妈……死了……死了。”

她紧紧地抓住木棠棠的手臂，说：“是我，是我，是我害死她的。棠棠姐，是我害死她的。”

木棠棠安慰她：“朵朵，你看着我的眼睛，你母亲的事情和你没有关系，你已经尽力了。”

钱朵朵愣愣地重复着木棠棠的话：“和我没关系？和我没关系。”

木棠棠：“嗯，和你没关系，所以你不用这么自责。”

“和我没关系？”

钱朵朵突然惨笑一声，情绪已经没有刚才那么激动了。她看着木棠棠：呵呵，你有什么资格这么说，你这种从小不愁吃不愁穿的大小姐，想要了就拿过来，不想要了就随手丢开的人凭什么这么说？你根本不懂，根本体会不到我此刻的心情。

钱朵朵站起来，擦干了眼泪，心中有了决定：母亲已经被夺走了，这个助理的位置，谁也不能再从她的手里抢过去，就算是木棠棠也不行！

******

再次见到左唯森是在通用电讯赞助的慈善晚会上，作为最大的赞助方，左唯森几乎是被主办方奉为了座上宾。

木棠棠是受邀而来的艺人，按照惯例，她是需要走红毯进来的。

温莱带着小西和钱朵朵从另一条通道先进去，等木棠棠走完红毯再一起进去。

主办方是安排左唯森走VIP通道直接进去，可他却中途改变了主意，转身决定走红毯，而且是和木棠棠一起。

媒体的眼睛都是雪亮的，一见事情似乎有苗头，赶紧将摄像机对准了两人。

左唯森保持着绅士的距离，却用只有两个人才听得到的声音小声说："给个面子，让我也做一回公主的骑士。"

他说这话的时候，脸始终正对着媒体的镜头，木棠棠当然也是。在这种情况下，真是骑虎难下，不然还不知道媒体又会怎样添油加醋地乱写，倒不如大大方方的，让他们找不着缝叮她。

木棠棠挽着左唯森，俨然一对俊男靓女的组合，媒体毫不吝啬闪光灯，"咔咔"地拍个不停。

而另一边，同样是作为受邀而来的嘉宾，韩绪一脸不愉快地盯着红毯上的两人。早知道他也走红毯去了，没有木棠棠的VIP通道怎么能叫VIP呢？

还有，明明说好来陪他的江左，这会儿连鬼影子都见不着。韩馆长现在很生气，后果很严重。

这种慈善活动的红毯就是一个仪式，流程很简单，所以木棠棠很快就来了。

左唯森一下红毯就被另外一个等候在红毯下的老板给拉走了，好像是要谈生意，木棠棠也识趣地离开了。

温莱和小西都在等她，却独独不见钱朵朵。

木棠棠接过温莱递过来的外套披上，问她："朵朵呢？"

温莱没好气地说：“谁知道呢，她的腿长在自己身上，当然是想去哪儿就去哪儿了。”

小西笑着打圆场，替温莱向木棠棠解释：“朵朵姐好像是闹肚子，去厕所了。”

温莱开始催促：“走了走了，先进去。”

木棠棠几乎是被温莱拉着走的，她连忙吩咐小西：“小西，你在这里等朵朵，一会儿一起过来。”

小西迈开的步子骤然收回，对着木棠棠笑道：“知道了，棠棠姐你放心，我肯定把朵朵姐安全地带到你的身边。”

温莱小声嘀咕：“钱朵朵如今这样，都是你给惯的。”

木棠棠笑了笑，没有说话。其实当初选择钱朵朵，木棠棠是觉得这孩子挺好的，性子好，不毛躁。谁知如今温莱还是给她找了一个毛毛躁躁的小西。

直到木棠棠和温莱彻底走远了，小西才慢慢收了笑容，在心里暗自啐了一声：“真是的，什么货色还让我等。”

小西是温莱提拔上来的，她自然知道温莱不喜欢钱朵朵。她懂得如何投其所好，并且她私下里调查过，钱朵朵当初能被木棠棠看中，凭的全是运气。要是放到今天，以她的资历，怎么都比钱朵朵这个三流大学毕业的强。

她很有自信在将来的日子里把钱朵朵给比下去。

这样的表情，恰好一丝不差地落在钱朵朵的眼里。她从第一次见面就知道，这个叫小西的女孩可没有表面上这么人畜无害。

有些人，见第一面就知道她就是那种表面上和你称兄道弟，却会在私底下毫不犹豫地捅你一刀的人。

钱朵朵几乎要为她拍手称好了。

小西没想到钱朵朵会突然从后面走出来，脸上的表情僵住，来不及收回，又企图想要挤出一丝笑容来。

这样子落到钱朵朵眼里，显得相当滑稽。只听钱朵朵说：“不用装了，你是什么样的人我早就知道了。”

被钱朵朵当场拆穿，小西也不恼怒，只是轻描淡写地讽刺回去：“正好，你也不用装，因为你是什么货色我也知道。”

钱朵朵微微眯起眼睛，问道：“你什么意思？”

这反应倒是有趣，小西说得随意，有些人听了，却有心了。

小西说：“不做亏心事，不怕鬼敲门。朵朵姐这一脸心虚的样子，莫不是真做了什么亏心事。”

钱朵朵脸色一凛，刚想反击，余光却瞟见温莱正往这边走来。她当即微微一笑，上前挽住小西的手，一副相当亲昵的样子。

温莱过来后，眼神在两人身上探寻了一圈，说：“还不进来？”

主办方负责引导嘉宾就座的礼仪人员带着木棠棠和温莱一行人往嘉宾区走去。却没想到和苏婧冤家路窄，撞到了一个活动上来。

不过娱乐圈就这么大，不碰面是不可能的。好在主办方并没有将她与苏婧的位置安排在一起。

远远瞟了一眼，苏婧看上去似乎很开心。

温莱用胳膊轻轻碰了碰她，示意她看左边：“喏，关键场合钱芳还是带路琼来了，可怜姚紫萱要哭晕在厕所。”

嗬，这不奇怪，苏婧有意借钱芳的手捧姚紫萱，不管钱芳愿不愿意，只要钱芳还在乐锐，姚紫萱这个烫手的山芋她就必须接下来。但带不带姚紫萱出来，什么时候带她出来，最后的决定权还是在钱芳手里。

就像钱芳不可能为了一个姚紫萱和苏婧闹翻，苏婧也不可能为了她把钱芳给逼急了。而且，前面有她木棠棠带着温莱走了，她可不想后面钱芳也带着路琼走了。

苏婧现在输得起木棠棠和温莱，却再输不起钱芳和路琼了。所以照目前的情况来看，虽然苏婧有心，可钱芳的态度也坚决，姚紫萱要想成为第二个路琼，光靠苏婧是行不通的。

不过现在下定论都还尚早，一切还要看《赤月》播出之后的反响。

这一仗要是赢了，姚紫萱就将彻底翻身，连带着乐锐也会大赚一把。

木棠棠问温莱："你不上去和前老板打个招呼？"

温莱白了她一眼："我可不干讨骂的事。"目光随意转动，她的眼睛却是一亮，当即起身便要走。

木棠棠叫住她："你去哪儿？晚会马上就要开始了。"

温莱抬了抬下巴，指向会场东面的嘉宾区域："喏，看见没？我的江小梅也来了。不忍心看他一个人孤单寂寞冷，我决定过去温暖他。"

木棠棠想提醒她，江左一点也不孤单好吧，江左旁边坐着韩绪呢。

可温莱已经过去了，走在了拆散基友的不归路上。

木棠棠所在的嘉宾区是演艺人员和一些娱乐公司的高层，江左所在的东面嘉宾区多为政界和学术界人士。像今晚这一类的慈善晚会，木棠棠不是第一次参加，自然明白这种晚会多多少少有些作秀的成分。一件拍品最后花落谁家并不重要，重要的是你拍下它之后的价值，是捐出去展现爱心还是送出去实现野心，这才是这场慈善晚会举办的真正目的。

有钱人的游戏，有时候并不是小老百姓可以想象的。

温莱过去之后不知道说了什么，那两人都朝着木棠棠看过来。对上韩绪的眼睛，木棠棠微微一笑，随即便将目光移开，假装整理耳发。殊不知，等她再抬头看过去的时候，韩绪已经坐到了她旁边原本温莱的位子上。

木棠棠赶紧躲着韩绪发了条短信给温莱：不准回来，晚会结束立刻带着江左离开。

温莱很快回复：懂你。

她还补充了一句：记得加工资哦。

看吧，这就是温莱，那边霸着美男的肉体，这边还不忘伸手要钱。

木棠棠的目光向前，眉眼低垂：好长的腿啊！

是韩绪的腿，笔直而修长，裹在西装裤下，便有了这么一点诱惑感，总是会忍不住想撕裂西装裤，抚摸上这条大长腿的触感。

啊，真是身体的每一个部位都这么吸引她。木棠棠想到了第一次和韩绪接吻时，那个带着圣罗兰52号色的吻。

所以……下次要不要考虑试一试Dior烈焰蓝金671色号？

“木棠棠，别用这种眼神看我。”

啊，连声音都这么性感。木棠棠哪里听得进去韩绪的警告，一双眼睛旁若无人地紧紧黏在韩绪身上，她真的控制不住她自己啊！

不知是什么时候，晚会已经开始，嘉宾区的灯光暗了下去，只留着舞台上一束白光打在主持人的身上。主持人还在说着开场词，木棠棠所有的思绪都在考虑什么时候把韩馆长这一身西装给剥了。

怎么办，好想现在就拉着面前的男人跑路。

木棠棠的身体忍住了，心却忍不住想要调戏韩绪：“韩绪，你被我的眼神看得有感觉了吗？”

韩绪的眸光暗了暗，没说话，只是腿动了一下，从左叠右腿换成右叠左腿。

趁着灯光太暗，木棠棠轻轻拍了一下韩绪的大腿。

哎，夹得很紧啊！

她忍住不笑，略微倾身靠过去，小声说：“看吧，你果然是有感觉了。”

有一句话怎么说来着：不怕遇见流氓，就怕遇见女流氓，更怕遇见有文化还长得美的女流氓。

韩绪后悔死了，他现在真是恨不得将木棠棠给就地正法了，让她知道，老虎屁股不是随便就可以摸的。

晚会的拍品，多为在场的嘉宾提供，就比如她和温莱参加这个慈善晚会，就是以星途工作室的名义捐赠了一件珠宝。

而韩绪作为受邀而来的嘉宾，捐赠的是一幅字画。

舞台上的工作人员将画轴慢慢打开，一幅清末山水画，出自名家之手，价值不菲。

底下已经有人蠢蠢欲动。

一幅名画，绝佳的收藏品。

这幅画木棠棠见过，在韩绪的书房里。

木棠棠好奇地问他：“书房少了这么大一幅画，你打算拿什么补上啊？”

韩绪的书房，严格说来更像一个古董铺子。

木棠棠觉得每一件物什拿出来都可以是她祖宗了。

这幅清末山水画，占据着墙的二分一，镶嵌在墙里，要拿下来，如同在人胸前割块肉。

割这么大一块肉，木棠棠觉着肯定影响了美观。

她看着韩绪，轻轻唤了一声：“韩绪？”

适时，台上的主持人宣布：山水画不做拍卖，上交国家。

全场惋惜，似乎都在懊恼错失了一个机会。

只有韩绪，嘴角扬起浅笑，在木棠棠叫他时转过头来看她，然后轻轻地从嘴里飘出三个字——

“结婚照。”

韩绪是在回答刚才的问题。

木棠棠失神了一瞬，慢慢才觉出这三个字的味道。

韩绪的意思是：用结婚照替换山水画。

Chapter 11
你在向我求婚吗？

照韩绪这么说，这幅婚纱照得多大啊！

一晚上，木棠棠都在思考这个问题。

晚会结束的时候，下雨了，简直连天公都在作美。

江左不知道什么时候被温莱拐走了，反正直到木棠棠坐上韩绪的车，也没有瞧见他们两人的身影。

可是此刻，木棠棠却没有了撩拨韩绪的心思，她的心里有些乱，更多的是不知所措，就好像自己觊觎了好多年的东西，突然之间到手了，心里总有些空空的。

车子慢慢地在公路上行驶，木棠棠看向窗外，雨势越来越大，地上坑洼处的积水也越来越深。有些地方已经没过脚踝，还有继续上涨的趋势。

木棠棠收回视线，轻声问韩绪：“介意放首歌吗？”

和外面相比，车里实在太过安静了，就连呼吸声此刻在这个狭小的空间里也被放大了无数倍。

“摇滚乐听吗？”韩绪问。

“你喜欢摇滚？”真看不出来，她以为像韩绪这样的，应该喜欢听钢琴曲或者交响乐。摇滚乐倒是符合啤酒的气质。

“不是我，是江左。”韩绪解释道。其实不只是车上，他家里也有很多摇滚唱片，都是江左从学生时代开始收集起来的。以前他父母反对他听这种乱七八糟的音乐，说是影响他成为一名出色的律师，所以江左便将唱片藏到了韩绪家，直到现在也没有搬走。

哦，现在的律师都是用这种方式释放自己吗？木棠棠心想。

“还有其他的吗？比如抒情或者安静一点的。”这个时候真的不适合听摇滚乐，倒不是觉得太烈了，只是摇滚乐太容易激发人体的冲动分子，木棠棠是担心，一个冲动就……

毕竟，冲动是魔鬼嘛。

“没了，不过你要是真想听，我可以给你唱。”韩绪说这话的时候，木棠棠看见他眼里闪着光，这样子，像极了十七八岁的韩绪，站在舞台上，他就是主宰那个时代的王者。

木棠棠眉心一动，目光看向别处。不管是以前还是现在，韩绪总是可以轻而易举地动摇她。

木棠棠最后说：“我还是听广播吧。”

“哼，你竟然放着天籁之音无动于衷，选择枯燥无味的广播，木棠棠，你绝对会后悔的。”韩绪嘴上虽然这般鄙视她，却还是腾出一只手打开了车载广播，将音量调到最舒服的位置。

“插播一条新闻，兰溪市气象局发布暴雨橙色预警，请各位市民出行注意安全。”

看来这雨是停不了了。

适时有车从旁边经过，溅起的水花比车身还高，这水到底还是越积越深了。透过重重雨幕，可以隐约看见在暴雨中熄火的汽车。为了防止被雨水困在车里，车主人打着伞爬到了车顶上等待救援。

木棠棠想到前几天，南方遭遇特大暴雨，各大城市开启看海模式。

本以为坐落在兰溪可以幸免，却不想管你南方还是北方，地下排水系统估计都是一个人修的。

更不幸的是，高架桥下堵车了，还是一眼望不到头的那种。

整条长街充斥着喇叭声，任你按得多大声，堵着就是堵着，一动也不动。

瞧着这趋势，一时半会儿也动不了，韩绪将车熄了火，往车窗外看了看，然后对木棠棠说："在车里等我。"

"你去哪儿？"木棠棠下意识地抓住韩绪的手。

韩绪低头看了看，将木棠棠的手握起来轻轻印上一吻，笑着捏了捏她的脸："这条路地势太低，积水很容易漫进车里来。乖乖在车里等着，我去买伞，剩下的路，我们走回去。"

说完他便打开车门准备出去。

"哎……等一下。"木棠棠拉住韩绪，然后将自己包里的东西全部倒出来，腾空了包递给他，"顶着，好歹遮一下头。"

韩绪："……"

木棠棠这包，是黑色的水桶包，顶着它无异于顶着一口锅。

或者，他还是淋雨狂奔比较帅。

广播里在播放一首老歌，英文的，大概说一个男孩向心爱的姑娘求婚，姑娘欢天喜地地和他步入了婚姻的殿堂。

不知道唱歌的歌手是不是也有歌词所描述的经历，木棠棠总觉得他唱得很扣人心弦，温柔而低沉的男声，一下一下，也扣住了她的心弦。

美丽的新娘啊……

木棠棠想到了那幅结婚照，韩绪的结婚照，或着说是韩绪和她的结婚照？

木棠棠不确定，韩绪在慈善晚会上说的，是不是委婉地在向她求婚，毕竟韩绪连一句"我爱你"也不曾对自己说过。

想想曾经，她也豪言壮语过，爱就爱呗，为什么非要把"我爱你"三个字挂在嘴边呢？这类人，被木棠棠狠狠地鄙视过，她觉得爱情是要用心去感受的，嘴上说的多半是花言巧语。可是如今，遇到韩绪之后，她却成了自己曾经鄙视过的那一类人。

她想每天一睁眼就看见韩绪躺在自己身边，也想他永远只温柔地对她说“我爱你”。

她可以感觉到韩绪是喜欢自己的，可有时候她又会忍不住想，韩绪对自己可能只是一时的好感，就好像她看见好看的衣服，也会对这件衣服甚至是这个牌子产生好感一样，到最后终究又会被另外的品牌或另外好看的衣服吸引。

木棠棠害怕有这么一天，害怕韩绪对自己的一时好感会随着时间慢慢消失。

而在这场爱情里，他们从一开始就不是势均力敌的。她喜欢韩绪，喜欢了很久很久，他不知道，没人知道，她最开始也不知道。什么时候知道的？或许是在马赛重新遇见他的那一刻吧。心动的声音，只有自己听见了。

之后？唔，之后所有的偶然或者不经意，其实都是她的精心安排，只为了更接近他而已。

这个秘密，只有她知道。

突然，有人敲窗。

木棠棠的思绪一下子被拉回了现实，她以为是韩绪回来了，摇下车窗，雨水瞬间飘了进来，裙子被打湿了一大片。

“美女，有钳子没？”是借东西的司机。

为避免雨水再次飘进来，也为了不被人认出来，木棠棠将车窗摇上去一些，才低头说：“你等一下，我找找。”

不一定找得到，这车是韩绪的，她不熟悉，也没坐过几次，而且韩绪好像也不经常开车。

木棠棠解开安全带，在车里搜寻了一番，钳子没有找到，倒是找到了一个类似狼牙棒的东西。

真是些稀奇古怪的东西，像《丧尸国度》里安迪·卡佛打丧尸的武器。

木棠棠拿在手里掂了掂，还挺沉的。

她又将车窗摇下来一些，刚好达到可以将狼牙棒伸出去的宽度，问：“这个可以吗？”

“可以可以。”司机看上去挺着急的，也没有注意到车里的人是国际超模木棠棠，还连声说，“谢谢你啊，美女，等会儿还你。”拿了狼牙棒就小跑着走了。

估计是还不回来了，雨下得这么大，韩绪的车又这么低调，一眼看过去相同的不少，谁还分得清啊。

木棠棠想，她这也算是助人为乐，待会儿韩绪回来了她还是坦白从宽的好，但愿这个狼牙棒不是什么重要的东西。

车窗重新关上，木棠棠将广播的声音开大了些，吵闹声听不见了，雨水声好像也没有那么大了。

韩绪迟迟没有回来，她安静地靠在座椅上听着音乐，渐渐便有些困了。

什么时候睡过去的，又睡了多久，木棠棠都不知道，她只知道自己是被巨大的拍打着铁块的闷响声吵醒的。

她摸出手机看了看时间，才过去不到十分钟，却好像睡了一个世纪那么久。

外面的敲打声很急，也很大，像是出了什么急事，又像是在催促着什么。木棠棠起先以为是自己被人认出来了，毕竟以前也有疯狂的粉丝拦住她的车，这般敲打着玻璃窗。

直到木棠棠看见车窗上印着的一张张焦急的脸。

再听着这敲打声，一下一下，敲得她心里发慌。

顾不得会不会被认出来，又会不会被围观，木棠棠想打开车窗问一下，这才发现窗户突然打不开了。不管她怎么按，车窗都像是被固定住了，纹丝不动。

木棠棠这下是真慌了。明明刚才还可以打开的。

外面的人看不见车里，自然也不知道里面的状况，使劲儿敲，敲了几分钟，以为没有人，最后竟然都走了。

瞬间她便孤立无援，在封闭的空间里，人的恐惧可以被放大无数倍。想大声呼救，却该死的怎么也叫不出来。

她觉得车里的空气渐渐稀薄，再这么下去，她会被闷死在里面，或者……

该死的，车子进水了！

电话？对，她应该给韩绪打电话。

她疯狂地在车里找，没有！哪儿都没有！

她感觉自己的手在颤抖，深呼吸一口气，双手握住又放开，然后开始将手伸进水里。

车就这么大，手机肯定就在这周围，一寸一寸，木棠棠摸索得十分小心。指间突然触碰一个坚硬的物件，心中一喜，她将它捞了出来。

是她的手机，木棠棠赶紧用衣服擦了擦，猛然按下去，屏幕依旧一片漆黑。

不会的，不会这么倒霉的！木棠棠颤抖的手不停地按着开机键。

手机依旧毫无反应，木棠棠终于止不住地放声大哭出来。她将手机狠狠地砸向车窗，哭喊道："韩绪，你到底在哪里？"

回应她的是雨水一点一点浸没身体的声音。

咕噜咕噜……

刚才过来的人，是想确定车里是否有人，但她错过了呼救的最佳时机，现在车窗打不开，车门也打不开，她该怎么办？

敲击车身，路过的人能听见吗？

不一定，外面也不比车里好多少，很多车都被淹了，到处都是呼救声，敲打声，咒骂声，而她的声音越发显得微乎其微。

车里的水越来越多，已经没过了膝盖，还在一点一点上升。木棠棠想找到进水的源头堵上，可怎么也找不到。

最后木棠棠放弃了毫无头绪的寻找，强迫自己冷静下来。

车里还在不停地进水，她蹲站到座位上，弯着腰，用力拍打车窗，或许这样获救的机会能高一些，万一有人过路，恰巧听见了呢？

可她到底是女孩，渐渐体力有些不支，意识也在慢慢涣散。手拍得已经麻木了，木棠棠努力仰着头，不敢低头看。她怕一低头，下一秒水就会没过她的脖子。

木棠棠想到了狼牙棒，要是它在就好了，至少她可以敲碎玻璃逃出去。

因为缺氧的缘故，木棠棠感觉头又晕又沉，她使劲摇了摇，努力让自己保持清醒，至少坚持到韩绪回来。

明天的头条新闻，估计不是大雨淹了兰溪城，而是大雨淹死了木棠棠。

木棠棠忍不住笑出声，她觉得自己要真是这么个死法，怨气太重，死后说不定会变成红衣厉鬼。

窝囊，真是太窝囊了。

思绪开始变得混沌，木棠棠又想到了木砚山。下周就是木砚山的生日了，她答应了木砚山回家陪他吃寿面的。

木砚山爱吃面，各种面，去年渝州小面火的时候，他特地借出差之名，去这个3D魔幻城市待了一个月，吃遍了大城小巷的所有面馆。回家后写了一本吃面心得，取名《一挑香》，还打印出来供公司的员工传阅。

看来她要食言了，不能陪木砚山吃面了。

木棠棠唯一遗憾的是还没让木砚山给自己找个后妈。木砚山记性不好，又总爱丢三落四，有人在他面前多念叨念叨，也是好的。

木棠棠觉得自己挺不孝的，当初以为是木砚山背叛了她和冯亦舒，她便跟着冯亦舒离开。在法国的那几年，冯亦舒从不曾提起木砚山，而她自然也就将木砚山遗忘了。偶尔在街上看见其他亲密的一家人，她脑海中会闪过木砚山的影子，但总是模糊的，记不真切了。然后她总是看着别人恶毒地想：总有一天，你们也会和我一样，没有爸爸的。

她有时候会想，如果那年生日，她没有躲进冯亦舒的衣橱，没有发现那本日记和照片，没有发现那些被冯亦舒撕毁的信件，她或许一辈子都不会想到回国，更不会记起在这里还有和她血浓于水的父亲。到底还是该庆幸的，庆幸自己没有太迟才发现真相；庆幸自己记起木砚山的时候，他还好好的；庆幸子欲养而亲不待的悲剧没有在她的身上发生。

木砚山这么好的一个人，冯亦舒当初到底为什么要弃他而去啊。直到今日，木砚山不提及冯亦舒，但他也没有再娶，一心忙事业，一心养闺女。木棠棠以前取笑他，说木砚山是现在社会上最受欢迎的黄金单身汉，只要站在街上招一招手，赶来给自己做后妈的人多了去了。

木砚山听完只是一笑，低头轻轻抚摸着无名指上的银戒指，若有所思。这枚银戒指是当初爷爷奶奶的婚戒，后来传给了木砚山和冯亦舒。可笑的是，木棠棠却从来没有看见冯亦舒戴过。她的手上，有各种宝石的戒指，却独独没有这一枚最质朴的银戒。或许早在当初离婚的时候，冯亦舒就将它扔了吧。毕竟，这种廉价的老古董怎么配得上她尊贵的身份呢？

对于冯亦舒，木棠棠不愿提及，甚至不想去回忆。美好的才会成为回忆，那些刺痛人心的，将它埋葬了最好。

她的回忆里有木砚山就够了，正是这个强大的男人，在她最痛苦的时候，如天神降临，成了她的依靠。这就是木砚山，她的父亲，一个如钢铁般顽强的男人。

木棠棠想，或许她应该早一点给木砚山找一个伴儿的。她不在他身边的时候，至少有一个人可以陪着他，可以陪他练拳，可以陪他说话。

木老头是开心的木老头，木棠棠不想看到孤独的木老头。

“爸……我好想你。”

极度缺氧的状态下，木棠棠浑身瘫软，身体开始渐渐不受意识的支配往下滑。

车里的水积得很快，一眨眼工夫就快要到达木棠棠的胸口，她身体这么一滑，便一下子浸到了水里。木棠棠呛了一口水，意识又短暂清醒，她挣扎着起来，恍惚间有人在敲打车窗，并且大声叫她。

“木棠棠！木棠棠……”

她想回答，想说快救救自己，可短暂的清醒过后，无力感再次向她袭来。

身体再次控制不住地下滑，在水快要彻底没过头顶的时候，她终于看清了外面叫她的人，是韩绪。

她终于等到他了，等到了可以和他说再见，谢谢他曾经在自己的生活里绚烂过，谢谢他曾经陪伴自己走过漫长的少女时代。她终于在最后，拼尽仅存的一点力气，向车外的他做了一个手势——再见。

韩绪，再见。

尽管他根本就看不到。

再然后，一声巨响在耳边炸开，周围的水顷刻间退去，一双大手抓住了她。

车门被打开，他将她抱了出来，说：“木棠棠，我来了。”

你来了。这句话，真好。

她获救了，韩绪将她抱在怀里，微微躬身，挡住了雨。

他轻轻拍打着她的脸，试图让她清醒，又托起她的下巴不停地做人工呼吸，接着用手按压胸部。如此反复，木棠棠终于吐出了积压在胸腔里的水，呼吸慢慢变得均匀。

木棠棠缓缓睁开眼，韩绪也比她好不到哪里去，他的脸色苍白，嘴唇毫无血色，就好像刚才在鬼门关走一遭的人是他。

木棠棠微微张嘴，她想问他：你买的伞呢？

韩绪抱起她，靠近她，问：“棠棠，你想说什么？”

木棠棠张了张嘴，想说的话却变成了：“韩绪，晚会上你说的话是在向我求婚吗？”

韩绪全身湿透了，白色的衬衫贴在肌肤上，可以看见优美流畅的的胸肌线条。木棠棠盯着胸肌起伏了一下，那是他的心脏在跳动。他说："嗯，是我韩绪在向木棠棠求婚。"

他握住她的手，轻轻地放到心脏的位置，认真地说道："感受到了吗？它是为你而动。"

所谓心动，也不过如此了。

他轻轻摸着她的脸，将黏在脸上的头发一缕一缕地拨开，又说："木棠棠，这个问题你想了一晚上吧。"

呃……好像是吧。

不过她终于等到了答案，至于求婚，木棠棠想，还是等醒过来再说吧，她要晕过去了。

她终于撑不住晕了过去，在韩绪的怀里，他的脸在眼前渐渐变得模糊。周围有人围了上来，她好像看见了那根狼牙棒。

那司机，还真把它还回来了。

******

木棠棠以为自己醒过来会在韩绪的大床上。也绝对不是在温莱的……怀里。

她睡觉时总觉得有什么东西膈应着她，原来是温莱的胸器。

木棠棠摇醒温莱："温莱。"

没动。木棠棠又摇了一次。

"温莱。"

终于动了，温莱掀开眼皮看了眼木棠棠，马上又迫不及待地闭上，然后舒舒服服地缩进被窝里，将头也盖了个严实。

这是不想看到她吗？

"温莱。"木棠棠将被子扒开，露出温莱的一张脸。

这脸憔悴得厉害。不仅憔悴，爱美的温莱竟然连妆都没有化！

"木棠棠，醒了你就找你的韩绪去吧，让我好好睡会儿，我快困死了。”说完又埋了回去。

木棠棠有些感动，看来这些天都是温莱在照顾自己。

被子又被掀开，温莱的脸又露了出来，她有气无力地说：“木棠棠，记得给我加工资哦。”

木棠棠：“……”

木棠棠没有立刻去找韩绪，她要先敷个面膜。刚才洗脸的时候，她发现自己的脸色比温莱也好不到哪儿去。

她必须美美地去见韩绪，报答他的救命之恩。

木棠棠瘫在沙发上，正在为美好的今晚思考穿什么衣服的时候，听见有人开门进来。

有她家钥匙的，是钱朵朵。

木棠棠没理她，自己美美地敷着面膜，继续畅想着和馆长大人热情似火的一夜。

过了好一会儿，她才从自己的世界抽离出来，发现了站在身边的人。他站得很近，靠得也很近。

木棠棠睁开眼一看，然后又迅速闭上。不对不对，这一切肯定都是幻觉。

“木棠棠。”那人叫他。

“我不是木棠棠，你找错人了。”打死也不想这么邋遢地出现在心仪的人面前，而且昨天他才求了婚，搞不好见她这样，今天就悔婚了。

不不不，她打死也不能让韩绪悔婚。

韩绪笑了笑，伸手将木棠棠的面膜撕了下来。他弯着腰看她，木棠棠看见自己在他的眼里颠倒了。

他说：“木棠棠，你怎么不叫木呆呆啊，傻里傻气的。”说完轻轻点了点她的鼻尖。

这样子，真的太宠溺了！这样的男人真的分分钟想霸王硬上弓啊。

韩绪竟然给她带了一碗鸡汤。

木棠棠捧着，没喝，藏了小心思，问他：“你做的？”

韩绪回答得很快：“不是。”

没诚意，看望病人不都是亲手熬制鸡汤吗？电视里都是这么演的。

韩绪又说：“是我妈做的。”

咦？未来的婆婆大人做的？木棠棠赶紧喝了一口。好喝，又连着喝了几口。

韩绪关心地问：“还要吗？”

木棠棠点点头，将碗递了过去。

韩绪盛好递给她，随口说道：“忘了告诉你了，这汤是我妈给炸鸡、啤酒做的，我看还挺多的，它们也吃不完，就给你带过来了。怎么样？好喝吗？”

所以，她现在吃的是狗剩下的？

木棠棠阴森森地一笑，齿缝中蹦出：“好喝！非常好喝！”

好喝到她现在想打人了！

******

周时卿最近每日都在三省吾身，对韩子高的事情也越发上心。不仅每周都给韩子高的班主任打电话询问学习情况，还天天晚上拉着韩子高从诗词歌赋聊到人生哲学。

为此而备受冷落的韩怀远同志日益消瘦，百无聊赖之际，韩怀远终于一个电话打给了韩言之。

韩言之接到自家大哥的电话简直受宠若惊，忙不迭地就答应下来，拾掇拾掇出了门。两个大老爷们儿找了一个酒馆，点了一桌子下酒菜，开始畅谈人生。

韩言之起先还是乖乖地听着，后来韩怀远直接从抱怨自己变成了攻击他人。

韩言之奋起反驳：“大哥，你这是人身攻击！”

韩怀远这会儿已经喝了不少，酒意醉人，有什么说什么，平时不说的，现在也一股脑全说了：“我这是就事论事！你说说你，五十多岁的人了，还当自己青春无敌啊，也不照照镜子，不仅发福还秃头，简直就是浪费了我们韩家优良的基因！”

挑了几颗花生米就着酒吃下，他又说：“我现在虽然也在发福了，可是我有你大嫂啊。瞧瞧你，这丑样，哪家姑娘还敢跟你，活该一辈子打光棍。”

“当初劝你结婚结婚，你瞎嚷嚷什么来着？”韩怀远一时竟想不起来了。

韩言之接着说：“单身万岁。”

“对！”韩怀远骂道，“屁的个单身万岁，瞧你现在活成这样，做大哥的都心疼。想当初我们俩年轻的时候，在这兰溪城迷倒多少少男少女。”

“是少女，没有少男。”韩言之纠正道，就那个时代，有少男还得了。

韩怀远只是自顾自地说着，韩言之的话他是一句也没有听进去，他完全沉浸在自己当年的英姿之中不可自拔。

韩言之很郁闷，敢情这韩绪的自恋是遗传了他老爹的。

他把韩怀远面前的花生米端到自己面前，一边一颗一颗挑着慢慢吃，一边听韩怀远回忆过去。

嘿，还别说，那些日子以前没刻意去回忆过，如今被韩怀远东拉西扯地说出来，倒是慢慢将那个年少张狂的时代给拼凑出来了。

韩言之也想起来，那个时候他也是人见人爱的小鲜肉。只是再无岁月可回首，他这个小鲜肉已经被风干成老腊肉了。

“回忆伤人啊！”韩言之感慨着，特别是看到自己微微凸起来的肚皮，他更加受伤了。

这都是为什么啊，小帅哥老了也得变成老帅哥，怎么到他这里就变成了糟老头呢？他百思不得其解，于是抢过韩怀远手里的一瓶二锅头干了。

男人嘛，喝酒就得有烈性！

只是……

周时卿正在为韩子高辅导功课，虽然许久不碰课本，可一拿起来，那种熟悉感便扑面而来，分分钟解答出来不成问题。想当年她周时卿“才女”的称号可不是花钱买来的。

韩子高在埋头苦算，周时卿就在一旁温柔地看着儿子。啧啧啧，不愧是自己生的，这小模样，长得太好看了。

周时卿沉浸在自我满足当中，突然被一阵电话铃声打断，是韩怀远打来的。

周时卿摸了摸韩子高的头：“儿子，妈出去接个电话。”

她拿着手机走到阳台上才接通电话：“韩怀远，不是让你不要打扰我和儿子独处吗？”

“请问你是这个手机主人的妻子吗？”是一个很陌生，也很年轻的女声。

周时卿的警惕性超高，当即就质问她：“你是谁？为什么我老公的手机会在你手上？”

那边说：“是这样的，我是西川医院的护士，你老公和同伴因为酒精中毒被送到医院急诊，请家属赶快过来。”

“酒精中毒？”周时卿的声音一下子拔高，韩子高也走过来疑惑地看着她。

周时卿赶紧挂断电话吩咐韩子高：“儿子，你快给你哥打电话，就说你爸在医院。我先赶过去，你就好好在家里待着。”

周时卿鞋都没有穿，光着脚就往楼下跑。韩子高哪儿还有心思在家里待着，一边给韩绪打电话，一边提着周时卿的鞋追了出去。

******

温莱给木棠棠打电话的时候，她正和钱朵朵在逛商场。深夜的商场，人少安静，她稍微伪装一下，没人认得出她来。

她是来给木砚山买礼物的，过几天就是木砚山的生日，她回家的时候要亲手送给他。

温莱在电话里说工作室要签下的新人初步定下来了，让她现在过去看看，顺便面试一下。

木棠棠想了想便答应了，虽然这件事她已经全权交给了温莱，但毕竟是给自己的工作室添人，就好比给自家儿子挑媳妇一样，相貌、人品都得顶好才行。

她拿着手里的领带仔细瞧了瞧，又对着店里的模特比画了一下，对温莱说："好，我一会儿就过去。"

挂断电话，木棠棠将领带递给店员小姐，说："帮我包起来。"

店员小姐接过领带看了看，提醒木棠棠："小姐，这款领带设计张扬新颖，比较适合年轻人。您要不要再看一看，如果要送给长辈，其实这一款灰色的领带更为适合。"

木棠棠笑，说："我知道，但这条领带不是送给长辈的。"

"那……"

"包起来。"木棠棠又指向另外一款简单朴素的风衣，"还有这件衣服。"

木棠棠到达工作室的时候，面试工作已经准备就绪了。

备选的新人一共有五个，五选三，温莱和她同时面试。

面试也好，走的都是套路，最后她敲定了一个，温莱选了两个。木棠棠提议被淘汰掉的那两人可以从练习生做起，如果期间表现优秀，可以破格签约。

温莱听完不同意，还指责她太心软："娱乐圈优胜劣汰就是生存法则，你同情他们，对他们未必是好事。"

木棠棠反倒觉得温莱把事情想得太严重了，她说：“纠正一下，是机会，不是同情。现在圈里的艺人为什么有人越走越好，有人却混得很差，有人一步登天，有人还在底层挣扎。

归根究底，就是机遇不同。我觉得你应该懂我的，毕竟当初若是没有你，也就没有如今的我。”

看看温莱，木棠棠又说：“温莱，多两个人也没关系，万一她们真的是金子呢？”

“但愿吧。”温莱被说动了，其实被淘汰的这两个人也不是不优秀，只是相对差一点。而且现在工作室一下子签五个新人，也有点照顾不过来。

温莱将表格填好后交给钱朵朵，让她交到人力部门去，然后问木棠棠：“你有什么打算？”

她前几天可是听到一点风声了，作为经纪人，她还是相当关心木棠棠的终身幸福的。

木棠棠拿着手里的笔在纸上瞎画：“暂时还没有，目前既然新人已经签了，那就找个时间给张友良的剧组送过去，《赤月》开机也快两个月了，听说主演的部分快要杀青了。”

温莱笑眯眯地看着她，心想：小丫头还藏着掖着不肯说呢？

温莱神秘兮兮地凑上去，小声说：“这些事情我已经着手在做了，倒是你，你的终身大事就不透露一下？”

握笔的手一顿，木棠棠停下来看向温莱：“你都知道了？”

说到这里就生气，江小梅说话说一半，差点没急死她：“没，我就听到一点点苗头，这不才来问你吗？”

木棠棠又继续涂涂画画：“韩绪求婚了，但这些都不是重点，因为第一次求婚太马虎了，我让他重新求一次。”

温莱鄙视她：“你这就是给一点颜色就想开染坊，你这样对韩馆长，可是在搞事啊。”

木棠棠低头画得认真极了：“你不懂，以前我发过誓的，如果有一天韩绪向我求婚，必须要跪着唱《征服》。”

温莱：“木棠棠你真要搞事啊！”

这时，木棠棠已经画好了，她举起来给温莱看：“像不像？”

“像。”木棠棠这个灵魂画手，真的是充分抓到了韩馆长的特点——腿特别长！

猝不及防被秀了一脸恩爱的温莱心里相当不平衡，或许可以叫江小梅出来喝一杯。但前天他们不欢而散之后，他连短信都没有发过一条……

不管了，这一次她主动认错好了。

温莱觉得可行，反正前些天借着关心解约案子的进程的借口，她没少往江左那儿跑。就上上周，他们律师事务所的接待小妹还问她是不是江律师的女朋友。

温莱没有矢口否认，反正在她的眼里，女朋友和女性朋友差不多，中间就差一个性字而已。

这般想着，温莱赶紧将木棠棠这尊大佛送走，然后给江左发了一条短信：出来喝酒。

晚上十点发的短信，到了深夜一点才回，只简短的两个字：没空。

温莱不信，她为了追江左，早就将接待小妹妹发展成了线人，江左的一举一动都在她的掌控之中。

她是问过小妹妹了，才给江左发的短信。小妹妹说江律师今天很早就下班了，心情不好。

正好啊，心情不好，出来喝酒她还可以宽慰一番，男人不都喜欢善解人意的姑娘吗？

可是呢，白白等了三个小时，江左一句没空就想把她打发了。

温莱懂男人，也懂江左，他是故意不想见她。

心里就这么一口气憋着了，温莱有些闷，趴在桌上继续给江左打电话。

一个，没接。

两个，没接。

三个……打到最后只有机械的女声提醒她，对方已经关机。

“江小梅……你浑蛋！”

Chapter 12
金馆长与韩馆长孰美？

医生告诉周时卿，韩怀远和韩言之只是轻微的酒精中毒，经过昨晚的治疗，现在已经没有大碍了，可以马上办理出院手续。

周时卿还是担心，她问："医生，会不会有什么后遗症或者并发症啊，毕竟他也一把年纪了。"

医生笑着保证道："夫人，你放心好了，两位韩先生都非常健康，也不会有什么后遗症的。"

周时卿还想再问，韩子高过来叫她："妈，二叔醒了。"

周时卿连忙往病房走去，一边问韩子高："你爸呢？"

"我爸还没有醒呢。"

周时卿一脸担心："儿子，你说你爸……你爸要是……"

"打住打住。"韩子高本来不想把这么丢脸的事情告诉周时卿，可现在周时卿老是胡思乱想，韩子高也就不得不说了。

"妈，我爸真没什么。我无意间听到医生和护士说的，他说爸爸和二叔只是轻微的酒精中毒，其实就是酒量差还喝多了，喝到不省人事。酒馆的人怕出什么事才说是酒精中毒，将人给送医院了。”

韩言之醒过来只觉得头疼，对于怎么在医院也是一脸蒙圈，直到看到周时卿和韩子高。

听到真相的周时卿眼泪掉下来，害得她白白担心了一晚上。

韩言之亲切地叫了一声大嫂，周时卿脸上却是一点笑容也没有，严肃得令韩言之心慌。

周时卿让韩子高拿了椅子过来，坐到韩言之身边，一点一点数落他。

“之之，你也老大不小的人了，做事怎么还是一点没着落呢？就拿昨天的事来说，你知道我半夜知道你和阿远在医院有多担心吗？不仅是我，还有子高、韩绪和炸鸡、啤酒，大家都担心你们。你们都一把年纪了，做事情怎么就这么不负责呢？”

这个嫂子哪儿都好，就是这个称呼让韩言之受不了。年轻的时候听着还没觉得这么刺耳，如今年过半百，还叫他“之之”，韩言之真是抖落了一身的鸡皮疙瘩。

韩言之诚恳认错，认真听着嫂子的教诲，时不时地瞄一眼隔壁床的韩怀远。

一瞄，没醒。

二瞄，怎么还没醒。

三瞄，醒了还装睡。

韩言之生气啊，明明将他叫出来喝酒的是韩怀远，为什么挨批的只有他一个人？不公平，他要提醒周时卿，他要向周时卿揭穿韩怀远的真面目。

“嫂子……”

“韩言之，你到底有没有认真听我讲话！”韩言之才说了两个字便被周时卿打断，因为刚才韩言之东瞄西瞄的模样落到她的眼里就是不认真，所以哪里还有韩言之揭穿韩怀远的机会，铺天盖地的责备和教诲让他根本开不了口，只能眼睁睁看着韩怀远躲在周时卿背后一脸惬意。

韩言之感慨道："既生哥，何生弟！"

直到韩绪领着木棠棠出现，韩言之才算是脱离了苦海。

他赶紧向木棠棠投去感激的目光，然后眼巴巴地看着她手里的早饭叫了一声侄媳妇。

韩言之这一声侄媳妇叫得木棠棠身躯一震，赶紧将早饭双手送上。

韩言之昨晚光喝酒没吃东西，现在胃里空空如也，饿得不行，一拿到早饭就狼吞虎咽地吃起来。

周时卿实在看不下去了，提醒他："之之，你慢点吃，这里没人和你抢。"

怎么没人了！在你们不曾看到的地方，一个装睡的人，正觊觎着这美味的早饭呢！

木棠棠是在昨晚深夜得知的消息，但韩绪说已经没什么大碍了，便让她早上再过来。他去接她，顺便买早饭。

木棠棠看了看邻床的韩怀远，问："叔叔还没有醒吗？"

说到这里，周时卿也奇怪，按理说韩言之都醒了，韩怀远也该醒了。

周时卿忍不住又流露出担心的神色："要不要叫医生来看看？"

韩言之心里乐呵，一边吃还不忘插上一嘴："对，让医生来看看，再多打几针说不定就醒了。"

哼，有本事让我一个人挨骂，那就继续装睡啊，让护士使劲儿扎上几针才解恨。韩言之想。

韩子高自告奋勇："我去，我去叫医生。"

可还没等他跑出病房，韩怀远就咳嗽一声，醒了。

木棠棠是订的中午的机票，走得比较匆忙。

她在医院待到十点钟，才和韩绪一起离开。

走的时候，韩子高也出来送她，木棠棠抱了抱他，答应回来给他带连云市的特产，韩子高才心满意足地回去了。

车子慢慢驶出医院，往湖心小苑开去。

韩绪开着车，随口说道："韩子高不小了。"

奇怪的话题，木棠棠还是点头回答道："嗯，越长越帅了。"

"能有我帅？"对于帅这个词，韩馆长还是很有自信的。

木棠棠直接给出答案："不一样的帅，不能比。"

韩馆长受到了伤害，他竟然还帅不过韩子高，他要纠正木棠棠这种偏见。

"木棠棠，你不知道不能在自己丈夫面前说别的男人帅吗？"不然……哼哼，分分钟让你明白，谁才是最帅的。

木棠棠笑道，毫不客气地指出来："韩绪，你还没有唱《征服》呢！况且我只是答应了你求婚，还没有答应和你结婚呢？你竟然好意思厚着脸皮自称丈夫？"

韩绪挑眉，直接将车停在路边，然后微微眯眼，浑身散发着危险的气息："你刚刚说什么？"

木棠棠心里㞞了，嘴还硬着："就那啥呗，你现在顶上天也只能算男朋友。"

"哦。"韩绪勾唇一笑，解开了衬衫上面的两颗扣子，说，"那就用男朋友的方式惩罚你好了。"

说完，他便倾身按住她的头吻了下来，带着惩罚性的一个吻。

木棠棠挣扎着推他，提醒道："韩绪，这光天化日的注意你馆长的形象啊，况且我刚刚看见摄像头了。"

这条路是主干道，摄像头到处都是。

可韩绪却一点也不在意，轻咬着她的耳垂，慢悠悠地说："正好，来一场现场直播。"

天哪，好不要脸！木棠棠在内心咆哮，想不到你是这样的韩馆长。

在木棠棠的不断提醒下，韩馆长终于意犹未尽地结束了这个吻，重新开车上路。

木棠棠一边对着后视镜整理头发，一边问韩绪：“为什么男朋友的惩罚方式是接吻啊？”

也可以是其他的啊，比如弹脑嘣、打二条，这种惩罚游戏还可以玩双人模式的，对抽，十分酸爽。她以前和安珩在基地的时候玩过，最后双方纷纷光荣负伤。

韩绪眸光一沉，迷之一笑，说道：“你想用丈夫的惩罚方式我可以成全你，不过……”

他突然放低声音，带着一点诱惑和暧昧的语气说道：“得回家才行，最好关上门，关上灯，惩罚一天一夜才好。”

木棠棠瞬间明白过来，韩馆长简直太黄太暴力了，她现在收回刚才那个白痴的问题还来得及吗？

一路上，木棠棠秉持着最好不要说话，要说也挑韩绪没办法耍流氓的话题说。

木棠棠问：“叔叔真的没什么事了吗？听子高说他比二叔晚醒了四五个小时。”

韩绪笑道：“说不定他比二叔早醒四五个小时呢。”

“啊？”

韩绪解释：“我爸是在装睡，我们到病房的时候，他就醒了。”

“那早醒了为什么还装睡啊，这不是让阿姨担心吗？”木棠棠不解。

到底是亲生的，韩绪这个做儿子的可是十分了解韩怀远：“知道自己惹祸了，怕被周时卿女士骂呗。据我所知，我们到之前，二叔已经被周时卿女士骂了两个小时。”

木棠棠恍然大悟：“可怜的二叔啊，叔叔也是实力坑弟。”

木棠棠突然想起来，又问：“韩绪，你们家坑弟是不是遗传啊，你爸爸坑弟弟，你也坑子高。”

每每韩子高找她一条一条数落韩绪的坑弟历史，木棠棠都十分同情和心疼这个在韩绪的压榨之下，依旧美丽、坚强，还身心健康的小少年。

韩绪不赞成木棠棠的说法，为什么他们关爱弟弟的行为会被认为是坑弟呢？

他解释道：“木棠棠，你的说法带着严重的偏见和不知道哪里道听途说来的误解，我现在郑重地告诉你，尊老爱幼是写进韩家家训里的，我和韩怀远同志都在致力于将爱幼发扬光大，并传承下去。”

木棠棠翻了一个白眼，静静地听韩绪瞎扯，心里却在思考：以后她还是生一个好了，万一这坑弟的毛病真会遗传可怎么办？

韩绪将木棠棠送到家，又跟着她进了卧室。

木棠棠一边收拾，一边好奇地问他：“韩绪，这是不是你第一次参观女孩的卧室啊？”

韩绪抱着手臂倚着衣柜，闻言只是一笑，没有说话。

反正木棠棠也不是真要听他的回答，她只是怕韩绪看着她收拾行李太无聊而已。

其实韩馆长一点也不无聊，他觉得欣赏自己未来的妻子收拾行李，就好像是在提前进入丈夫的角色一样，况且他也提前了解到了未来妻子的穿衣品位……比如，内衣。

不得不说，木棠棠的爱好和他的出奇一致，看来无形之中，他们已经化解了一项十分重要的婚后矛盾。

韩馆长心满意足，真是越来越期待结婚了。

昨天晚上，木棠棠将领带用礼品盒包装得十分精致，走的时候，趁韩绪不注意藏到了车后座上。为了不让韩绪起疑心，她还特地放了一个金馆长的表情包抱枕压着。

韩绪一上车，就被后视镜里金馆长魔性的笑容给吓了一跳。

要的就是这个效果，木棠棠豪言壮语地笑道：“韩绪，我不在的日子，就让金馆长代替我鄙视你。”

韩绪眉眼一沉，浑身又散发出危险的、带着攻击性的气息："鄙视我？嗯？"

最后那个字尾音上扬，特别犯规。

木棠棠忙改口，生怕韩绪再来一次男朋友式的惩罚，那样她今天可就赶不上飞机了。

木棠棠笑着牵起韩馆长的手，讨巧卖乖地进行甜言蜜语攻势："监督你，监督你。你也知道，我这是担心，谁叫你长这么帅啊，我不在你身边，万一有人趁机撬墙角怎么办？"

这话自然很受用，韩馆长手指一动，刚刚还是木棠棠握着他，现在直接变成十指紧扣了。

他将她的手举起来，放到嘴边，一边轻吻，一边沉沉地说道："心在你这里，谁撬得走？"

他盯着她的手指看，一个热烫的吻落到无名指上，他说："木棠棠，这里是我的。"

宣告主权的韩绪，分分钟化身成霸道馆长，木棠棠一颗芳心被他撩拨得七上八下的。

论这调情的段数，韩馆长却是更胜一筹。

将木棠棠送上飞机，韩绪回车里想起木棠棠过安检的时候嘱咐他回家一定要好好对待她的金馆长。

为什么要等到回家？现在就可以好好对待了。

韩馆长阴险地笑着，伸长魔爪将金馆长抱枕给抓了起来。

金馆长那本来就魔性的脸直接被韩绪给扭曲了，本是同馆长，相煎何太急啊！

韩绪刚把抱枕拿起来，精致的包装盒就露了出来。

意识到这可能是木棠棠送给自己的礼物时，韩绪连带着看金馆长的脸都觉得顺眼起来。

他一点一点，动作极缓，像是在享受这个拆礼物的过程。最后打开，是一条酒红色带有暗色纹路的领带。

韩绪目光沉沉，如果他没记错的话，刚才看木棠棠收拾衣服的时候，木棠棠也有同款酒红色色系的内衣。

嗯，这份礼物很不错，简直深得馆长大人的心。

******

木棠棠将工作室交给了温莱，当然，是要加工资的。毕竟这年头动不动就给自己放假的老板，不加工资是很难留住员工的。

她可能会在连云市待一个星期，工作室让温莱管着她也是极放心的。

木砚山定居连云市也只是前几年的事情，因为那时候他疯狂地迷上了连云市的过桥米线，立志吃遍所有的过桥米线，顺便也扶持一下当地的米线产业。

真是不务正业啊！

所以木棠棠这不务正业的毛病都是遗传了她老爹的，正经工作不上心，整天老喜欢干些别的。

比如，木老头一个正儿八经的木氏电器的老板，梦想却是在山清水秀的地方开一家面馆；木棠棠一个星光璀璨的国际超模，年少时的梦想却是成为一名国家运动员。

离经叛道的一对父女。

木棠棠已经琢磨好了，这次回家怎么着也要给木砚山物色一个对象，让他也来谈一场轰轰烈烈的黄昏恋。

到达连云市长水机场的时候，张叔已经等候多时了，因为飞机晚点了半个小时。

张叔全名张水来，和木砚山是当兵的时候认识的，个中缘由她不是很清楚，只知道木砚山因伤退下来之后不久，张水来便成了木家的管家，偶尔也担任一下司机。

张水来曾经无意间提及当兵之事，木棠棠随口问过他为什么要跟着木砚山，张水来笑笑，只说他们俩的名字凑起来一山一水，吉祥！所以，便凑合着一起过了。

后来，张水来跟着木砚山到连云市不久，就和当地一个姑娘结了婚。婚礼是民族婚礼，婚礼当天，木棠棠在国外走秀，没有参加，自然也就没有见识到民族婚礼是什么样子。

不过后来在电话里听木砚山说，这姑娘和张水来是旧识，只是当年两人认识的时候，张水来还是一个热血军人，给不了这个姑娘承诺，后来也就不了了之。

谁知这傻姑娘竟然一直在等他，一等便是十年之久。重逢之时，两人都诸多感慨，虽然都不再是少男少女的年纪，可既然老天让他们再次遇见，那么这一次便抓紧彼此吧。

张水来接到木棠棠，还没有出机场，便拉着她特意炫耀了一下自己的新车，是一款超级拉风的越野悍马。

张叔真是越来越不像话了。

张水来得意地说："怎么样，这款悍马好看吧，是我和你爸一起去挑的，我们俩一人买了一辆。这选车和选媳妇一样，必须选择顺眼的。还甭说，这车开着十分拉风。"

确实拉风，带敞篷，骚红色。

木棠棠觉得这样挺好，木砚山和张叔活得开心，活得年轻最好："您和我爸就开这车兜风啊？"

那可不得吸引多少姑娘的目光，可怎么木砚山还是单身啊！

"对啊，就这车，我和你爸改良过，劲儿大，哪儿都可以去，都快跑完整个连云市了。"

木棠棠随口又问了一句："平时您和我爸都开去哪儿玩啊？而且张叔，您就不怕我青青婶婶吃醋吗？"

青青婶婶全名秦呦青，就是那位苦等张水来十年的傻姑娘。木棠棠十分尊重她，敬她如母。

"青青才不会吃醋呢，而且我和你爸爸可不是开车出去游山玩水。”张水来纠正她，认真地解释，“我们是去寻找遗失在民间的文化，为民间文化研究尽一份微薄之力。”

张叔本来是一个挺木讷的人，可是和木砚山待久了，都学会一本正经地瞎扯了。

木棠棠试探着问：“民间文化……是过桥米线？”

反正不是米线也可能是其他的，比如：曲靖蒸饵丝、大理乳扇、油炸豌豆粉。只要是能入口的，到木砚山这里都算民间文化。

张水来说：“对啊，你爸爸说了，民间的才是最好的。”

这，开着敞篷悍马吃米线……怪不得会单身呢！

木棠棠开玩笑：“张叔，您这么支持我爸，干脆让我爸和您凑合着过算了。”

“胡闹。”张水来一本正经地说，“我和你爸爸可是清清白白的，我们是纯洁的同志关系。”

木棠棠实在没忍住，笑得前仰后合。到底要不要告诉张叔，现在的“同志关系”已经不单纯了啊。

到家的时候，木砚山正穿着棉质的白色运动服在院子里练拳。这勾拳出掌的，木棠棠熟悉得很，这套拳法她从小看到大，是木砚山当兵的时候，军队里特有的军体拳。

她把行李放到一旁，脱了外套，挽起袖子，上去和木砚山并排站着练拳。

一招一式，她打得有模有样。

木砚山看见她，动作慢了半拍，脸上的表情又惊又喜。木砚山一分心，木棠棠就正好跟上了他的节奏。

木砚山又重新投入，说：“还记得啊，丫头。”

“当然记得，初中的时候我可就是用这个军体拳打跑了隔壁街的小流氓。”所以木棠棠身手好，那都是有原因的。后来在基地遇到安珩，这套军体拳也没少用。为此安珩还嚷嚷着要拜木砚山为师呢，不过木棠棠后来玩了小心思，硬是骗着安珩拜自己为师了。

从小有个军人爸爸，搏击、格斗，勇斗小流氓都不是问题。

一套拳打下来，额间微微出了汗，木砚山问她："怎么突然跑我这里来了？"

木棠棠拿了毛巾给木砚山擦汗："爸爸，你不会把自己的生日都给忘了吧？"

"怎么会，我记性好着呢，上上个月不是才过了生日吗？你还给我买酒了，你忘了？"木砚山说得有板有眼，木棠棠差点就信以为真了。

可买酒那次不是木砚山的生日，是她的生日啊。并且也不是上上个月，而是去年的八月一号。

当晚，木棠棠辗转反侧，给木砚山找对象的事情可以先搁置一旁，必须先给木砚山找个医生看看。

第二天一早，木棠棠便联系好了医生，约好十点过去。

木棠棠昨晚就和木砚山谈好了，今天上午就去，越快越好。咱们先不管有没有生病，没生病就做一个全身检查，生病了就马上住院治疗。

木砚山笑她，嫌她爱瞎折腾："你就是小题大做，我自己的身体我还能不清楚？能有什么毛病，我健康得很。这人老了不都这样，机器用久了都要生锈，何况是人呢。"

木棠棠坚持，这事可不能任由着木砚山胡来。她和木砚山谈完，又和青青婶婶、张叔谈了谈，他们都支持让木砚山去医院看看。

张水来开车送他们去医院，青青婶婶担心，也跟着一起来了。

到了医院，医生安排木砚山进行全身检查，看着木砚山被这般折腾，木棠棠有些心疼。倒是木砚山，全程一副笑嘻嘻的样子，只是为了不让木棠棠担心。

木棠棠何尝不懂，木砚山就是那种人，那种从来就不让别人为他担心的人。从前是，现在也是。

******

《赤月》作为本年度最受观众期待的仙侠大剧，目前宣布上星成功，已确定在某热门卫视黄金档播出，播出时间正是三天以后。

《赤月》自从宣布开拍至今，低调到几乎已经被外界忘记的时候，突然宣布即将开播的消息，犹如一滴水掉进油锅，瞬间炸了起来。

温莱给木棠棠发消息的时候，木棠棠正在医院等着木砚山的检查结果。

这些天她都在为木砚山的身体担心，基本上没怎么关心网上的新闻，空闲下来的时候也用来和韩绪打电话了。

韩绪在电话里对她颇有怨言，言语之间俨然成了一个“闺中怨妇”的形象。

木棠棠只能和他撒娇：“馆长大人，你乖乖的，我不是留了金馆长陪你吗？”

说到这个金馆长，简直就是鸡肋。丢了吧，又是木棠棠送的，舍不得；不丢吧，放在卧室的床头半夜起来上厕所常常吓得他尿频尿急尿不尽。

韩绪现在简直就是一个被冷落了的小媳妇，颇为不满地说：“金馆长太丑，没有你漂亮。”

哎哟，这才一周多不见，小嘴也太甜了吧。

木棠棠赶紧献殷勤地对着电话“吧唧”一声：“馆长大人么么哒，等爸爸身体没事了我就回来。”

提及木砚山的身体，韩绪也严肃起来，认真地问道：“嗯，结果出来了得告诉我，如果有必要，我会来连云市拜访岳父。”末了，他又补充了一句，“我会成为岳父喜欢的女婿的。”

这一口一个岳父，韩馆长叫得真顺口啊！

不过今天结果就会出来，木棠棠想到这里又紧张了起来。

温莱说：“你说现在圈子里风气浮躁，抓紧一切可以炒作的机会提高知名度，张友良倒是沉得住气。”

事实虽如温莱所说，不过这种行事风格倒是符合张友良的一贯作风。

虽然张友良这人人品不行，但在工作上却是极为严厉苛刻的。但凡是他导演的作品，拍摄期间一直到剧播出，他都是要求演员不准炒作绯闻和给作品造成负面影响的。所以张友良导演的作品，剧的质量一直很高。而且他不为了上剧而无聊炒作的风格，撇开这个人不说，木棠棠还是很欣赏的。

所以关于《赤月》她还是很期待，毕竟这也算是她工作室的新人们的第一个作品，作为老板，她自然是要看一看大家的表现的。

距离《赤月》开播的这三天，自然就是宣传期了，张友良肯定是要带着剧中主要演员进行宣传活动。木棠棠琢磨着要是能把工作室的新人推几个过去，也是不错的。

木棠棠说：“温莱，《赤月》宣传的时候能不能把新人塞过去，露个面，让他们见见场面，长长见识。”

温莱一听，她也有这个意思。虽然张友良那边和木棠棠有过节，但上次她表示出想塞新人过去的想法时，那边也没说什么。而且苏婧竟然还主动提及，温莱担心苏婧这人耍心眼，便一直没有回复。如今见木棠棠也这么说了，那她待会儿就可以答复苏婧了。

温莱沉默了一会儿，问：“叔叔的身体怎么样了？”

“不知道，正在等结果。”话音刚落，张叔就过来叫木棠棠，说是结果出来了。

木棠棠挂断电话，跟着张水来去见了医生。

本来木棠棠是打算瞒着木砚山自己来医院的，但木砚山说什么也坚持要自己亲耳听医生宣布结果。木棠棠拗不过他，便让木砚山一道来了。

木砚山和医生面对面坐着，木棠棠和张水来分别站在两边。相比木砚山的轻松自然，木棠棠显得非常紧张。

医生一脸严肃，拿着木砚山的体检单仔仔细细地看了看，木棠棠只觉得一分一秒都是煎熬。

木砚山抬头看她，伸手拍了拍她的手，示意她不要紧张。

木棠棠回以一笑，这时，医生终于开口说话了。

“木先生，恭喜你，检查结果显示你非常健康。”医生一扫刚才的严肃，脸上带着点点笑意。

木砚山似乎早就料到会是这个结果，并没有表现得太意外，倒是哼了一声，扬起了头，模样十分傲娇。

这样子都是做给木棠棠看的，可木棠棠看也没看木砚山一眼，她现在既庆幸，又害怕医生误诊，激动地拉着医生问了又问。

对于这种场面医生见得多了，也很理解木棠棠作为家属的心情，只是他看着木棠棠，越看越觉得眼熟。后来一拍大腿想起来，这不就是自己女儿特别喜欢的女明星木棠棠吗？

想到过几天就是宝贝女儿的生日，医生大叔满眼柔情，向木棠棠提出一个不情之请：“那个……我女儿特别喜欢你，不知道你能不能写句话送给她？”

当然可以，自从结识了韩子高这个迷弟一号，木棠棠是越来越喜欢自己的粉丝了，总觉得他们和韩子高一样可爱。

木棠棠写完赠语，签上名，又询问了一遍医生木砚山的身体状况，和以后有没有需要注意的事项。

最后木砚山实在看不下去，拖着木棠棠走了。

张水来也在一旁劝她说：“棠棠，你就别担心了，医生说没事就是没事，我们得相信医生啊。况且你爸爸有我看着，不会出什么事的。”

木砚山见状，连忙拍着胸脯保证：“丫头，不要忘了你爸曾经可是铁骨铮铮的军人，军人哪有这么容易倒下。”

这事姑且翻篇了，又说最近连云市一大型电商企业掌门人举办了一个大型的商酒会，说白了就是把各大企业公司的老板聚到一起，看得顺眼的，谈得来的，就可以趁着这个商酒会合作了。

木砚山近年来扶持连云市本土产业的发展，在连云市也颇有声望，自然也在受邀之列。因为木棠棠还是对木砚山的身体不放心，所以原定这个商酒会由张水来陪着，可青青婶婶最近身体不适，也在医院住着，张水来走不开，最后便是由木棠棠陪着木砚山出席的。

木砚山当然是不赞成的，因为木棠棠工作的关系，出现在商酒会肯定会引起轰动。并且他的女儿又长得这么漂亮，他可不想将她带到那全是男人的圈子里。

都到酒店门口了，木砚山还在劝她："丫头，你还是回家等着爸爸，我发誓一定不喝酒、不抽烟、不吃肉。"

木棠棠直接无视，倒不是她不相信木砚山，她是不放心那些酒桌上的朋友，劝来劝去，最后木砚山架不住面子总是会被灌酒的，但有她在就不一样了。

木棠棠直接开车下去，扶着车门等着木砚山下来："爸爸，我好不容易陪你出来见见朋友，你就这么急着赶我走啊。"

木砚山摇摇头，下了车。这个女儿性子像他，固执。

不出木砚山所料，当木棠棠亲昵地挽着他的手臂出现在酒会上的时候，众人的目光都聚集了过来。木砚山扫了一眼，都是羡慕的眼光。

得了，让你们羡慕去吧，这么漂亮的闺女只有他木砚山才生得出来。

木砚山昂首挺胸，得意扬扬地牵着木棠棠慢慢走到酒会中央。侍者正好从两人身边经过，木棠棠取了两杯饮料，一杯给木砚山，一杯自己拿着。

"爸爸，你刚才像一只骄傲的公鸡。"木棠棠将饮料递给木砚山的时候，小声地在他耳边说。

木砚山闻言哈哈大笑，开心到不行，拍着木棠棠的手，自信满满地说："我可是有骄傲的资本，不是谁都可以有这么漂亮还善解人意，知道心疼老爹的闺女的。"

木棠棠会心一笑，这时候，一个中年男人领着妻子朝着他们走了过来。

“木老头，这位美丽的小姐是谁都不介绍一下吗？”

这人看起来和木砚山是熟识，从言语中木棠棠就可以体会出来。

木砚山其实早就按捺不住一颗想要炫耀闺女的心了，这会儿有人主动找上门来，他自然是要好好炫耀一番的。

木砚山得意地说：“李老头，你看清楚了，这就是我和你提过的我木砚山的亲闺女，木棠棠。”

被称为李老头的，正是此次商酒会的主办人，连云市知名的企业家李仁礼。他看向木棠棠的眼里是诸多赞赏，倒是他旁边的李夫人，盯着木棠棠突然一惊，问道：“你就是那个明星木棠棠？”

木棠棠没有否认，微微点点头，默认了。

谁知李夫人突然激动起来，拉着木棠棠对木砚山和李仁礼说：“你们男人聊你们的，我要和我的偶像先合张影去。”

看着自己心爱的闺女突然就被人拉走了，木砚山一脸蒙圈，他才小小地炫耀了一下，还没和其他老头儿炫耀呢。

李仁礼看穿了木砚山的心思，在一旁说道：“放心，刚才我已经和他们说了，今晚全场最漂亮的就是你木砚山的闺女，估计这会儿那群老头儿是不想见到你了。不如这样，我介绍一个年轻人给你认识。”

说着，李仁礼就带着木砚山往另一边走了。

话说李夫人将木棠棠拉到了休息区坐着，这边人少，清静。

刚一坐下，李夫人就说：“我就叫你棠棠吧，也不瞒你说，我家侄儿特别喜欢你。”

木棠棠就知道，虽然自己魅力不小，却也没到老少通吃的地步，李夫人刚才也只是随口找个理由而已。

木棠棠接话问道：“夫人侄儿多大了？”

要是和韩子高一样大就好了，又收获一个迷弟二号。

李夫人微微一笑，话中颇有深意：“我侄儿和棠棠差不多大，今年二十八岁了。”

嗬，原来不是迷弟啊，木棠棠也清楚了这个李夫人是来给她侄儿说媒的。

木棠棠笑，想着要是韩绪知道有人给自己说媒会不会暴走。

李夫人见木棠棠笑了，误以为这事有苗头，便要拿出手机给木棠棠看照片。

木棠棠按住李夫人的手，认真地说道："夫人，很荣幸能得到您侄儿的喜欢，可是我已经订婚了。"

"啊？"李夫人很吃惊，"没看见新闻报道你订婚了啊？"何止是没有新闻报道订婚，就连绯闻都没有报道过。

木棠棠放开手，笑着站起身："所以还得请夫人继续帮我保密哦。"

木棠棠话音刚落，身后就有一道低沉清朗的男声响起："姑姑。"

传说中"喜欢"她的侄儿来了。

木棠棠转身，和她的侄儿四目相对。

"木小姐。"

"左先生。"

两人几乎同时出声。

木棠棠怎么也没有想到，原来李夫人口中喜欢她，和她年龄一般大的侄儿竟然就是左唯森。

左唯森刚才在姑夫李仁礼的介绍下认识了木砚山，却没想到连木棠棠也来了。所以看见木棠棠时，他有些意外，也隐隐有些担心。

万一木棠棠发现其实在今天之前他和木砚山并不认识，那么木棠棠会不会觉得之前他是故意欺骗她的呢？

木砚山过来接木棠棠的时候，正好看见左唯森和自家闺女有说有笑。

原来还笑着的老脸瞬间就垮了下去。木砚山隔了五六步的距离站定，气沉丹田，中气十足地叫了一声"棠棠"。

左唯森见状，倒是连忙站了起来，礼貌地向木砚山问好。

木砚山点了点头。刚才李仁礼介绍给他认识的年轻人就是这个左唯森，言谈之中左唯森表露出想要和木氏电器合作的意愿。木砚山碍于他是李仁礼的侄儿，没有当场拒绝，只是模棱两可地说再看看。

木砚山不讨厌和人合作，相反，他一直觉得，企业作为社会的一部分，离不开社会这个大圈子，合作是难免的。他也乐于和好企业、好老板合作。

可左唯森……

木砚山说不上来是什么感觉，只是目前并没有和他合作的意愿。

如今他又和自己的闺女有说有笑，木砚山更是认定了左唯森是有意接近木棠棠，心中的印象便又差了一截。

木棠棠奇怪两人之间生疏的互动，左唯森和木砚山不是旧识吗？为什么感觉他们俩并没有多熟？

木砚山招手让木棠棠过去，左唯森礼貌地要过来送他们，木砚山摆手阻止，说："左先生止步，不用麻烦了。"

话都说到这个分儿上，左唯森便没有再跟上来。木砚山带着木棠棠出去，一直到吃完饭，木棠棠都没有再见过左唯森。却没想到下一次见面的时候，已经是另外一番场景，这里暂且不谈。

出酒店的时候张水来已经在等着了，他刚从医院接了秦呦青，顺道过来接他们。

车上木砚山询问了木棠棠和左唯森是怎么认识的，当得知原来早在今天之前左唯森就已经找过自家闺女，木砚山的脸色沉了又沉。最后木砚山告诉木棠棠，不要再和左唯森有过多来往。

虽然木砚山没有明说，但言谈之中木棠棠也猜出了大概。

只是难为了左唯森了，她虽然是木砚山的女儿，却从来不会过问和参与木氏电器的事，从她这里下手，断然是行不通的。

如果没有这层关系，木棠棠觉得自己和左唯森可能会成为朋友。

Chapter 13
和岳父大人愉快地撸串儿吧

新人跑宣传自然不是温莱管的，她想了想，木棠棠走的时候特意嘱咐她不要为难钱朵朵，那么这件事情就交给钱朵朵去做好了。

一来钱朵朵一直想多参与实践工作，二来这些日子钱朵朵确实是对工作不太上心，把此等重任交给她，也好让她收一收心，别再把家里的事情带到工作上来。

钱朵朵接到温莱颁布下来的通知，自嘲地一笑，温莱还真是费尽心思地为难她啊。不就是带新人吗？她做就是了。

因为《赤月》的宣传期很紧张，演员都是跟着导演连轴跑的，钱朵朵要跟过去带新人，也必须跟着《赤月》剧组的脚步到处跑。这样一来二去的，钱朵朵不仅和工作室的新人熟识了起来，就连《赤月》剧组的人也熟了起来。加上胡小珊最近升职成了路琼的助理，她和胡小珊原本又有交情，在这样的情况下，就更加坚定了革命友谊。

就这样一直到了《赤月》播出的时间，木棠棠当晚也看了，是张友良一贯细腻柔美的画面风格，人物造型和当初放出的剧照出入不大。

特别是女主角姚紫萱，给人的感觉相当惊艳。木棠棠有预感，这一次姚紫萱绝对会大红的。

虽然姚紫萱从模特转型做演员之后一直被观众骂演技差，微博底下更是黑成一片，但这一次绝对是她演技上的大突破。不管是搭档影帝苏哲，还是和路琼演对手戏，她的表演都是可圈可点的。

果然，《赤月》播出的第二天，各大视频网站推送消息，微博上也是一片叫好声。真正的爆发期是在第三天，男女主感情戏部分，直接打破了之前路琼代表作创下的收视率纪录。

姚紫萱彻底火了。

有多火呢？就连平时不怎么热衷于看电视剧的张水来都知道了。那天木棠棠独自在院子里打军体拳，张水来偷偷摸摸过来找她。

“棠棠，你认识姚紫萱吗？”张水来左看看，右瞧瞧，又小声地说道，“棠棠，你是娱乐圈的，要弄到姚紫萱的签名肯定很容易，还有顺便也要苏哲的，但是千万不能让你青青婶婶知道。”

这事要是换了别人木棠棠肯定就拒绝了，虽然她不讨厌姚紫萱，但姚紫萱讨厌她啊。不过既然是张水来开口要的，她也就应下了。

姚紫萱是讨厌她，可是不讨厌温莱啊。这事完全可以交给温莱！

就这样，木棠棠又在家待了几天，直到临行的前一天。

那天，张水来陪着秦呦青回了秦呦青的老家，一个苗寨，为秦呦青的奶奶祝寿，家里就剩下木棠棠和木砚山父女俩。

平时家中的饭菜都是秦呦青准备的，如今秦呦青走了，木棠棠和木砚山都是只会吃不会做的。木棠棠一拍桌子，大手一挥，决定今晚撸串。

木砚山一听，眼睛一亮，举双手附和，撸串他喜欢。

两人说干就干，一点也没有耽误。木棠棠换了衣服，围上围巾，戴上帽子、口罩和眼镜，伪装一番后便和木砚山推着秦呦青平时买菜用的小推车去超市了。

超市距离小区不远，一路上木砚山倒是遇到不少出来跳舞的阿姨。

木棠棠眼尖得厉害，当即就发现了其中一个阿姨和木砚山在眉来眼去。等到一群阿姨走远了，木棠棠才扯了扯木砚山的袖子，小声问他："爸爸，刚刚和你笑的阿姨是谁啊？"

木砚山哼着小曲儿，随口说道："刚才对我笑的人可多了，丫头说的是哪一个啊？"

得了，还上脸了，木棠棠顺着木砚山说道："就那个站中间，拿了一把红色羽毛扇，头发盘起来，瘦瘦高高的阿姨。"

木砚山沉默了一瞬，恍然道："她呀，厉害着呢，别看她瘦瘦的，她可是我们这一片连续三年的广场舞女王呢！"

木棠棠一听高兴了，直接拉住木砚山说："哇，爸爸您是军体拳王子，正好和广场舞女王凑一对儿。"

木砚山："……"

幼稚！

两人慢悠悠地逛超市，不知不觉一个小时过去，收获颇丰，买了两大包。木棠棠直呼吃不了，木砚山瞟她一眼，嫌她太瘦了。

没办法，木棠棠只能眼睁睁看着木砚山加肉，加肉，再加肉。

木棠棠推着被塞得满满的小车走在前面，木砚山跟在后面。夜晚的路灯将影子拉长，木砚山颇为感慨。

"棠棠，想当初你才这么一丁点大，怎么说着说着就长这么大了，看着看着就该嫁人咯。"

木棠棠笑道："嫁什么人啊，爸爸什么时候给自己找个伴儿，我才嫁人。"

说完这话，木棠棠刚好走到家门口，可是……

她家门口此刻站了一个男人，上半身隐在黑暗中，下半身站在光里。

"韩绪？"木棠棠不确定地叫了一声。因为她上午给韩绪打电话的时候，韩绪还在兰溪市，这会儿怎么就跑到连云市来了？

“是我。”他应了一声，然后从阴影里走出来。

木砚山也看见了这个正朝他们走来的男人，好像和自家闺女还认识。木砚山突然觉得面前的男人来者不善。

韩绪已经走过来，站在木棠棠和木砚山面前。他先接过了木棠棠手里的小推车，然后才恭恭敬敬地对木砚山说道：“岳父大人您好，我是棠棠的未婚夫。”

沉默……长久的沉默……

木砚山目光犀利，直视韩绪。

韩绪不卑不亢，微笑着接受来自岳父大人的审视。

木棠棠咳嗽一声，打破这迷之沉默，说：“韩绪，你来得正好，我们一起撸串吧。”

******

温莱接到H&Y法国负责人电话的时候，正在江左的律师事务所堵他。

电话里，负责人告诉她上次袭击木棠棠的那个人跑了，并且法国警方已经查到，那人已在三天前搭乘飞机回国，目前正在连云市！

连云市？

温莱大惊，木棠棠现在也在连云市，如果那个人的目标就是木棠棠，那么现在木棠棠就有危险！

本来已经快被温莱遗忘的事情，再次绷紧了她的神经。

皇甫江车祸也好，法国遇袭也罢，温莱隐隐觉得，这一切没这么简单。为什么总是有人盯着木棠棠，是苏婧吗？

目前苏婧的嫌疑最大，可温莱不敢擅自下决定。

她看了一眼律师事务所的大门，她已经在这里站了这么久，江左不可能不知道，但他却一直没有下来。

或许真如江左那天晚上拒绝她的表白所说的一样，他们俩不合适。

到底是江左比她有决心，也比她狠心，所以她再苦苦纠缠下去就不是从前那个肆意的温莱了。

温莱不再留恋，也不再逗留，将手里准备送给江左的礼物扔进了垃圾桶，然后一边给木棠棠打电话，一边往停车场走去。

打了十几通电话，却没人接，温莱越发烦躁和担心，开到下一个转弯处，直接掉转车头，开去了万古博物馆。这个时候，也只有拜托韩绪了。

可等温莱到了博物馆，工作人员却告诉她，韩绪早就走了。

此刻，韩绪正在机场，他准备飞往连云市，拜访未来的岳父大人。

刚准备登机的时候，温莱的电话就打来了："韩绪，棠棠有危险。"

温莱的话，让韩绪紧绷着不安的心赶到连云市。当他找到木棠棠的家，看见房门紧闭，电话也没人接听时，他的心沉了又沉。

他不想往坏处想，便站在门口等。如果……

没有如果，就在他焦躁不安的时候，木棠棠出现了。远远地，韩绪就看见了她，看见了她身后的木砚山，看见了说笑着的父女二人。

他一颗心终于安定下来，不过……

韩绪看着木砚山，思考着：怎么才能在第一次见面什么礼物也没有带的情况下讨好岳父呢？

撸串是一项技术活，不仅有人要负责将菜串起来，还得有人负责熬锅底。

锅底在厨房熬着，木棠棠被打发到了厨房洗菜，而韩绪和木砚山，两个男人各据桌子一方，面对面地串着白菜。

木棠棠偶尔往外看一眼，确认两人没有动手，便又继续洗菜。

木砚山打量着韩绪，心里鄙视道：哼，不仅拱了他辛辛苦苦养的小白菜，现在竟然还找上门来吃他的肉串串！

婶可忍，叔不可忍！

木砚山决定了，等会儿撸串的时候一串肉也不给韩绪吃！

三人分工协作，很快各种食材就都准备好了。这时，锅底也熬得差不多了，一阵阵的香味从厨房飘出来，勾得人直流口水。

木棠棠等不及了，赶紧招呼着韩绪和木砚山过来，撸串马上开始了。

不得不说，围着大锅撸串，吃的是气氛，暖的是人心。

这美味，让她长三斤肉也值了。

木砚山拿出张水来珍藏的二锅头，这二锅头市面上没得卖，是当初他们当兵的时候遇到的一个师傅送的，味道烈得很。

木砚山给韩绪倒了一杯，照着这酒的烈性，就韩绪这身板，保准一杯倒。倒了好啊，倒了就趁着月黑风高将人送走。

韩绪此刻脱了西装外套，只穿了一件白衬衫，木棠棠这才发现韩绪戴的领带正是自己送他的那条。

她就知道这条领带是极配韩绪的。

看着自家的傻女儿对着韩绪傻笑，木砚山涮了一串肉到她碗里，命令道：“吃肉。”

韩绪微微一笑，双手接过木砚山递过来的酒，说：“该我敬您才是。”

木砚山摆手，烫了一串鸭肠蘸着酱汁吃了，才慢悠悠地说：“咱老木家不在意这些虚礼。”所以使劲儿喝，喝醉了自己打哪儿来就回哪儿去。

韩绪点点头，并没有干着酒就喝，而是就着菜将酒喝下了。

木砚山目光一沉：好你个心机 BOY！

撸串撸得还算风平浪静，就是前期木砚山给韩绪到了几杯酒，然后木砚山就消停了，也没怎么为难韩绪，而韩绪也发现了讨好岳父大人的方法，便一直为木砚山涮肉。

不过奇怪的是，木砚山虽然没说，但他越是看韩绪那张脸，就越是觉得这人长得面熟。可就是一时想不起来曾经在哪儿见过。不过这小子涮的肉倒是鲜美入味十分好吃，现在仔细想想，好像也不是那么一无是处，好歹还有着涮肉的好手艺。

吃完后，木棠棠被木砚山打发着去厨房，然后木砚山邀请韩绪去客厅下象棋。

木砚山已经先一步摆好了棋子，韩绪却发现自己少了两枚，两个车怎么也找不着了。

这时，木砚山看着他十分有深意地发话："韩绪，你的车呢？"

韩绪瞬间明白，这个棋局不简单啊，追妻路漫漫，都是岳父坑挖得深啊！

木棠棠收拾完出来时，木砚山已经不在了，客厅里只剩下韩绪一人。

木棠棠轻轻地走过去，从身后抱住他，脸颊在他的背上蹭了蹭。虽然撸完串一身的味道，但她还是可以闻到属于他的味道。

"韩绪，好想你啊。"木棠棠说。

本来当初计划只在连云市留一周的，但突发的事情太多，导致回程一再被耽搁。

韩绪任由她抱着，木棠棠发现他的目光停留在墙上的照片上，便指着其中一张说："你看，这就是我，我真的是从小美到大的，一点都没有变。网上那些说我整容的，根本就是嫉妒！"

韩绪闻言一笑，转身搂住她，宠溺地捏她的脸："正好，我也是从小帅到没朋友，你说我们是不是绝配。"

木棠棠笑了，把脸埋进韩绪的怀里："韩绪，我爸爸和你说什么了？"

韩绪的下巴就抵在她的头顶，说："秘密。"

他轻轻抚摸着她的头发，又说："不带我参观一下你的卧室吗？"

木棠棠的卧室在二楼，最里面的一间，中间隔了书房和一间客房才是木砚山的卧室。

这个卧室是木棠棠从小住到大的，看上去非常有成长的痕迹。

木棠棠嫌弃自己身上的味道太重，告诉韩绪随便参观之后便先去洗澡了。等她洗完澡出来，韩绪正坐在床上，手里拿着一个日记本。

日记本的封皮被主人包得很精美，不打开看，根本不知道这本子已是十年前的东西了。里面的纸张已经泛黄，还带有一些霉味。

日记本的扉页是木棠棠稚嫩的笔迹，写着：初一二班，木棠棠。

这本子木棠棠太熟悉，她每年回家都会拿出来重新翻新一遍。她前几天翻新之后便压在枕头底下，忘了放回柜子里了。

这本日记本谁都可以看，就是韩绪不能看啊。

木棠棠赶紧跑过去抢夺，韩绪身子灵敏，躲了过去，然后高举着本子笑道："小小年纪不好好读书，却整天对着日记本 YY 我。木棠棠，你出息啊？"

这本发黄的日记本里，贴的正是韩绪的照片，满满当当，整个日记本都是。那时的韩绪还是活跃在舞台上的亚洲龙卷风，一颗璀璨的明日之星，也是木棠棠崇拜迷恋的男神。

这些都是不能说的秘密，是木棠棠藏在心底的回忆。

木棠棠全然忘了自己此刻穿着浴袍，披散着湿漉漉的头发。她直接上去将韩绪压在床上，把日记本从他手里抢回来藏到身后："YY 什么，我这是在自我激励好吧，那个时候我们班都流行这种方法的。"

木棠棠此刻的姿势是跪坐在韩绪的腿上，双手背在身后，低头恶狠狠地瞪着他。

韩绪乖乖躺平在床上，双手枕在头下，任由木棠棠骑着。他的心情非常美丽，就差哼个小曲表达一下了。

韩绪根本就不相信木棠棠的说辞："哼，编，你继续编，不就是从小暗恋我吗？承认一下你早就被我的魅力所折服了有这么难吗？那个时候正是我的颜值高峰期，迷恋上我不丢人。"

还真是蹬鼻子上脸了，木棠棠拿着日记本往后翻了几页，指着其中难得的不是韩绪的照片说："喏，亲爱的馆长大人你看好了，当初贴你的照片，真的是为了激励自己好好学习天天向上哦。你看，和你一起激励我，伴随我走过中考的还有人类伟大的思想家马克思呢。"

韩绪："……"

这么看着，韩馆长不开心了。

木棠棠起身将日记本重新放回柜子里，然后走到床边上，低头问："韩绪，你知道粉丝们私底下都是怎么叫我的吗？"

韩馆长回答得心不在焉："哦，不知道。"

"霸气攻啊。"木棠棠甩了甩头发，便有水滴滴到了韩绪的脸上，凉凉的，带着一点香味。

木棠棠扑上去，骑在韩绪身上，优越感十足地低头看他："他们在微博底下留言说我最近拍的海报攻性十足，所以，韩小娘子，来，给爷亲一个。"

说着，她便伸手抬起了韩绪的下巴。

韩绪的眉眼狭长，如今被木棠棠这般抬起，微微眯起的双眼更是显得危险十足。

他勾起嘴唇，笑道："亲一个怎么行，我们玩点别的？嗯？"

话音一落，他便扶着她一个翻身，两人的位置瞬间调换。然后他勾起了她的下巴。

他说："知道深吻吗？五分钟以上不间断的激吻。"微微一顿，他又道，"不知道也没关系，理论已经告诉你了，剩下的我们来实践便好。"

倾身而下，他的吻落了下来。如他所说，五分钟不间断激吻，几乎被亲到麻木，韩绪才停下来。

木棠棠坐起来大口呼气，胸口一起一伏，春光乍泄，却浑然不知，只是说道："韩绪，要不你去挑战吉尼斯纪录好了。"

"好啊。"韩绪认真地回答，"不过我们现在的水平太低，还得多加练习。"

说着，他又欺身而上，压了下来。

木棠棠是被院子里的骂声吵醒的。

她摸出手机，眯着眼睛看时间。才早上六点半。

她又重新缩回被窝里，眼睛睁不开，却怎么也睡不着了。楼下，木砚山的骂声也越来越清晰。

“你昨晚没吃饭吗？手是这样打出去的，不是像你这样推出的。”

“停停停，你这小伙子怎么就听不明白哩，我们打的是军体拳，不是太极拳，想打太极拳自己上武当山去打，不要在我这里丢人现眼。”

听样子，好像被骂的是韩馆长。

木棠棠披了衣服走到窗边，打开窗户往下看。

木砚山手里拿着秦呦青的鸡毛掸子，韩绪稍微做得不到位，木砚山一个鸡毛掸子就招呼过去，比当初训练新兵还严厉。

而韩绪此刻正蹲着马步，身上穿的是木砚山的绵绸套装，素雅的吉祥纹，看上去有那么点仙风道骨的味道。

昨晚撸串之后身上的味道是极大的，好像撸的不是串，是人一样。他必须要洗澡换衣服，但他昨天从机场过来得匆忙，行李在机场托运的时候出了问题，被转运回了兰溪市。韩绪打了电话询问航空公司，工作人员才告诉他他的行李此刻正在往连云市送，所以他只能借未来岳父大人的衣服穿了。

木砚山倒是不介意，只是给韩绪送衣服的时候，留在客房很久也没有走。韩绪也不好意思丢下未来的岳父大人自己去洗澡，便坐下来陪他。

哪知道他刚坐下，木砚山就瞪眼问他：“你不洗澡？”

洗啊，可是你在这儿我怎么洗？韩绪问：“岳父大人有什么话要对我说？”

木砚山摆手，摇头，只是催促他：“没什么话可说，你快点去洗澡吧。”

韩绪迟疑，问道：“那您……”

“你甭管我，你倒是脱衣服洗澡啊。”木砚山似乎等得不耐烦了。

韩绪琢磨了一下，起身往浴室走去。

木砚山又叫住了他："哎，你上哪儿脱啊？"

"浴室。"

"在这儿脱。"

韩绪怀疑自己听错了："在这儿？你确定？"

木砚山点头。

韩绪看着木砚山，真是越来越看不懂这个岳父大人了。他一边琢磨着，一边开始脱衣服。

真诡异，这是要和岳父大人坦诚相待了吗？

见韩绪终于开始脱了，木砚山起身过来，盯着他的腹肌数了数，然后就笑了，说："哈哈哈——你小子不行，你只有六块腹肌，比我年轻的时候还少两块。"

韩绪："……"

数完了韩绪的腹肌，木砚山终于心满意足地走了，剩下韩绪一个人在风中凌乱。

他这是被岳父……鄙视了？

韩绪一夜未眠，木砚山的话刺激了他。

第一不能说男人不行，第二不能鄙视男人的腹肌。可这两样都被木砚山一句话给说完了。

韩馆长表示很受伤，第二天外面稍微有动静他就醒了，开门出去就在楼梯口和木砚山撞了个正着。

木砚山已经穿戴整齐了，手里拿着木剑。

韩绪问："岳父大人要去练剑？"

木砚山瞟了他一眼，鄙视这个未来的女婿没有文化："没听过闻鸡起舞吗？注意一下措辞，我是舞剑，不是练剑。"

又是会心一击，看来昨晚并没有让岳父大人满意。

木砚山先一步走下楼去，韩绪看了看木棠棠紧闭的卧室门，想了想便跟着木砚山下楼去了。

木砚山先练了一会儿剑，然后又开始打拳。韩绪看着新鲜，这拳法没见过，却又不像太极拳。趁木砚山休息的时候，他主动上前表示想跟着木砚山学一学。

木砚山一听，二话没说便答应了。

可是，简直孺子不可教！把好好的军体拳整得跟跳舞似的，偶尔还像打太极，木砚山恨铁不成钢，找来秦呦青的鸡毛掸子开始一招一式认真地教起来。

木棠棠就站在二楼看着，看了好一会儿，没睡意了才回房间洗漱，再下楼开始做早餐。

早餐是米线，清汤的，加上脆嫩的小白菜和虾仁，用炖好的海带汤开小火煮。

木砚山闻到香味，知道木棠棠起来了，一鸡毛掸子打到韩绪的屁股上："起来了，吃早饭去。"

韩绪应了一声："好咧。"

木砚山一边走，一边拿着鸡毛掸子回忆，刚才那一下打下去，挺有弹性的嘛。

木棠棠端着香喷喷热腾腾的米线出来，正好看到木砚山和韩绪并排走进来。

一老一少，两个男人，是她这辈子最爱的人。这一刻，木棠棠觉得自己很幸福。

吃完早饭，木砚山回书房练字，木棠棠靠在沙发上休息，韩绪过来叫她。

"换衣服。"

木棠棠仰头问："去哪儿啊？"

韩绪邪魅一笑，看了一眼二楼的书房，小声说："给你找后妈，给我找未来的岳母大人。"

木砚山正在写"君子坦荡荡"的"荡"字，却突然鼻子一痒打了个喷嚏，荡字的最后那一撇便写歪了。

木棠棠问："你都听到了？"

韩绪点头，昨晚虽然隔着一点距离，但木棠棠对木砚山说的话，他一字不漏地全听见了。他说：“我不反对，当然，能和岳父大人一起办婚礼更好。不过既然你都这么说了，我尊重你的意见，先把岳父的终身大事搞定。至于我和你，我不急，可以慢慢等你。”

韩绪说这话的时候，表情自然得很，可就是太自然了，木棠棠才觉得不自然。

她凑上去轻轻扯他的袖子：“真不急？”

韩绪饱含深意地看着她，最后诚实地说：“当然，能快一点也是极好的。”

这样子的韩馆长真是太可爱了，木棠棠没忍住，便踮起脚去亲他。韩绪故意躲开不让她亲，木棠棠哪里肯这么放过他，踮起脚抱住他的脖子就咬了上去。轻轻的，不疼，像被小猫挠一样。

两人嬉笑缠绵，扭抱在一起，木砚山从书房出来，便被这一幕辣到了眼睛。

“你们俩干什么呢？”

******

韩绪没正式的衣服穿，还是穿的早上那件仙风道骨的衣服，木棠棠捂着脸和他并排走，走着走着韩绪就觉出不对味来。

等走到人少处，他拉着木棠棠靠到树后，将她整个圈在自己和树之间。

他拉下她遮面的围巾，又取了她的墨镜，颇为幽怨地说：“木棠棠，你是不是嫌我穿这一身丢人。”

木棠棠瞪大眼睛，突然就笑了，她发誓自己绝对没有嫌弃他。

韩绪见木棠棠光笑不回答他，就伸手探进她的衣服往腰上一掐。

木棠棠身体敏感，痒得不行，赶紧求饶：“好了好了，我不笑了。”

她笑意盈盈地双手搂着他的脖子，整个人像一只树袋熊一样挂上去，讨好似的在他的唇上轻轻一啄，说："我怎么可能嫌弃你，喜欢你还来不及呢。"

韩绪带着木棠棠去了商场，就他们俩这装扮，没有被保安赶出来已经算是万幸了。

还好在挑好衣服付钱的韩馆长一张黑卡拿出来，刚才还对他们爱答不理的售货员赶紧上前来讨好，端茶送水好不殷勤。

木棠棠看了一眼她们递过来的水，没喝，只是安静地站在一旁等着韩绪换好衣服出来。

岳父大人的衣服自然是不能扔的，韩绪换上西装，把换下来的衣服用袋子装好，才从试衣间出来。

穿上西装找回自信的韩馆长浑身都散发着"我最帅"的气息，他对着她一笑，单手插兜朝她走来。

他在木棠棠面前笔直地站立，张开双臂："过来，抱一下。"

木棠棠不明所以，在店里全体女职员的羡慕和嫉妒中投入了韩绪的怀抱："干吗在大庭广众之下抱抱啊。"怪不好意思的。

韩绪把下巴搁她头上，痒痒的，他说："让你重新感受一下本馆长的美貌和帅气。"

"……"

韩绪在和木砚山的斗智斗勇之中又度过了两天，回老家祝寿的张水来和秦呦青终于回来了。

两人见到韩绪十分吃惊，又见他和木棠棠亲近，心里清楚得跟明镜似的。

秦呦青为了表示对韩绪的热烈欢迎，当天中午做了一桌子的好菜招呼他。

正式吃饭的时候，韩绪自己先没动，等木砚山、张水来和秦呦青都上桌了，才挨个儿倒了酒，一一敬了。

然后他又一一为长辈布菜，特别是木砚山。韩绪观察了许久，木砚山一上桌眼睛就没离开过那碗肉。

所以，韩绪第一筷给木砚山夹了一块肉，然后再给秦呦青夹了素菜香菇鱼丸，给张水来夹了芙蓉木耳。

他说："听棠棠说青婶才出院不久，便给您夹了清淡的香菇鱼丸，对身体好。"

说完他微微一笑，又对张水来说："张叔喜欢吃木耳，正好我前不久得了一包上好的长白山木耳，改天给张叔送来。"

韩绪人帅嘴甜，哄得秦呦青和张水来乐呵呵的，直夸他好。

木砚山吃着肉，问韩绪："那你为什么给我吃肉呢？是想看我长脂肪吗？"

木砚山这赤裸裸的刁难，木棠棠忍不住为韩馆长说话："爸，你太明显了哦。"

木砚山瞅了她一眼，示意她闭嘴。

韩绪摸摸木棠棠的头，宠溺地一笑，晃得对面的张水来、秦呦青夫妇睁不开眼。

韩绪看向木砚山，恭敬地道："我是嫉妒岳父的八块腹肌。"

木砚山闻言，有些不好意思。大家听到韩绪这话又都转过头看他，他低头扒饭，小声嘀咕："好好的提什么八块腹肌。"

张水来一脸雾水，问："什么八块腹肌？"

木棠棠也点头，好奇地盯着木砚山和韩绪，十分想知道。

韩绪礼貌一笑，看了看低头吃饭的木砚山，说："没什么，大家吃饭吧。"

木砚山的嘴角微微上扬，心道：好小子，还挺上道的嘛。

饭吃到中途，秦呦青在木棠棠的眼神指示下，突然问木砚山："山哥，我看韩绪挺好的，你这个做父亲的到底满不满意这个女婿啊？"

木砚山抬眼看着众人，别扭地说道："勉强合格。"

相貌还算端正，就是比他年轻的时候差一点；品性不错，知道帮对面的广场舞女王阿姨提东西；身材也还行，虽然只有六块腹肌，也总比现在他一块腹肌强。总之，这个送上门来的女婿还勉强凑合。

******

重新找人调查苏婧的事，温莱没有告诉木棠棠。

至少在没有弄清楚那个袭击者和苏婧有什么关系之前，温莱没打算提。因为现在什么证据也没有，说出来不过是徒增烦恼而已。

随着《赤月》的播出，该剧的反响越来越好，刷爆所有社交媒体，姚紫萱也彻底尝到了一夜成名的滋味，各路资源似乎一夜之间都拥向了她。

最高兴的莫过于苏婧了。她花了大价钱捧她，照着如今姚紫萱这个势头发展下去，很快苏婧就可以从姚紫萱身上收回成本。

最不高兴的当数温莱。她最近一直在和一个珠宝公司谈代言，本来双方都谈得差不多了，就差负责人签名盖章了，可珠宝公司的老板突然又提出要让姚紫萱来试镜。至于最后代言给谁，还得看这个老板的心情。

快到手的熟鸭子就这么飞了，温莱气得中午在开会的时候发了一通脾气。工作室的五个新人被痛批一顿，出来的时候，一个个都像霜打的茄子一样。

钱朵朵给他们一人倒了一杯咖啡，其中一个姑娘是发胖体质，钱朵朵还特意换了白开水。

她像一个负责的前辈一样，认真地开导他们："莱姐就是脾气冲了点，说的话难听了点，但都是为了你们好，你们也不要放在心上。"

"她那骂人的话何止是难听了点啊，根本就是在侮辱人。"说话的是当初面试时木棠棠亲自定下的，叫槭璇，在《赤月》中出演女主的朋友。

槭璇毕竟是木棠棠亲自选的，比起当初一起留下来的新人，她最傲气，说话的顾忌也少，加上最近《赤月》热播，她饰演的那个角色也讨喜，有了点小名气，也有一些小公司过来找她代言，但都被温莱回绝了。槭璇虽然嘴上不说，但心里还是对温莱很不满的。

钱朵朵继续开导她："你这就是多心了，莱姐毕竟是这个圈子里的前辈，摸爬滚打这么些年，经验丰富，她能亲自指导你们，是你们的荣幸。"

槭璇冷哼一声，道："前辈也要有前辈的样子，同样是前辈，为什么朵朵姐你就对我们很好，不管是在工作室还是在外面，你都十分照顾我们。"

槭璇这么一说，在场的其他新人也点头附和，比起温莱凶神恶煞的，钱朵朵明显好相处得多，而且也是尽心尽责地在带他们。跟着《赤月》剧组跑宣传的那几天，他们累得昏天黑地，一般回到酒店倒头就睡了，钱朵朵还要一一给他们安排第二天穿的服装，细致到耳环的搭配等，而且还要把第二天的行程打印出来给每个人留一份。

而温莱呢？《赤月》宣传的时候根本不管他们，等他们现在有点名气了，又不给他们接代言、接广告，反而还为此大发雷霆痛骂他们。

没有对比就没有伤害，他们现在这五个新人倒是和钱朵朵走得近，有什么事也乐意和她说。

钱朵朵微微一笑，朝会议室那边看了一眼，然后说道："好了，大家都散了吧，该干吗干吗去，你们的事情我会和棠棠姐商量一下的。"

听到钱朵朵提起木棠棠，大家眼睛一亮，特别是槭璇，连忙问："老板终于要回来了吗？"

钱朵朵点头："嗯，昨天棠棠姐给我打电话了，说是明天一早的飞机，到时候你们好好表现，我会帮你们的。"

大家异口同声地对钱朵朵说了谢谢，然后一一散了。钱朵朵将大家留下的杯子收拾好扔进垃圾桶，抽出湿巾纸擦手，然后深深地朝会议室看去。

会议室的百叶窗被温莱拉下来，钱朵朵什么也看不见，只能看见自己映照在玻璃上扭曲的脸，她讽刺地一笑，转身走了。

******

木棠棠和韩绪离开的时候，木砚山没有来送行，是张水来开车将两人送到机场的。

张水来将秦呦青准备的家乡特产送给韩绪："小韩啊，你青婶身体不好就没来送你们，这是她准备的特产，带回家给亲家尝一尝。"

韩绪双手接过，笑道："谢谢张叔，也谢谢青婶。"

木棠棠在一旁小声嘀咕："就你嘴甜。"

咱们的韩馆长可不就是嘴甜吗？这才过来几天啊，张水来和秦呦青被他哄得一愣一愣的，就差跟着他们回兰溪市了。

韩绪侧头看她，伸手将人拉了过来。

木棠棠被韩绪扯得一个趔趄，没站稳，一头扎进男人温暖的怀里。

鼻子撞得生疼，木棠棠想骂人，一抬头就看见张水来正笑眯眯地看着自己。

木棠棠不好意思，毕竟是看着自己长大的长辈，这么秀恩爱不好。

张水来十分欣慰，这棠棠啊，终于要嫁人了。

两人低调地登机，是商务舱，不怕被人认出来。木棠棠取下墨镜、围巾、口罩，坐在座位上透风。

韩绪在她旁边坐着，不说话，静静地看着她。

身边有空乘走来走去，提醒乘客系好安全带，飞机马上起飞，偶尔向韩绪投来一丝目光。

招蜂引蝶的家伙！木棠棠调整了坐姿，将头靠在韩绪的肩膀上，默默地宣布了主权。

韩绪却一点也不识趣，二话没说，一根手指就将木棠棠的头抵了起来。

木棠棠一脸困惑地看他。

韩绪简单地甩出两个字："聊天。"

敢情刚才情意绵绵地盯着她看是为了和她聊天啊。

木棠棠鄙视自己自作多情，坐起身来问："聊什么？"

坐飞机聊什么天，坐飞机就应该睡觉好吧。木棠棠在心里补充道。

韩绪明显有备而来："聊结婚的事。"

木棠棠虎躯一震，瞪着眼睛看他："聊结婚？"

韩绪点头，双方父母都见过了，不聊结婚难道聊分手吗？

木棠棠缩回座位里，眼睛都没抬一下："韩绪，我还没有听你唱《征服》呢。"

韩绪敛眉，似乎是在思考。突然，一只手搭上他的肩膀，一道苍老浑厚的声音响起："小子，心急吃不了热豆腐。"

这声音……

木棠棠惊讶地叫道："爸爸。"

木砚山笑呵呵地点点头，对木棠棠竖起大拇指："丫头，干得漂亮，不唱《征服》咱就不嫁他。"

就在刚才来机场的路上，木砚山突然就想起为什么第一次见到韩绪会觉得面熟。因为这小子就是木棠棠曾经迷恋了整个青春期的那个歌星啊。

那时候木砚山是真的看不惯一个好好的少年打扮得花枝招展的，没有一点阳刚之气，可闺女喜欢，他也就睁一只眼闭一只眼好了。

直到后来，木棠棠为了这个歌星和班上的男生打了起来，木砚山才知道自家闺女是有多喜欢这小子。

那天下午他正在公司开会，便接到了木棠棠班主任打来的电话，说木棠棠因为一张海报把班上的另外一个男生打了。

木砚山赶到学校，就见那个男生鼻青脸肿，自家闺女只是嘴角破了点皮，头发被抓乱了，其他没什么大伤也就放心了。可那男生的母亲不罢休，非要木砚山带着木棠棠给她的儿子道歉。

木砚山也不是吃素的，要道歉是不行的。

老师也在一边劝，说木棠棠为了一张海报把人打成这样不对。

木砚山就笑了，蹲下来问木棠棠：“丫头，这海报对你重不重要？”

木棠棠点头。

木砚山又问：“除了爸爸，就是这海报最重要？”

木棠棠又点了点头。

木砚山摸了摸木棠棠的头，不问了，牵着她就要走。那男孩的母亲上前拦住他：“你这家长怎么当的，孩子不懂事，你也不懂事吗？”

木砚山本就高，看她时带了点居高临下的意味，又加上身为军人腰杆挺直，气势上就胜了很多。

木砚山说：“你儿子毁了我女儿心爱的东西，我不让你儿子道歉已经很大方了，你还咬着不放？你要公平也可以，你儿子毁了我女儿的宝贝，那我女儿也该毁了你儿子的宝贝才行。”

说完，木砚山低头温柔地看着木棠棠：“丫头，你说对不对？”

木棠棠点头，目光有意无意地瞟向小男孩的裤裆处。

男孩母亲吓了一跳，抱着男孩走了。老师也一脸鄙视地看着他们。

木砚山却很高兴，知道自己在女儿心中排第一，看着韩绪的海报也就没这么糟心了。

至于这学校？不读也罢。

之后木砚山便给木棠棠办理了转学手续，将木棠棠送到了基地，然后木棠棠就遇到了老司机安珩。

木砚山戳了戳韩绪的肩膀，下巴指了指过道另一边的空位置：“喏，你坐那儿去，我要和丫头谈谈心。”韩绪心中虽然千百个不愿意，可岳父大人之命难违啊！

送走了韩绪，木砚山高高兴兴地坐下来。

木棠棠问他：“爸爸，你怎么来了？”

木砚山敲了敲木棠棠的脑袋，说：“哎哟，你个傻丫头，是不是都快忘了木氏电器的总部在兰溪市啊？”

还真是，因为木砚山一直在连云市定居，虽然连云市也有木氏电器的分公司，可兰溪市这个才是正儿八经的总公司。

木棠棠揉着脑袋，问：“是总公司出了什么问题吗？”

木砚山回道：“没什么大问题，谈谈合作的事，顺便见一见新招进来的经理。”

合作？木棠棠想了想，问：“是和左唯森合作吗？”

木砚山点头，本来他不愿和左唯森合作的，但禁不住李仁礼私下又跟他提了好几次，木砚山也就不好再继续回绝，便答应李仁礼过来先看一看。如果可行，也许双方会合作。

木砚山不想提工作，看了一眼时不时往这边偷看的韩绪，小声问木棠棠：“丫头，你还记得你小时候说过的话吗？”

小时候说过的话可多了，木棠棠实在不知道木砚山指的是哪一句。

木砚山神秘兮兮地一笑，眼角微微弯起，回忆道：“就是你十六岁生日那天，抱着韩绪的海报，说以后非他不嫁。”

木棠棠惊恐，赶紧抬头看了一眼韩绪，见他似乎没有听到才小声说道：“爸爸，这事你可不能告诉韩绪。”不然指不定他丫的会嘚瑟成什么样子。

木砚山笑，说：“当然，不过你得答应爸爸一件事。”

“什么事？”

“你过来，我悄悄地告诉你。”

Chapter 14 最喜欢的颜色，是你的美色

万古博物馆纪录片历时一个多月的后期制作，终于正式与大家见面。

纪录片分为上中下三期，每一期五十多分钟，在首都科教频道周六晚上八点播出。

开播前一天，木棠棠发微博宣传，随后万古博物馆官博转发。这是继几个月前因为“偷拍炸鸡和啤酒”事件后，两人的再次公开互动。双方粉丝都有一点激动，特别是木棠棠的粉丝，毕竟自家女神上一条微博还是两个月前发的。

“嘤嘤嘤——女神终于出现了。”

“有生之年系列啊，我的男神和女神竟然一起出现在了首页。”

“楼上，说不定在你有生之年还可以看见你男神女神结婚呢。”

众人：“……”

微博发出的第二天，也就是纪录片开播前八个小时，木棠棠和万古博物馆官博一起上了热搜，力压《赤月》相关搜索，排在了第一。

木棠棠得知自己和韩绪一起上热搜的时候正在房顶上看星星。

繁星漫天，月色正好。亲爱的馆长大人穿了一件衬衫，领口微微扯开，性感地躺在一旁温柔地看着她。

木棠棠一边看着他，一边摇晃着双腿听温莱说话。

温莱在电话里询问她的意见："看你的意思，现在网上猜测你们谈恋爱的评论很多，且乐见其成的比较多，也没有看见两家粉丝开撕，只要你决定公开，我不会反对。"

公不公开其实不重要，她是公众人物，而韩绪也算半个公众人物，但谈恋爱是两个人的事，没有必要向全世界宣告。

木棠棠说："顺其自然吧，如果现在顺水推舟公开，大家免不了又要说是为了纪录片收视率而炒作。"

挂断温莱的电话，木棠棠笑嘻嘻地跑到韩绪身边躺下，侧着身，贴紧他，伸手抱住他的腰。

韩绪低头，嗅着她的发丝，声音闷闷的："你又冷落本馆长了，没良心。"

"我这不是投怀请罪来了吗？"说着，她的身体又朝韩绪贴紧了些，还大胆地抬起一只纤细修长的腿搭到韩绪的大腿上。

韩绪在她的腰上一掐，手臂收紧，恨不得将人揉进自己的身体里。他恶狠狠地咬在木棠棠的耳垂上，说："你这哪是来请罪的，分明就是来犯罪的！"

木棠棠本身就是超模，身材比例好得不得了，特别是柔软的腰身和一双长腿，此刻在韩绪面前晃啊晃的，晃得韩绪有些心不在焉。

可她却丝毫不觉，动小手将韩绪的衬衫扣子给解开了。

挑战他的忍耐力？

她说："哎哟，瞧把你热的，来，解开散一散热。"

散什么热，他又不是空调？

韩绪任由木棠棠在他身上动手动脚，他喜欢，喜欢这么惯着她。有时候她调皮，心里起了坏心思，就故意滑过他的敏感处，他瞪着她，她还一脸无辜样。

那他也就不客气了，抓住她的手，翻身便将人乖乖制服。

他低头吻住她，将她的笑意吞进身体里，将快乐融化于心中。

他本身就不是一个重欲的人，没遇到木棠棠之前，他清清淡淡像个半出家的和尚；遇到木棠棠之后，怎么说呢，就连接吻这种事，他都可以快活似神仙。

吻她，咬她，舔舐她，一个吻，可以变幻万千，每一次都是全新的体验，这就是她对他致命的吸引力。

吻累了，韩绪就将人抱着。明明有一米七的个子，可蜷在他怀里竟然是这么娇小。她有些困了，慵懒的样子像一只小猫咪，挠得他心痒。

她好像是困了，闭着眼睛睡了。她睡觉太不老实，动来动去，常常不经意就给他致命一击。

这样下去可不行，他抱着她，将她轻轻放到另外一张睡椅上躺着，他就坐在边上，眯着眼睛看她。

他突然就想起很久以前，他对她的评价是花瓶，还是花瓶中最贵的那种。以前他不能理解韩子高对于一个花瓶的疯狂和迷恋，到现在，他似乎可以理解韩子高的心情了。

或许以后他会比韩子高还疯狂，他以前从来没有想过，有一天会和韩子高一起收集木棠棠的周边，和韩子高一起跑现场，和韩子高一起蹲点守在电视机前看木棠棠的直播。

他似乎以前为此鄙视过韩子高，不行，他要收回鄙视，并且对韩子高的行为加以鼓励和赞赏。

不知道是不是最近太闲了，韩绪经常会回想起第一次见到木棠棠的场景。

那时候她穿红裙子，站在他家门口，一双大长腿晃得他有些分神。后来她又坐在车里，在夕阳下形成一道剪影，美得像一幅画。

可那时候韩绪还是觉得木棠棠挺作的，想要钥匙自己上来要就是了，竟然拐弯抹角地告状告到了周时卿那里。

明面上好像很讨厌他，却还是偷偷拍了他家的狗。

一直到水管炸裂的那天晚上，意外地撕开了她的伪装，本性暴露的木棠棠竟然挺可爱的。那时候，他才真正开始被她吸引。

长得像花瓶的女人他见过很多，她们温婉，礼貌，完美得不像话。只有木棠棠，远看是个名贵的花瓶，接近了才知道她是花瓶基因突变成了海棠花，明艳动人得很。

有些话，他没有和任何人说过，除了江左。

那天是木棠棠在法国遇袭的第二天，江左约了他喝酒。江左心情不好，韩绪也心事重重，两个怀着心事的男人喝了酒，话就开始多起来，有一搭没一搭地聊开了。

韩绪告诉江左自己想结婚了。

江左闻言，并没有太激动，而是很平淡地问他："和木棠棠？"

"嗯，和木棠棠。"只能是木棠棠了，他现在年龄不小了，是结婚的时候了。而木棠棠刚刚好，在他适当的年纪出现，被她吸引，想要靠近，想要了解，想要得到更多。

他本来没这么着急结婚的，他原本的打算是和木棠棠多相处几年，等两个人多了解一些再谈结婚与否。

可是当他得知木棠棠遇袭的那一刻，他就后悔了，害怕了。

这个世界上，无常的事情太多了，每一天，每一秒都在发生，谁知道下一秒她还在不在他身边呢？所以他想到了结婚，结婚之后，组成家庭，由他来照顾她、保护她。

江左给他倒酒，苦笑："挺好的。"

过了一会儿，他又重复说："我说你和木棠棠挺好的，赶紧结婚，生个孩子叫我爹。"

韩绪一巴掌抽到江左的后脑门上："滚，我的儿子叫你爹？"

江左被打得趴在桌子上就起不来了，有气无力地说："干爹啊。"

去你的干爹，哪有这么便宜的干儿子。

韩绪靠在椅子上，用脚踢了踢江左："你自己生儿子叫你爹吧。"

江左闷声说："和你生？"

"滚蛋！"韩绪又踢了江左一脚，说，"温莱啊。"

"温莱？"酒喝多了，提到温莱时江左恍惚了一下，才说，"你说木棠棠的那个经纪人啊，我和她没戏。"

韩绪仰着头，松了松领口，叹了口气说："你这货就是㞞。"

㞞吗？算吧，温莱那种女人，他江左没自信，现在温莱追着说喜欢他，谁知道她是不是一时兴起。等有一天她玩腻了，拍拍手走了，他怎么办？

他江左付出去的感情，要怎么收回来？既然如此，还不如不去爱，至少，伤口浅一点，愈合的时候也快一点。

槭璇第一次私下找木棠棠，她有些紧张，敲了敲门，听到木棠棠说了一声"请进"，她才小心翼翼地推开门进去。

她有些怕木棠棠，和怕温莱不同，对于木棠棠是属于敬畏的那种怕。

木棠棠正结束了和韩馆长的电话，馆长大人要接她共进午餐，她的心情相当好。

槭璇被木棠棠的好心情带动，也不自觉地稍微放松了一些。木棠棠起身问她："咖啡还是白开水？"

"白开水。"最近温莱终于松口，给她接了一个小广告。为了上镜更好看，槭璇最近都在减肥。

木棠棠接了白开水给她，示意她坐下，然后问："找我什么事？"

槭璇想了想措辞，开口道："老板，能不能让朵朵姐带我？"

"嗯？"

槭璇解释："我的意思是我以后的活动都交给朵朵姐打理，我觉得比起莱姐，朵朵姐更适合我。"

木棠棠问："你的想法告诉过温莱吗？"

槭璇眼神躲闪，吞吞吐吐道："和莱姐提过。"

“真提过？”木棠棠笑道，“该不是吵架的时候提到的吧？”

木棠棠指的是前不久槭璇在温莱的办公室跟她吵了一架，不久之后槭璇就得到了一个广告，所以槭璇一直觉得温莱这么压榨她们是看准了她们是新人好欺负，没人敢和她顶嘴，而槭璇自诩做了吃螃蟹的第一人，其他新人私底下对她崇拜得不行。

可是最近，温莱却不再搭理她，甚至集体活动都不带她了，摆明了是要雪藏她。槭璇琢磨着，这么下去不行，便找了个机会，找到木棠棠。

木棠棠看着面前的女孩，她以前选择槭璇是觉得槭璇有些性子像极了年轻时候的自己，现在看来，这丫头可比自己当初的野心还大。

木棠棠喝了一口咖啡，静静地看着槭璇，过了一会儿才说：“槭璇，你觉得我怎么样？”

槭璇一愣：“啊，很好啊。朵朵姐私底下经常和我们提起你，说你对她很好，我也觉得你是我见过的最好的老板。”

“是吗？那温莱呢？你觉得她怎么样？”

槭璇沉默了一会儿，似乎不知该怎么开口。

木棠棠鼓励她：“你随便说吧，我不告诉温莱。”

“真的？”

“真的。”

“那好，那我就实话实说了。”槭璇说道，“我不太喜欢她。虽然朵朵姐私下一直告诉我们，她是为了我们好，可是我一点也感受不到，而且我觉得她也不喜欢朵朵姐，亏朵朵姐私底下还在我们面前说她的好话呢。”

木棠棠笑了，她不在的日子看来错过了不少事情，她将咖啡杯慢慢放到桌上，说：“你先出去吧，我会好好考虑的。”

看着槭璇离开，木棠棠沉下眉眼，打了内线电话给前台：“让朵朵来我的办公室一趟。”

木棠棠等了一会儿，内线电话打了过来。

“老板，朵朵姐不在工作室。”

木棠棠上车的时候，明显脸色不佳。

韩绪倾身到副驾驶座，一缕一缕顺着她的头发，问：“怎么了，不开心？”

木棠棠摇摇头，顺势将韩绪的手抓住并抱在怀里，样子像是在撒娇：“馆长大人，中午请我吃什么啊？”

韩绪眸光沉沉，手臂上的皮肤变得异常敏感，那柔软的触觉让他有点走神。

木棠棠丝毫未觉，见韩绪看着自己也不回话，她佯装生气地将韩绪的手放开，一边开窗，一边嘟囔：“走了走了吃饭去，饿死了。”

话音刚落，正在开窗的手被另外一只大手握住。木棠棠转过头看他，猝不及防就被韩绪拉进怀里。

木棠棠趴在韩绪怀里，这姿势着实有点别扭，她一边调整姿势，一边推着韩绪从他怀里抬起头来。

韩绪笑意盈盈地看着她，下一秒，他就低头吻上她的唇。

唇齿交融间，木棠棠说：“韩绪，这儿人多。”

这里是星途工作室的正门口，不仅来来往往的熟人多，就连记者也多，如果被拍到，明天的新闻标题就会是——超模木棠棠和神秘男子车中激吻。

好羞耻，木棠棠轻轻推着韩绪，让他快点开车。

吻这东西，会让人上瘾。韩馆长的兴致显然被木棠棠给破坏了，最后他将嘴唇慢慢滑到了她的颈项处，狠狠吮吸，留下一个吻痕，才放过她。

韩绪俯身给她系安全带，两个人挨得近，韩绪一说话，腾腾热气往木棠棠耳边钻：“你用这种眼神看着我，我会以为刚才没亲够。”

起身的瞬间，她若即若离地碰了碰她的唇，狡黠地一笑，说：“再来一次？”

木棠棠笑着捂住他的唇，把他推开些："再不走对面的交警叔叔可就要说你妨碍交通了。"

吻过的唇，红嫩饱满，透着晶莹，一张一合对韩绪而言都太具吸引力了。

韩绪握住她的手，顺势再次将人拉到怀里，低头吻了下去。唇齿交融间，他轻轻咬着她的唇说："那正好，秀恩爱给交警叔叔看一看。"

交警叔叔，这里有人要流氓啦！

******

星途工作室不远处的一家日式店里，小小包间中，两个女人面对面而坐。

其中一个化着淡淡的妆，就算是在室内，也戴着遮住半张脸的墨镜。她的面前是一杯热茶，冒着白汽。

坐在她对面的另一个人外形普通，长了一张娃娃脸，她正是木棠棠的助理——钱朵朵。

钱朵朵看了一眼面前的人，说："这里没人，可以把墨镜摘了。"

对面的人一笑，摘下墨镜，露出整张脸来。是姚紫萱，最近凭借《赤月》大红的姚紫萱。

姚紫萱眼神轻蔑，看着钱朵朵："木棠棠叫你来的？"

钱朵朵："不是。"

"不是？"姚紫萱轻笑，像是发现了什么好玩的事，"这么说是你找我了？"

钱朵朵点头，将一个U盘放到桌上。

姚紫萱看了一眼，问："这是什么？"

"对你有利的东西。"钱朵朵突然笑了，说，"你可以拿回去看看，公开还是不公开，决定权交给你。"

姚紫萱重新审视起面前的人来，她以前是见过钱朵朵的，就一个木棠棠的小跟班，话不多，唯唯诺诺，胆小怕事。如今才过了不到半年，这个小姑娘就能狠下心来在木棠棠背后捅刀了。

姚紫萱好奇地问她：“钱朵朵，你这么做就不怕木棠棠知道吗？我记得木棠棠挺维护你的。”

“维护我？”似乎听到了什么好笑的事情，钱朵朵大笑起来，过了一会儿才恶狠狠地说道，“我宁愿不要她所谓的维护。”

维护？可笑，不过是她木棠棠可怜我罢了。把她那些无处安放的同情强加在自己身上，这种同情和同情路边的流浪狗有什么区别？或许在她那种大小姐眼里，她钱朵朵不过就是可以呼来唤去的一条狗！

有趣，姚紫萱将U盘收起来，突然，她的电话响了。

电话一直响，姚紫萱却没有接的意思。

钱朵朵端起茶喝了一口：“你弟弟？”

姚紫萱的眼神突变，警惕地看着钱朵朵：“你怎么知道？”

钱朵朵没有回答这个问题，而是说：“接吧，说不定我可以帮你呢。”

姚紫萱迟疑了一会儿，紧盯着钱朵朵，似乎是在确定她话语里的真实性。

钱朵朵平静地接受着姚紫萱的审视，从容地给自己添了杯茶，说：“从我决定把U盘交给你的那一刻，我们就是一条船上的人了，你的麻烦就是我的麻烦。这麻烦嘛，要么利用，要么除掉。”

她抬眼直视姚紫萱，眼里一片漆黑，说：“你说呢？”

姚紫萱心中一颤，这样的钱朵朵竟然让她想到了苏婧。她握着手机的手渐渐收紧，然后又放开，将电话放到桌上，接通，按了免提。

姚子豪的声音透过话筒，在安静的小包间里被瞬间放大：“姚紫萱，你现在出名了，连亲弟弟的死活都不管了是吧？”

******

钱朵朵回到工作室的时候，和温莱撞了个正着。

温莱似乎正要急着出去，从头到脚打量着钱朵朵："上班时间你去哪儿了？"

钱朵朵笑道："棠棠姐让我去博物馆拿点东西。"

"博物馆？"温莱挑眉，"她自己怎么不去？"

钱朵朵压低声音，说道："最近记者听到网上的风声盯得紧，棠棠姐去万一被拍到了怎么办？"

温莱点点头，也没在意，又说了几句，然后就走了。

这是自从上次她和江左吵架之后，江左第一次主动约她吃饭。于是温莱特意早点下班，回家洗澡，换身衣服。

选衣服的时候，她却在白裙子和黑裙子之间犯了难。

温莱站在镜子面前照了又照，迟迟拿不定主意，最后只得打电话向木棠棠求助。

"棠棠，我要去见江小梅，你说是穿黑裙子还是白裙子好？"

木棠棠此刻正在和韩绪吃饭，韩绪夹了一个肉丸子，伸手喂她。木棠棠一口咬住，汁水溢了满口："见江左啊，穿白色的好了。"

温莱将白裙子放到身体面前比画："我觉得穿白色不是我的风格。"

木棠棠点醒她："就得颠覆一下风格，你知道为什么江左对你不主动吗？那是因为你给他的感觉太强势了，他不敢啊。"

"而且你穿白色，让你整个人都柔和了下来，更能激发男人的保护欲。"

挂断温莱的电话，木棠棠朝着韩绪张开了嘴。

韩绪没动，也不夹菜喂她，只是敛着眉眼打量她，说："下一次你也穿白色。"

"啊？为什么？"木棠棠低头看了看自己穿的红裙子，问，"我穿红色不好看吗？"

韩绪摇摇头，认真地说："我想激发自己对你的保护欲。"

木棠棠不开心了，噘着嘴佯装生气："你的意思是我穿红色就不能激发你对我的保护欲了？"

韩绪邪魅地一笑，说："不，你穿红色很好看，不仅可以激发我的保护欲，还有……"

"占有欲。"三个字说得又慢又暧昧，撩拨得她的心神一荡一荡的。

木棠棠双手捂脸，只露出眼睛看他："韩绪，你这人太不正经了。"

韩绪低笑，伸手拉下她的手吻了吻："我说的可都是正经话。"

简直要命，这是正经话，可也是情话啊，还吃什么饭，甜都甜腻了。

木棠棠喝了一口水，认真地问他："问你哦，你到底喜欢什么颜色啊？"

韩绪朝木棠棠勾了勾手："过来，我悄悄告诉你。"

木棠棠老实巴交的，韩绪一勾手，就屁颠屁颠地跑过去，丝毫没有看到韩绪眼里闪过的精光。

"来，耳朵凑近点。"韩绪又说。

木棠棠乖乖凑近，双手撑在韩绪的大腿两侧，整个身子倾了过去。

韩绪贴在她的耳朵后面，嘴唇蹭着她的皮肤，有点痒，然后热气滚烫地喷洒出来。他说："我最喜欢的颜色，是你的美色。"

美色当前，韩馆长哪里还看得见其他颜色？拥有一个木棠棠，即使变成色盲也无妨啊。

心疼我们的木棠棠，吃顿饭被韩绪撩拨得分分钟想变身大灰狼把人给就地正法了。

话说温莱满心欢喜地赶到和江左约定好的西餐厅，却发现并不只有江左一个人，他的身边还坐了一个女人。

温莱的太阳穴跳得厉害，她按了按，平静地朝江左走去。

"江小梅。"很好，声音很正常，温莱叫完，看了看坐在江左对面的人，问，"这位是？"

"我未婚妻。"江左抢先回答，然后站起来看着温莱，说，"温莱，给你介绍一下，这是我的未婚妻，宋栀。"

"我们两家是世交，我和宋栀从小就认识，她前不久刚从英国回来，所以……"

"江左。"温莱打断他，声音沉沉的，"我没兴趣听你说你青梅竹马的爱情故事，我只问你一句话，今天你是不是就是想羞辱我？"

江左微微皱眉："不是。"

"很好。"得到江左的答案，温莱轻笑，"谢谢你不是想羞辱我，可是江左，你现在的所作所为还是让我恶心透了。"

"我温莱纵然有千百个不好，也不能送到你脚下任你白白践踏。"温莱端起桌上的咖啡，说，"我的爱就是再不值钱，也能值这一杯咖啡吧。"

说完，她将手中的咖啡朝江左泼去："江左，这杯咖啡，祝你一辈子比我温莱幸福！"

马路上，行人匆匆，车水马龙，温莱找了好久都记不起自己到底把车停哪儿了。她漫无目的地跟着行人走，最后挤上了一辆公交车。

温莱走到最后一排靠窗的位置坐下，车里的空调坏了，热烘烘的，各种味道混杂在一起。温莱觉得自己想吐，胃里翻腾得厉害，隐隐作痛。

白裙子已经不白了，刚才泼咖啡的时候，也脏了自己一身。

什么白裙子可以激起男人的保护欲，都是扯淡，以后让白色通通见鬼去吧。

她是温莱，就应该是温莱的颜色，为什么要为别人改变！

他江左不过是人生的过客而已，她温莱从来就不缺追求者，凭什么要自己贬低了身份去供他践踏！

未婚妻？呵呵，好啊，她追了他这么久，连女朋友的身份都不曾得到，这凭空冒出的一个人倒一下子成了他的未婚妻。

她一直以为江左是温柔的，其实不是。他对她温柔的次数屈指可数，那些温柔的时光，不真实，像梦，太容易破碎了。

如今这样也好，她重新做回温莱，回到属于她的花花世界中去。

旁边不知何时坐了人，温莱说："大哥，借支烟抽抽。"

宋栀向服务员要了毛巾，递给江左："大表哥，你也太狠了，要是我，我直接一个平底锅盖你头上。"

江左接过毛巾只擦了擦脸，反正白衬衫上的污渍也擦不干净："你现在最好安安静静的，不要说话，我心烦。"

"得得得，你心烦还不是你自找的，还威胁我帮你，我现在每一分每一秒良心都在受煎熬。"宋栀拿了包走到门外，"大表哥，我提醒你一句，那姐姐看着伤心得很，你最好跟去看着。万一出事了，你可就欠了人家一辈子啊。"

江左沉着眼，面无表情地下了逐客令："你走不走？"

"走走走，谁愿意待在这儿啊。"宋栀翻着白眼，她打小就看不惯这个大表哥，而江左简直就是她的童年阴影，是她妈妈口中那个邻居家的孩子。

宋栀圆满地完成任务走了，可她的话却在江左的脑海里挥之不去。

还有温莱的，她临走时说："江左，祝你一辈子比我温莱幸福。"

温莱就是温莱，就算要闹翻，她也要在他的心上扎一根刺，让他不得安生。

江左心烦得厉害，找服务员要了一支烟靠在墙边抽。烟抽到一半，他转身丢进垃圾桶，拿起外套追了出去。

******

博物馆的纪录片以《汉·韵》为题，播出之后好评如潮，特别是万古博物馆，客流量达到了开馆以来的巅峰。

而韩绪在纪录片中那惊鸿一瞥，被网友封为经典，更是让他一跃成为学术界的红人，被封为兰溪市最帅馆长。

自从发现韩绪还有吸引游客的功能，韩言之灵光乍现，找人做了和韩绪一模一样的真人人形板放在博物馆门口，以前是一左一右两座大石狮子镇馆，现在是一左一右，一男一女。

左边是西装革履英气逼人的韩馆长，右边是红衣汉服的木棠棠，俊男靓女俨然成了万古博物馆的门面担当。

纪录片大获成功，在博物馆业界内也引起不小的反响，更有人提议将此项举措推广到全国。但也有反对意见，认为此举太过娱乐化，有违开馆的初衷。

至于推不推广，这里暂且不表，只说万古博物馆此举大获好评，韩馆长豪手一挥，请了摄影组、导演组、化妆组、服装组等参与纪录片拍摄的工作人员吃饭，地点就订在兰溪大酒店，顶楼豪华包间。

温莱也在受邀之列，可木棠棠怎么也联系不上她。打电话给江左，江左只说自己也不知道，便挂断了。

奇怪，两人不会又闹矛盾了吧？木棠棠打算再给温莱打电话的时候，钱朵朵拿着服装进来了。

“棠棠姐，这是你要的礼服。”钱朵朵将礼服从保护袋里取出来，挂在身后的挂钩上。

木棠棠放下手机，漫不经心地问道：“小西呢？我不是让小西送上来吗？”

钱朵朵不自在地笑道：“小西临时有点事，便拜托我帮她拿上来了，刚好我也顺路。”

这几天钱朵朵也发现了，木棠棠找自己的次数越来越少。她起先怀疑是姚紫萱将U盘的事跟木棠棠说了，后来她旁敲侧击才知道原来是槭璇这个蠢货私底下找过木棠棠了。

木棠棠已经换好衣服，就是身后的拉链别着手怎么也拉不上去。

钱朵朵连忙上前：“棠棠姐，我来。”

木棠棠的手顿了一下，还是放开了。面前的落地穿衣镜映照着她和钱朵朵两个人的身影。木棠棠静静地瞧着，说不上来，不知不觉间钱朵朵怎么就变了。一个人的改变，是从气势开始的。

以前她喜欢钱朵朵，是因为她纯真，眼睛里很干净。虽然胆子小，做事唯唯诺诺，但放一个简简单单的小姑娘在身边，她才觉得自在，不用猜来猜去。

可如今这个小姑娘变了，变得复杂了，她的眼睛里有太多东西，好多猜不透也看不清的东西。

“朵朵。”木棠棠叫她，“以后新人的事你就别管了吧，我让小西带她们。”

拉拉链的手短暂地停顿，钱朵朵问：“是我有什么地方做得不好吗？为什么要换下我？”

“没有，你做得很好，是我需要你。”木棠棠转过身看她，说，“你依旧只做我的助理，回到我身边工作。”

木棠棠看着她，等待着钱朵朵的回答。

过了一会儿，钱朵朵微笑道：“当然好，我很喜欢跟着棠棠姐工作。”

“那一会儿你陪我去酒店吧。”

这场聚会是私下聚会，并没有公开，酒店门口也没有记者蹲点。

木棠棠是坐工作室的保姆车过去的，一下车便看见韩绪和导演在酒店门口低声交谈。

木棠棠下车的时候，和韩绪看过来的视线对个正着，只见他低声和导演说了几句，便迈着大长腿朝她走来。

钱朵朵站在木棠棠身后，小声嘀咕：“棠棠姐，韩绪好帅啊，你真是艳福不浅啊！”

木棠棠闻言，眉头一皱，随即又舒展开来。钱朵朵的这句话给她带来的不适感只是转瞬即逝。她提着裙子，朝韩绪走了几步。

艳福吗？人都还没有睡到，拿什么资本谈艳福。

大家陆陆续续到达，酒店门口很快就聚集了一撮人，有博物馆的工作人员，也有纪录片的工作人员，大家说说笑笑，一起往里走，看上去心情都很不错。

木棠棠挽着韩绪的手，慢慢地走在后面。

突然，她停下来，对身后的钱朵朵说："朵朵，今晚你去和他们好好玩，不用跟着我了。"

钱朵朵飞快地看了韩绪一眼，点着头从另一边跟着大部队先走了。

韩绪领着木棠棠慢慢走，小声地在她耳边说："故意支开你的小助理，是想要对我做什么不可描述的事情吗？"

木棠棠微微一笑，耳环是一枚圆润的珍珠耳钉，随着她的动作一闪一闪的，衬得她的小耳垂粉嘟嘟的，她说："知我者，韩绪也！"

此时两人正好走到安全通道前，前面不足三十米的地方，大家正有说有笑地等着电梯，韩绪突然转身，拉着木棠棠很快地躲闪进了安全通道里。

"吧嗒"，安全门被韩绪从里面锁上。

木棠棠的心怦怦直跳，知道韩绪接下来要做的事，她就不禁有点紧张，特别是还在……楼梯口。

万一，她是说万一，就有人想不开电梯不坐，非要走楼梯，然后撞见他们……

木棠棠不敢往下想，韩绪的身影从她的正面压上来，直接用行动阻止了她的胡思乱想。

他的唇轻轻在她脖子上、脸上来回蹭，最后轻轻咬在她粉嫩的耳垂上："棠棠，专心一点。"

木棠棠紧紧地抱着他，仰头承受着他的吻。

酒店顶楼的豪华包间，这一楼就只有这一个包间，再往上，是一个人工游泳池，可以俯瞰整个兰溪市的夜景。

韩绪作为万古博物馆馆长兼纪录片中唯一露面的男主角，由导演带头，大家都过来敬酒。木棠棠身为女主角，自然躲不过被敬酒，起先她都自己喝了，后来敬酒的人实在太多，她就开始有点飘飘然了。

酒桌上不乏怜香惜玉的人，几个摄影大哥都是人高马大的汉子，见木棠棠被灌了这么多酒，纷纷出来帮她挡酒。木棠棠一一道谢，赶紧去厕所吐了，回来先找服务员要了白开水喝。

那边韩绪还被一群人围着，看样子也被灌了不少酒，木棠棠远远地看着，韩绪已经将外套脱了，只剩下一件白衬衫。他白衬衫也穿得不规矩，纽扣自上而下解了三颗，袖子微微挽起，露出一小节手臂。

木棠棠嘟嘟嘴，心里念叨着：哼，不开心，以前在家都只解两颗，现在竟然解了三颗。

在场的女同志不少，她的馆长大人都被看光光了。

Chapter 15
奉子成婚?

酒过三巡，撂倒了不少人，有些扛不住先撤了，有的提议进行饭后的娱乐活动，而现在摆在他们面前的有两种选择：一，往上走，在泳池里深入交流；二，往下走，在浪吧里释放自我。

最后导演一挥手，走，去浪吧浪。

浪吧，位于兰溪大酒店一楼的巨大娱乐场，集 KTV、酒吧、舞池于一体，可以满足每一个人的需要。

大家搀扶着陆续走了，韩绪走到木棠棠跟前，半蹲下身，将头埋在木棠棠的大腿上。

木棠棠浑身一紧，她轻轻摸着他的短发，问："怎么了？"

韩绪的声音闷闷地传来："喝多了，头晕，让我靠一会儿。"沉默了半响，他又说，"一会儿就好了。"

木棠棠没再说话，静静地低头看着他，然后轻轻地揉着他的太阳穴。

手法很熟练，以前木砚山经常头疼，木棠棠就专门去学了按摩，时不时地给木砚山按一按。这些年下来，木砚山的头疼症基本已消失了。

其间有服务员进来收拾，木棠棠朝她摆摆手，她便又退出去了。

包间里很安静，两人的呼吸此起彼伏，交融在一起，非常和谐。

韩绪伸手将人抱住，往里蹭了蹭，没抬头，依旧埋在她的大腿上，他问："你想去哪儿玩？"

木棠棠不想去浪吧，只想和韩绪独处，或者去楼顶吹吹风，便说："去上面的游泳池？"

韩绪闷声笑，终于抬起头来看她。他的眼睛红红的，里面还有血丝，看上去很疲惫，酒精上了头，脸到脖子都是红红的。

木棠棠心疼，将他的脸捧在手里，便听到他说："棠棠，你想和我洗鸳鸯浴吗？"

我只想和你玩水好吧？

酒店为客人提供所有一切可以想到的服务，比如泳衣。

男士的很简单，只需要一条黑色平角泳裤，便可以如菲尔普斯一般在水里欢快地翻腾。

女士的比较复杂，也多了颜色和款式。木棠棠从来就不是保守派，她是颜值派的，所以选了一条简单时尚的泳衣。

黑色的，上衣前后开深 V，一直到肚脐，中间露出一堑天，下面是系绳子的倒三角比基尼裤。

木棠棠的身材好，比基尼桥和翘臀，再搭配上这样的三角裤，简直分分钟拍海洋写真的节奏。加上刚才喝酒的缘故，身体微热，皮肤泛着淡淡的红。

她将自己的长鬈发扎成一条辫子，斜在左边，随着她走路的动作，有几缕头发散落下来，落在脸颊两侧，平添了几分风韵。

韩绪已经在泳池里游了几圈，彻底将筋骨舒展开来。他平躺在水面上，欣赏着浩瀚的夜空。

听到渐渐走近的脚步声，他知道是木棠棠来了，便眯着眼看过去。

如他所想，很美。他朝她游过去，然后伸手。

木棠棠微微一笑，自然地将手递过去，便听到韩绪轻轻地在自己耳边说："月色和景色，都不及你的绝色。"

下一秒，她浸没在水中，一股凉意自脚下升起，蔓延到心尖，很快游走至全身。

身后滚烫的手掌抚上她的背脊，韩绪看着她，提议："游一圈？"

木棠棠摇头，靠着泳池壁不肯离开，笑着对韩绪说："我只喜欢看你游。"

韩绪双手撑在池壁上，将她圈在怀里，一针见血道："不会游泳？"

韩绪揭露真相了，她是真的不会游泳，但没关系啊，她可以玩水嘛，谁说来游泳池就必须用游的，她可以用走的嘛，不然白白的大长腿不就浪费了。

她的想法被韩绪一眼看穿，韩绪放开她，往后退了一步，牵起她的手往泳池中间走："来，我教你，免费的。"

可是免费教学不到三分钟，韩馆长就后悔了。

面前毕竟是自己喜欢的姑娘啊，并且姑娘还穿得这么少，加上酒精的作用，他有点飘飘然了。

心神就像这游泳池里的水一样，一荡一荡的。

韩绪分神了，手一时没注意，木棠棠就滑落到水里，喝了好几口水。

不会游泳的人真的觉得这种在水里无依无靠的状态分分钟要命，她使劲儿抓着，脚也直扑腾，可就是抓不到任何可以支撑自己的东西。直到韩绪过来捞起她，她才像抓住救命稻草似的整个人挂在韩绪身上，怎么也不肯放手。

她的双腿紧紧地夹在韩绪精壮的腰上，双手抱着他的脖子，整个人紧贴着他。

不愧是有舞蹈底子的国际超模，这点动作对于木棠棠来说简直毫无难度可言。她就像是一只考拉，终于找到了属于自己的树。

韩绪的目光沉了又沉，哑着嗓子说道："棠棠，下来。"

可木棠棠不但没有下来，反而使劲贴得更紧了。她才不要下来，下面的世界太危险了。

这简直就是在逼着韩馆长犯罪啊，他已经明显感觉到自己身体上的微妙变化。

韩绪无可奈何，他这是自作自受，他还是高估了自己对于木棠棠的忍耐力。

或许从一开始，他就不应该带木棠棠上来游泳的。

韩绪托着木棠棠的臀，慢慢朝泳池边走过去，然后轻轻地将木棠棠放到泳池边上坐着，扒下她紧紧缠在自己身上的手，说："你继续在边上玩水吧，我离开一下。"

木棠棠拉住他，仰着头问："你去哪儿？"

还能去哪儿，当然是找一个地方自己解决了。

韩绪说："我订了房间，先下去，你不玩了就下来。"

木棠棠不放手，说："我想和你一起下去。"

韩绪哄着她："乖，我现在想自己一个人玩，你过一会儿再下来好吗？"

韩绪走了，韩绪丢下她走了，虽然韩绪什么也没说，可木棠棠长了眼睛，她看得一清二楚，韩绪可是打着伞走的啊！

这画面实在是太美了，木棠棠佯装什么也没有看见，抬头，望天。

小脚丫在水面打着水，木棠棠的目光飘远了。

视野很好，将兰溪市的夜色尽收眼底，真是天时地利人和都有了，丢下韩绪一个人怎么都觉得不好。

木棠棠披着浴巾回包间拿了一瓶酒，等走到韩绪的房门口，手里只剩下喝得空空的酒瓶子。

韩绪正在冲冷水澡，就听到巨大的敲门声，以及木棠棠时高时低的叫喊声。

这里不是顶楼，这里一排过去全是酒店的房间。韩绪没有迟疑，在木棠棠被人发现之前将人给拉了进来。

一股子酒味儿，韩绪一眼就看到了木棠棠手里拿着的酒瓶。

韩绪皱眉，问她："喝酒了？"

木棠棠趴在他的胸膛上哈哈大笑："对啊，喝酒壮胆。"

壮胆？韩绪挑眉看她。

只见木棠棠将酒瓶一丢，酒瓶骨碌碌地在地毯上滚远了，她开始解韩绪的浴袍。

韩绪的眉毛跳了跳，太阳穴突突突地跳得更厉害。

还来？

"木棠棠，你清楚自己在干什么吗？"他抓紧她的手，按在胸前，不让她动弹。

木棠棠不高兴了，挣扎着，嚷嚷着要韩绪放开。

韩绪不放，只是看着她，又问了一遍："木棠棠，看着我，告诉我你现在想干什么？"

木棠棠急了，直接一口咬到韩绪的肩上："想什么，当然是想和你生一个小韩绪啊。"

她眨着眼睛看他，踮起脚伸出舌头去舔舐他的唇，又问他："你不想我和生小韩绪吗？"

说完，她似乎是嫌踮着脚亲吻不方便，便直接抱住他的头，将他的唇压向自己。

真是野蛮粗暴的吻法，毫无技巧可言，却让他欲罢不能。

他任由着木棠棠对自己为所欲为，浴袍被她两三下扒了。她身子紧贴着他，想来是刚从水里出来，身上还湿湿的，头发也带着水汽。

可空气却被她搅得滚烫。

韩绪扶着她柔软的身子，将人轻轻抱起，往卧室而去。他沉沉地说："这种事情，交给我主动就好。"

他将她轻轻放到雪白的床单上，贴在她的耳边柔声说："而你，只管好好享受吧。"

窗外，华灯初上，街上是形形色色的都市夜归人。这一夜，注定还有很长很长，长到足够他们彼此深入了解。

******

次日清晨，阳光无限好。

远在湖心小苑的周时卿女士重重地打了一个喷嚏。

韩怀远在客厅里翻阅报纸，听到动静，报纸不看了，赶紧拿上周时卿搭在沙发上的小披肩就出来。

“媳妇，小心别着凉了。”说完就往她身上披去。

周时卿抬头看了看天上的大太阳，默默地将披肩取下来塞给韩怀远。

她打算去遛狗，最近啤酒和公园里那只雪白的流浪猫走得近，天天下湖抓鱼给流浪猫吃。

上周因为下了几天雨，周时卿便没有带啤酒去公园，结果这傻狗一天不见那猫，便开始茶饭不思，到了晚上还趴在墙头鬼嚎。为此他们还被投诉了好多次呢。

这会儿周时卿牵着它出去，这傻狗高兴得跳来跳去，像嚼了炫迈，根本停不下来。

周时卿走了几步，突然转身侧着头问韩怀远：“阿远，昨晚韩绪回家了吗？”

韩怀远认真地想了想：“好像没有。”

周时卿微微一笑，目光往隔壁扫了一圈，然后一边牵着狗往外走，一边呢喃道：“没回来好啊，昨晚棠棠也没有回来。”

周时卿女士暗搓搓地高兴，看来她快要抱孙子了！

******

温莱是被巨大的砸门声吵醒的。

之所以用砸，是因为温莱觉得，她要是再不起来开门，她家的大门就要彻底报废了。

屋里一股冲天的酒气，她半趴在沙发上，地上横七竖八地散落着十几个空酒瓶，茶几上的烟灰缸被烟头插得满满的。

屋子里一片昏暗，没有开灯，也没有开窗，只有一缕阳光，顽强地透过缝隙挤了进来，正好照射在她憔悴的脸上。

温莱慢慢爬起来，拖着疲惫的身体，开了一条门缝。

外面的女人一愣，似乎没料到门会突然打开，反应过来后，她便打开眼皮使劲儿往里面瞧。

屋子里乱糟糟的，还有奇怪的味道。再看看温莱，蓬头垢面，衣着暴露，她几乎下意识地就往那方面想了，然后看温莱的眼神就变成了鄙视。

温莱心里觉得好笑，现在连一个陌生人都要上门来鄙视她了。

温莱不耐烦地问她："请问有什么事？"

女人砸吧砸吧嘴，趾高气扬地数落她："你们这些人要怎么玩，爱怎么玩我可管不着，可也得注意一下邻里影响啊。"

她拿出手机的照片给温莱看："你好好看看，我家都成啥样了？你自己玩水，可别淹了楼下的邻居啊！"

"我知道了。"

"砰！"温莱将门关了，把女人的嚷嚷声关在门外，然后朝浴室走去。

现场比她想象的还要惨，不仅是浴室，就连厨房和客厅都没有幸免。

温莱烦躁地揉了揉头发，她记得自己昨晚就洗了一件衣服而已，为什么整个屋子都快被淹了？

她先给物业打了电话，说明了情况，然后简单地将屋里的积水处理了一下。下午物业过来看了看，说地板和墙面浸湿得太严重，可能需要重新翻修一下。

也只能这样了，温莱收拾了换洗的衣服，这几天只能暂时住工作室了。

刚到工作室，温莱就发现气氛不太对，五个新人一字排开，规规矩矩地在她办公室门口站了一排，一个个垂头丧气，整得跟丧家犬似的。

温莱拖着行李箱，她本来打算悄悄在工作室住下的，这会儿被大家盯着看，她也没解释，直接进了办公室。

槭璇领着新人进来了。

“莱姐，我们有事和你说。”

温莱放好行李箱，然后在方桌后坐下，目光将面前的五个人扫了一遍，最后看着槭璇：“你说。”

其实槭璇觉得这也不是什么大事，现在要想红起来，谁不是先从被黑开始的，而且最近走红的姚紫萱，以前还不是被黑得体无完肤吗？

所以出事的时候，槭璇的内心是兴奋大于担心的，只是其他人一脸愁苦样，非要拉上她来找温莱，她也就一五一十地跟温莱说了。

事情也发生在昨天，小西领着她们去参加《赤月》的庆功宴，期间有媒体说要过来采访，几个小新人高兴坏了，躲到休息室又是化妆，又是练习表情。后来《赤月》剧组那边一个看着脸熟的小妹妹过来让她们不用准备了，说采访部分没有新人，只采访主演和导演。

她们自然就在休息室待着，然后直到吃饭的时候才有人过来叫她们。可谁知第二天的新闻却说她们耍大牌，放媒体的鸽子。

温莱听完没什么表情，只是若有所思地打量着槭璇。

这孩子是木棠棠选的，也是这五个新人中最拔尖的一个，就是太爱出风头了。

说白了，就是想红想疯了，静不下心来。

温莱什么也没说，示意她们可以先出去，然后让内线把小西叫了上来。

“小西，新人不是由钱朵朵在负责吗？为什么昨晚是你带他们过去的。”温莱问。

小西说：“不知道，好像是她不想做新人这一块了，我昨天看着她和棠棠姐一起走的。后来棠棠姐便给我打电话，让我以后一直负责新人。”

温莱心烦，她不过就是昨天翘班了一天而已，怎么就出了这么多破事，好像针对她似的，一股脑地朝她而来。

一股闷气积压在心里没处发，温莱一下午做什么事情都不顺。最后她通知公关组开了个小会，都是她从乐锐带过来的精英团队，解决方案很快就出来了。

当晚，这件事便被平息了下去。工作室的人陆陆续续下班，最后只剩下温莱。

她将邮箱里积压的资料慢慢看了一遍，该处理的处理了，直到颈椎酸痛，她才站起身来活动活动。

拉开百叶窗，她将窗户打开，一股子热浪扑面而来。

现在已经是晚上九点了，外面天已经黑了，温莱隐隐约约看见工作室下面停了一辆白色的车，车边站了一个人在抽烟，腥红的火星在夜里一闪一闪的。

是江左。

江左觉得，现在的自己挺浑蛋的。

把温莱从身边赶走的是自己，现在眼巴巴找过来的也是自己，这是第一次，他觉得自己就像个浑蛋。

伤透了一个姑娘的心的浑蛋。

一直以来，都是温莱追着他跑，温莱知道他喝咖啡不喜欢加糖，听音乐只听摇滚，吃包子不喜欢吃馅……可他对她的了解只止于她的工作。

一旦温莱消失，他便无处可寻。

今天是他第三天来工作室了，没见到他想见到的人，他其实可以上去的，可每次走到门口，脚都如灌了铅一般，沉重得迈不开步子。

他还有什么脸见温莱，是他自己斩断了这最后的关系啊。

心里烦，本来不沾烟的他，最近也开始狠抽。他靠车而立，抬头看着工作室里的那一点亮光，想起了他和温莱第一次见面的场景。

也是在这里，在前面不远处的停车场，她调戏了他。

江左没和任何人说过自己对温莱的感情，不是不爱，是不敢爱。

温莱问他到底爱没爱过她，怎么会没爱过呢？从在这里的第一次见面，他江左就被一个叫温莱的女人吸引着，想要靠近。

可越靠近，他却觉得温莱离他越远，直到最后，他选择亲手推开这个自己爱的姑娘。

“借个火？”温莱不知是什么时候下来的，她和他并排靠在车身上，微微侧头跟他借火。

江左有短暂的愣怔，似乎是不确定现在和她说话的到底是真实的温莱，还是他臆想出来的温莱。

直到温莱又说了一遍：“借个火。”

江左看见她手指间夹着一支女士香烟。

他眉头皱了皱，说：“你抽烟对身体不好。”

温莱闻言，短暂的沉默之后便笑了，毫不在意地问他：“所以呢？江左，我的身体怎么着也用不着你担心。”

江左沉默了一瞬，还是将打火机给了她。

江左以前是见过温莱吸烟的，她吸烟的样子很美，一吸一吐，都带着韵律。

两人沉默着没有说话，直到温莱的烟吸了一大半，她才开口，嗓子有轻微的沙哑：“江左，你这人真的挺浑蛋的。”

“嗯。”

“如果我说我到现在还是喜欢着你，你会不会觉得我像个傻子一样。”

“不会。”

“不过，我决定不喜欢你了，挺累的，追着你跑，好像从来没有看见过曙光。”

“嗯。”

“江左，就这样吧，我和你老死不相往来，我不想再动摇了。”

“好。”

剩下的一半香烟终于燃尽，就好像他们之间的羁绊，最后也消失了。

温莱站起来，将烟头扔进旁边的垃圾桶，转身留给江左一个笑容：“江左，再见。”

再见，不是再次相见，而是再也不见。

在转身的一瞬间，她却泪如雨下。

很好，温莱，你给自己做了一次很好的告别。

******

木氏电器总部，所有人都等着木砚山做最后的决定。他认真地翻阅着人事部拿过来的简历，最后目光落到面前的人身上。

二十五六岁，工作经历却丰富得惊人。

木砚山打量着他，问：“姚子豪先生，你来我们公司的目的是什么？”

这场面试，由总裁亲自把关，木砚山对于挑选人才又是极其严格，所以一直持续了一个半小时才结束。

木棠棠在公司楼下等木砚山一起吃饭。

韩绪打电话说他也要一起过来，美名其曰和未来的岳父增进感情，木棠棠却毫不留情地拆穿他：“你是想来蹭饭吧？”

韩绪不以为意，理直气壮地说：“蹭饭怎么了，蹭自己媳妇的饭有错？”

木棠棠：“没错。”是不是该拉一条横幅写上“热烈欢迎韩馆长过来蹭饭”。

和韩绪东拉西扯地聊着，木棠棠却突然想到了那日从连云市回兰溪市的飞机上，木砚山最后告诉她的话。

他说：“丫头，我知道你很喜欢这个小子，你们要结婚我不反对，但是我有一个条件。”

“他要娶你可以，但必须在和你结婚之后接手木氏电器。”

木砚山很早以前就有这个考虑了。木棠棠明确表示过自己对做生意不感兴趣，自然也不想继承木砚山的公司。

可如今木砚山上了年纪，体力和精力大不如从前，对于公司的事情也越来越感到力不从心，所以他需要一个人来继承。而最好的选择，就是木棠棠以后的丈夫。

见过韩绪之后，木砚山的这个想法更加坚定了，他值得自己将女儿和公司都托付给他。

韩绪叫了她几声，木棠棠才回过神来：“你刚刚说什么？”

“我说找个时间，让我爸妈和岳父大人见上一面。”

木棠棠笑笑，语气装得很严肃：“韩绪，你老实交代，你是不是特别想和我结婚？毕竟这么漂亮的新娘可遇不可求啊。”

木棠棠说着，朝后视镜理了理头发。

韩绪此刻正从办公室往博物馆外面的停车场走，闻言轻笑一声，才慢悠悠地用他惯有的语调说：“木棠棠，我现在只想快点和你合法同居。”

他绝对是想合法地睡她！

正巧韩言之出来吃饭，看见韩绪在前面慢悠悠地走着，便跟了上去，所以“同居”二字他听得一清二楚。

一颗八卦之心熊熊燃烧，韩言之一个箭步冲上去拦住了韩馆长的去路。

韩言之笑眯眯的：“大侄子，和谁同居呢？”

韩绪瞟了韩言之一眼，那眼神好像在说：反正不是和你。

韩言之哪在乎韩绪什么表情，暧昧地瞅着他，一根粗壮的大食指往韩绪胳膊上戳：“嘿，你不说我也知道，不就是木棠棠吗？”

韩绪挑眉，拍了拍韩言之的肩膀：“二叔真是越来越聪明了。”

韩言之很骄傲：“那可不，你二叔我一直天资聪慧。”还有玉树临风。

韩绪点头，任由韩言之胡说八道：“二叔，请准备好份子钱。”

韩言之看着韩绪坐上车，终于回过味来，冲着韩绪喊：“大侄子，你要结婚了？”

回答他的是韩绪扬尘而去的身影。

韩言之拍着头想：不对啊，这小子和木棠棠勾搭上也就最近几个月的事，这么快就结婚，难不成……

奉子成婚？！

韩言之激动啊，连忙掏出手机给大哥大嫂报喜。

哎呀，不得了了，他韩言之也要升级做爷爷了。

韩言之打完电话，才想起自己没有吃饭，一转身却发现博物馆门口站了一群端着饭盒的吃饭群众。

韩言之：“……”

不要问我，我什么也不知道。

因为木砚山这边临时出了点事走不开，所以说好的三人饭局变成了韩绪和木棠棠的二人世界。

两人琢磨着在外面吃也不知道吃什么时，周时卿的电话就打来了。一听两个孩子没有吃饭，她连忙指挥韩怀远去买菜，又吩咐韩绪一定要把木棠棠带回家吃饭。

韩子高做完作业下楼来，正看见韩怀远可怜兮兮地挎着菜篮子出门。

“妈，爸爸去哪儿啊？都吃饭了。”韩子高肚子饿啊，看着一桌的饭菜馋得不行。

周时卿却一件一件将做好的菜往厨房里撤："你爸去买菜，这些菜棠棠现在可不能吃。"

韩子高："……"

我可以吃啊，我又不是孕妇。

说到这里，韩子高就鄙视韩绪。

韩言之刚才打电话来的时候，他正好出来上厕所，所以将周时卿和韩言之的谈话内容听得一清二楚。

浑蛋韩绪，竟然让他的女神未婚先孕了！

不可饶恕！

这么一想，韩子高也不饿了，"噔噔噔"地跑上楼，趁着韩绪还没有回来，溜进韩绪的书房一阵翻箱倒柜。

动静太大，惊扰到了在下面重新做饭的周时卿。她站在楼下喊："子高，你在干什么啊？"

"没什么，我找点资料。"哼，他才不会告诉别人，他是在寻找韩绪穿开裆裤的相册！

他敢背着自己睡了心中的女神，必须要付出点代价。

木棠棠想着也有许久没有见到周时卿，而且现在她和韩绪都生米煮成熟饭了，怎么着也不能空手登门。

木棠棠纠结不知该买点什么，韩绪倒是一脸轻松，建议她："什么都不用买，我妈不缺。"

"不行，必须买点什么。"木棠棠拿出手机百度"见未来婆婆该买什么礼物"。

答案五花八门，大多调侃居多，没有一条可以参考的。

韩绪开着车，时不时地瞅身边的人一眼，见她似乎很苦恼，他想了想说："仔细想一想，我妈好像也不是什么都不缺。"

闻言，木棠棠眼睛一亮，凑到韩绪边上卖萌："馆长大人，你告诉我呗，阿姨缺什么？"

车刚好开到商场门口，韩绪找到停车位停好车才看着木棠棠邪恶地一笑："亲一下就告诉你。"

"好的。"亲一下而已，这不是问题，木棠棠很快就凑上去在韩绪脸上重重地亲了一口。

整个车厢都回荡着吧唧声。

韩绪满足了，笑道："我妈吧，是缺一样东西很久了，整天在我耳边唠叨。"

"是什么是什么？"木棠棠连忙问，韩绪真是太坏了，还和自己卖关子。

韩绪看着木棠棠可爱得不行，揉着她的脑袋说："我妈缺一个孙子很久了。"

木棠棠："韩绪，你把刚才那个亲亲还给我。"

太可恶了，见过骗钱的，没见过韩绪这么不要脸还骗亲亲的。

韩绪解开安全带，挑眉直视木棠棠："你确定要我还给你？"

不确定，现在的韩馆长两眼发光，这感觉和他在床上的时候简直一模一样！

韩绪倾身将木棠棠圈住："乖，我双倍还你就是了，本馆长从不欠账。"

韩绪最近要起流氓来，连木棠棠都害怕。

他将她禁锢在皮座椅内，身体微微前倾压着她，含着她的唇亲了好久，直到木棠棠脸色潮红，他才放开她，一副吃饱喝足的模样。

木棠棠看着后视镜里衣衫不整的自己，嘴唇还红润得不像话。再看看韩绪，衣服规规矩矩地穿着，整个人春风得意。她小嘴一嘟，耍起脾气来："我不要出去了，你自己去买。"

韩绪瞅了她一眼，小模样可爱极了，心里一痒，又将人拉过来亲了一口："没问题，你乖乖在车里等我，你要什么，本馆长就给你买什么。"

周时卿老早就做好饭菜盼星星盼月亮，终于将两人给盼了回来。

木棠棠这个媳妇好啊，心善人美，周时卿怎么看怎么喜欢。这会儿又怀了她老韩家的骨肉，她看着木棠棠恨不得把她当女儿疼。

吃饭的时候，周时卿自己一口没吃，一直笑眯眯地给木棠棠夹菜，看着木棠棠大口大口地吃，她就高兴，仿佛看见了木棠棠肚子里的大胖小子在跟自己招手。

木棠棠被周时卿看得提心吊胆，看看韩怀远，又看看韩绪，都自己吃自己的，眼皮都不抬一下，木棠棠只有看向韩子高了。

可爱的韩子高像头上长了两根天线，立马就接收到了木棠棠传递过来的信息，将手伸得老长："妈，你给我夹一个猪蹄。"

"我抽你的猪蹄！"一直低头吃饭的韩怀远捏着筷子头就往韩子高手上招呼去。还好韩子高反应快，"嗖"的一下就把手收了回去。

"爸，你干吗呢？"不就是要个猪蹄吗？还凶他。

韩怀远拧着眉盯着韩子高，最后摇摇头："子高，你该减肥了。"

减肥？木棠棠看了看韩子高，美少年高高瘦瘦的，哪里需要减肥，增肥还差不多。

这也正是韩子高想问的："我为什么要减肥，我现在正在长身体，需要补充营养。"

韩怀远摇摇头，举了一个很有教育意义的例子："你瞅瞅你二叔，就是长身体的时候吃太多，现在才长成了一个球。"

韩子高："……"

你们不要看我长得帅就欺骗我，韩言之年轻的时候也很帅好不好？

话梅炖猪蹄注定是吃不到了，一顿饭韩子高吃得心惊胆战，只要他想吃肉，韩怀远就跟和尚念经似的在他耳边念叨："二叔，二叔……"

似魔咒，导致韩子高看着什么都觉得眼前有一个球形的韩言之小人儿在晃。

可怜躺枪的韩言之什么也不知道，在万古博物馆的食堂吃着大鱼大肉。

今天的饭菜异常可口，韩言之都忍不住夸赞起韩绪来：“还是我大侄子好啊，将这食堂伙食整得杠杠的。”

当然，也把自家二叔喂得白白胖胖的。

午饭之后，韩子高邀请木棠棠去参观自己的卧室。木棠棠求之不得，实在是周时卿对她太热情了，她直呼受不住。

韩子高神神秘秘地把木棠棠叫进来，然后将门反锁上，还拧着门把试了试才放心。

木棠棠好奇地问他：“子高，你锁门干吗？”

韩子高将手放到嘴边：“嘘……女神，我给你看一个好东西。”

说着，韩子高便趴到地上，在床底下摸索了一阵，然后摸出一本相册。

木棠棠眼睛一亮，说道：“开裆裤？”

虽然隔了这么久，可木棠棠一直对韩绪穿开裆裤的照片心心念念，想不到韩子高还真的给弄来了。

木棠棠夸奖了韩子高一番，便迫不及待地拿过来一张一张地翻阅。都是老照片，有些已经泛黄，有的是新加进去的。

照片是按照时间顺序排列的，前面的都是年轻时的周时卿和韩怀远。不得不说，韩绪的美貌都是继承了他爹妈的，这要是放到娱乐圈，都是一代风华的天王天后级别啊。

时光在流逝，照片上的周时卿和韩怀远在老去，渐渐地便有了小孩的影子。

是韩绪，小时候的韩绪。木棠棠看得十分认真。

韩子高瞧着木棠棠好半天没有翻到重点，便凑上去给她提建议：“女神，你得先看重点，不然待会儿我哥发现了，他肯定会过来抢走的。”何止是抢走，韩子高觉得他哥肯定会毁尸灭迹的！

“啊？对，先看重点。”木棠棠醒悟过来，开始往后面翻，韩子高在旁边指挥。

“对对对，还在后面，差不多四岁的时候。对对对，就是这里。”

韩子高指着一张照片说道。

照片里的韩绪只有四岁，穿着牛仔小背带裤，像一只小泼猴被挂在了树杈上。裤子被旁边的树枝挂着，撕裂了好大一个口子，圆圆的小屁股遮都遮不住，隐隐约约还能看见屁股上青色的胎记。

四岁的年龄已经知道害羞了，虽然照片上的韩绪一脸严肃，但到底还是个孩子，脸上的害怕和害羞也掩饰不住。

木棠棠好奇地问："这照片谁拍的啊？"

韩子高说："我二叔呗，听妈妈说他年轻的时候是一个摄影师，老喜欢给女孩拍照了，后来我妈生了我哥，二叔就改行拍我哥了。"

突然像想到什么，韩子高说："你等一下，我记得这本相册里有二叔年轻时候的照片。"

韩子高往后翻了几页，指着一张照片叫木棠棠看："快看女神，我二叔。没骗你吧，我二叔年轻的时候也是很帅的，不知道最近几年怎么就长偏了。"

确实，年轻的韩言之带着点痞痞的帅，现在怎么就变成了那个样子。鬼知道韩言之经历了什么。

两个脑袋凑在一起看得十分起劲儿，身后突然有人问："好看吗？"

韩子高、木棠棠连着点头："好看，好看。"说完，两人才察觉出了不对劲儿，刚才那个声音，怎么那么像韩绪。

韩子高往后一瞟，吓得赶紧立正稍息，舌头直打结："哥……你怎么进来的？"

韩绪无所畏惧地秀了秀手里的钥匙："开门进来的。"

韩子高悔不当初，他千算万算怎么就算漏了韩绪那厮有备用钥匙呢！

韩绪朝着坐在床上的木棠棠勾了勾手："过来。"

木棠棠笑嘻嘻的，将相册抱在身后，乖乖地过去。

"嗯。把相册给我。"韩绪又说。

木棠棠看了一眼韩子高，乖乖地双手奉上。

“乖。”韩绪捏了捏木棠棠的脸，“跟我来卧室。”

“好咧。”木棠棠屁颠屁颠地跟上去。

韩子高从门口伸出半个脑袋小声说：“女神，你保重。”

木棠棠一边走，一边回头给韩子高使眼色，走在前面的韩绪突然停了下来。

木棠棠猝不及防，和韩绪宽厚的背来了一个亲密接触。

韩绪伸手扶住她的肩，稳住她，对韩子高说：“韩子高，以后叫嫂子，知道了吗？”

韩子高小声嘟囔：“都没有结婚叫什么嫂子？”

“你过来说大声点！”

傻瓜才说大声点，韩子高摇摇头，往屋里退：“哥、嫂子，我看书去了，灰灰。”

Chapter 16 英勇的光腚侠

小两口回了卧室，韩绪将相册重新锁进保险箱，顺便改了密码。

木棠棠凑在旁边偷看，问韩绪："韩绪，你小时候是不是有一个绰号啊？"

"嗯？"韩绪似乎在回想，"不知道宇宙第一帅算不算绰号。"

木棠棠："……"

丫的，你的脸呢？馆长大人！

木棠棠不放弃，又说："你仔细想一想，真没有绰号？"

韩绪设置好了密码，站起身来一下子比木棠棠高好多："上学的时候长太帅，这个看脸的世界还会给我取绰号吗？"

木棠棠高兴得直拍手，问他："我给你取一个怎么样？"

韩绪挑了挑眉，说："你可以取一个绰号叫老公。"

请圆润地离开好吗？

木棠棠一本正经地说："这个灵感还是刚刚看了照片才有的，你觉得叫光腚侠怎么样？"

“光电侠？”韩绪没有听清楚，“我是你的光，我是你的电？”

你还是我的神话呢！都是什么鬼？

木棠棠解释，目光往韩绪的翘臀上瞄：“是光——腚——侠。”

这一字一句，韩绪算是听明白了。

小丫头是吃了熊心壮了肥胆儿啊。

他眯着眼睛看她，重复着她刚才的话：“光？腚？侠？”

“嗬，棠棠，看在你对我的腚这么感兴趣的分儿上，我可以考虑免费给你看，三百六十度无死角，3D立体温度可调。”他微微停顿，看着她一字一句说道，“我就问你，我脱了裤子，你敢看吗？”

韩绪这是在用激将法！

哼，她才不会上当，木棠棠拒绝得十分干脆：“不看！”又不是没看过。

“不看？”韩绪打量着她，木棠棠觉得他的眼睛里像安装了机关枪，“突突突”地向她身上开炮。

木棠棠不自觉地往后退，最后被韩绪抵在了墙上。

他压在她的身上，垂着眉眼看她：“你真的不想看吗？”

她坚守着自己的原则：“不看。”

韩绪：“那如果我非要你看呢？”

木棠棠：“哼，韩绪，你这是光天化日之下耍流氓。”

“没办法。”韩绪笑着，眼里不怀好意，“我就想对你耍流氓。”

晚上周时卿炖了十全大补汤，美名其曰可以滋阴补阳，有美容养颜的奇效。木棠棠架不住周时卿的热情，整整喝了两大碗。

等到韩绪下班回家，周时卿又逼着韩绪喝了好几碗。木棠棠在客厅逗狗，听到周时卿一个劲儿地叫韩绪多喝一点，最后到底喝了多少，木棠棠没敢明目张胆地去数。

韩绪从厨房出来，一边解开衬衣的纽扣，一边往木棠棠身边走去。

他挨着她坐下，木棠棠都可以感受到他因为喝了热汤而微微发热的身体。他看着她，问："我送你？"

上午两人逛街的时候，木棠棠给韩绪提过一下，说晚上要去工作室找温莱，本来只是随口一提，没想到他还记得。

"好。"正好她也有话要和韩绪说。

在去工作室的路上，木棠棠觉得身体开始慢慢发热，虽然车里开了空调，可热感只增不减。她看了看正在认真开车的韩绪，发现他的额头上也全是汗。

木棠棠想到了周时卿的十全大补汤。

韩绪余光瞟见旁边的人在笑，便问："笑什么？"

木棠棠说："韩绪，阿姨的十全大补汤补的是肾吧。"

韩绪："……"

木棠棠调出手机日历看了看，最后目光锁定在这个月的 28 号，她问韩绪："你 28 号有时间吗？我今天问了，叔叔阿姨都可以，我爸爸那边 28 号也有时间。"

韩绪闻言，微微一笑，十分正经地说道："商量结婚大事，怎么可能没有时间。"

木棠棠嘴硬："谁说要商量结婚大事的，就见个面吃顿饭而已。"

韩绪阴森地一笑："是吗？那可不一定。"

到了工作室，木棠棠直接去了员工休息室。

温莱穿着短裤短袖，头发随意绾了一个丸子头，没化妆，正在敷面膜。她盘腿坐在小床上，腿上放着电脑，"吧嗒吧嗒"写着什么。

木棠棠在门口站了许久，温莱也没有发现她，她只好敲了敲门。

温莱终于有了反应，抱着电脑往里面挪了挪，给木棠棠腾了一个地儿，头也没抬，说："坐。"

木棠棠坐到温莱旁边，不经意地瞅着她正在填写一张申请表——援非志愿者申请表。

"咦？"木棠棠以为自己看错了，眨了眨眼睛凑近了仔细看，"温莱，你抽风了还是脑袋被驴踢了？你要去援非？你知道非洲现在多混乱吗？”

温莱敷着面膜，说话有点嗡嗡声：“我当然知道。我这是去升华一下自己的灵魂，活了二十多年，觉得自己还没有为祖国贡献一点力量，想想有点惭愧。”

木棠棠反驳她：“胡说，你贡献了 GDP ！”还贡献了不少呢！要论起拉动消费需求，温莱绝对是最大的贡献者之一！

温莱填好表，将电脑轻轻合上，扯开了话题：“你这时候来工作室干吗？”

说起这个，木棠棠觉得自己这个朋友做得挺不称职的，要不是钱朵朵告诉她，她到现在都还不知道温莱居然住在工作室。

木棠棠说：“温莱，你住到我那儿去吧，反正我一个人，你住过来和我做伴。”

“不好吧。”温莱扯掉面膜，用手拍了拍脸，起身去洗脸，然后说，“我可不想做你和韩馆长的电灯泡。”

温莱用干毛巾擦脸，又说：“再说了，我又不是无家可归，我家只是暂时出了点问题，过几天就可以搬回去了。”

温莱对她笑：“所以，你就好好和你的馆长大人过你们的二人世界吧，嗯……结婚的时候记得给我发张请柬，我一定从非洲赶回来。”

木棠棠皱眉，认真地问她：“你真的要去非洲？”

倒不是反对，木棠棠只是觉得她一个女孩跑到那种地方去，多不安全啊。

温莱敛了笑容，也认真地看着木棠棠说道：“嗯，非洲我是一定要去的，就算不是现在，将来也会去。刚好最近心情不好，出去走一圈，说不定能来一场浪漫的邂逅。到时候姐生一个混血儿，让你给他当干妈。”

这都什么跟什么啊，木棠棠拉着温莱坐到床上，她本来不应该过问这些的，既然温莱不说，那一定是她不想说，可是……

管她的呢，温莱都要往非洲跑了，她不问清楚，不放心。

“温莱，你老实告诉我，是因为江左吗？”木棠棠问。

江左，好久没有听到这个名字了，自从上次两人在工作室楼下谈过话，似乎一夜之间都从彼此的世界消失了。如今木棠棠提起他来，温莱都觉得这个名字变得陌生了。

温莱淡淡地说：“是因为他，但不是全部。木棠棠，你觉得我温莱是那种会为了一个男人折磨自己的人吗？”

木棠棠瞅了瞅现在的温莱。

球鞋，运动款的短裤短袖，扎丸子头……不一定，毕竟现在连风格都变了。

以前的温莱，可是一秒钟不化妆都不行。鞋子必须穿高跟鞋，因为会显得腿型好看；口红必须是大红色的，显得有气势；衣服必须要贴身的，显得身材好。

可是现在，木棠棠简直看不到一点御姐温莱的影子，这会儿的温莱和她以前在基地和安珩混天混地的时候差不多，像一个……少女？

木棠棠试图劝她：“温莱，世界上这么多地方需要志愿者，你不一定要去非洲是不是？”

木棠棠开始掰着手指举例子：“去曼谷吧，那边每年都有为大象寻找避难所的志愿活动，挺适合你的。”

温莱拒绝：“不去，一点挑战都没有。”

木棠棠继续：“尼泊尔也行，去支教，传播优秀的中华传统文化，为我们国家的文化输出贡献一分力量！”

“不去，以我的水平，你就不担心我误人子弟？”

“那印度尼西亚也行。”

“不行，那边现在是冬天，冷。”

“那去西南地区好了，去保护国宝！”

温莱无奈地一笑，扶着木棠棠的肩，让她直视自己：“棠棠，非洲我是一定要去的，我知道你在担心什么。要不这样，你不是有一个朋友常年在非洲比赛吗？你把联系方式给我，到了非洲我去找她。”

对啊，安珩那家伙在非洲闯荡了这么几年，在那边肯定有点门道，到时候让她照顾一下温莱，总比让温莱孤身一人去那人生地不熟的地方闯荡要好。

离开了工作室，木棠棠给安珩打了一个电话。

电话接通，那边吵得不行，木棠棠的耳朵被震得生疼，她将手机拿远了些，过了一会儿，才重新贴回耳边。

“安珩？”木棠棠试探着叫了一声。

可那边只有呼吸声，没人说话。

“安珩？”木棠棠又叫了一声，她不知道那边是个什么情况，可这沉重的呼吸声，明显就是一个男人的。

果然，在木棠棠第二次叫安珩名字的时候，那边的人终于说话了。

“安珩不在。”是一个男人的声音，她果然没有判断错。

“你是谁？安珩的朋友？”其实木棠棠是想问他是不是安珩的男朋友，可转念一想，她姑奶奶现在可是在非洲，肤色不同怎么谈恋爱。

男人还未回答，木棠棠就听到安珩的声音：“Black，谁让你动我手机了？”

“木棠棠，你终于想起我了吗？”安珩将手机抢了回去，又说，“听木叔叔说，你竟然背着我找了男朋友，可怜我一个人在这个鸟不生蛋的地方心心念念都是你。”

木棠棠直接拆穿她：“刚才那个谁？B-L-A-C-K？你就不解释一下是谁吗？”

“嘿嘿嘿——”安珩开始打马虎眼，“什么black啊，我这里只有white，那就是我啊哈哈哈。你忘了，我白着呢，在这方圆几百里数我最白。”

要是放任安珩胡扯，绝对可以扯上三天三夜，木棠棠及时阻止了，切入正题：“安珩，帮我一个忙。”

“哈哈哈——帮忙可以，先把你家那位的照片给我瞅瞅。”安珩笑得贼兮兮的，又补充道，“要不穿衣服的。”

“滚。”木棠棠忍无可忍，直接将温莱的照片发过去。

“啊，木棠棠，原来你好这一口啊。”安珩夸张地说道，“你竟然背着我弯了，怪不得以前给你介绍这么多外国小帅哥，你瞅都不瞅一眼。”

“安珩，请你圆润地离开好吗？”木棠棠无语，论瞎扯，安珩称第二，没人敢称第一。

木棠棠认真地说：“安珩，照片上的人是我的朋友，她来非洲的时候，你帮忙照顾她一下。”

“棠棠，你难道不是应该送一个帅哥过来让我照顾吗？”安珩对着温莱的照片“啧啧”两声，“这姑娘，这么漂亮跑来非洲干吗？”

木棠棠叹气：“疗情伤。”

安珩沉默了一瞬，恍然道：“怪不得最近来非洲的姑娘越来越多，原来都是过来疗情伤的啊。”

两人也是好久没有通话了，木棠棠陪着安珩东拉西扯地讲了许久，不知不觉就到了木砚山公司的楼下。

又说了几句，木棠棠才挂断电话，拿出墨镜戴着，找木砚山去了。

木棠棠走的是员工电梯，这个点没什么人，所以进了电梯以后，木棠棠就将墨镜取了。电梯缓缓上升，往总裁办公室而去。

可是到了六楼，电梯突然停住，木棠棠还没来得及戴上墨镜，电梯的铁门慢慢打开，一个男人正站在门口。

看见木棠棠，他明显一愣，然后朝她礼貌地点点头后进来了。

这个人木棠棠很确定是第一次见，却觉得这张脸异常熟悉，总觉得在哪里见过，但一时间却怎么也想不起来。

很快，电梯就在九楼停住，木棠棠和那个男人一前一后出了电梯。男人往前走了几步，突然停下来看着她：“木小姐，这里再往前走就是总裁办公室了，请问你是……”

叫她木小姐，很显然是认出她了，木棠棠微微笑道：“我找木砚山。”

那男人思索了一瞬，没再说什么。

木棠棠笑了笑，也跟了上去。

木砚山正埋头处理文件，最近公司的供应链出了问题，好几家供货商都突然要停止向木氏电器提供原材料，为此，木砚山已经亲自过去谈过好几次了，但是他们好像立场非常坚定，就好像有人在背后给了他们很大诱惑力的承诺一样。

姚子豪是来送文件的，他把文件夹轻轻地放到桌上，说：“木总，木小姐来了。”

木棠棠已经自己倒了咖啡喝上了，看见木砚山抬眼看过，她朝他微微一笑：“爸，撸串去不？”

木砚山工作起来会发狂，忘记吃饭是常事，木棠棠从踏进办公室的时候就知道，木砚山肯定又忘记吃晚饭了。

不过现在才九点过一点，还不算晚。

木砚山看了看姚子豪，问他：“吃饭了吗？”

问了也不等姚子豪回答，木砚山又说：“肯定没吃，这样，你和我们一起吃，撸串人多才热闹。”

木棠棠没意见，反正她的目的就是让木砚山吃饭。至于木砚山要邀请谁，她不在意。

车是姚子豪开的，地儿是木砚山找的。考虑到木棠棠，这个店儿比较偏，僻静，但味道杠杠的。

招牌菜是串串香搭配冰冻啤酒，美好而刺激的夜生活从此开始。

全程姚子豪都没怎么讲话，多半是木砚山在说，木棠棠偶尔答应几句，姚子豪便侧头看她。等她讲完了，他便又专心为木砚山涮肉片了。

木棠棠看了他一眼，这领导的喜好，他倒是掌握得挺快的。

看他挽着衬衫认真涮肉的模样，木棠棠想到了韩绪。

他的手比姚子豪更白一些，骨节分明，食指和拇指捏着肉串在滚烫的红汤里来回涮，直到肉片微微卷起，便起锅放到木砚山碗里，用他那低沉的声音说："岳父大人请。"

他一口一个岳父，嘴甜得很，还有涮肉的手艺也是没得说，连木砚山对肉这么挑剔的人都对韩绪涮的肉赞不绝口。木棠棠深深地觉得，韩绪这家伙能拿下木砚山，全凭这一手涮肉的好功夫啊！

木砚山看来是真饿了，吃了不少。木棠棠基本没吃，点了一杯饮料慢慢喝。姚子豪也吃得少，想来在场的除了木砚山，剩下的人都是吃了晚饭的，木棠棠自是不用说，现在嘴里都还回味着十全大补汤的味道。

撸串一小时，回味一整夜。

木棠棠送木砚山回家的时候，那浓郁醇香的底料味儿还萦绕在整个车厢内，久久不曾散去。

木砚山靠在车座上休息，眼睛半合着。木棠棠将车窗开了半寸，让味道慢慢被风吹散。

"爸爸，28 号那天我和韩绪过来接你。"木棠棠小声说。

木砚山笑道："接我做什么，我自己开车过去就是了。你和那小子都忙，到时候把地址给我就行了。"

毕竟这是去见未来的亲家，还关系着自家闺女的终身幸福，他这个做老爹的自然要好好准备一番。

木砚山想来是挺累的，说了一句便又合着眼睡了。过了好一会儿，他才转醒："到哪儿了？"

木棠棠："马上就到家了。"

这个家是木砚山在兰溪市的临时住处，平时没人住，多半时间是空着的，每个月都会有专人过来打扫，木砚山来兰溪市的时候就会住过来。木棠棠自己在湖心小苑住，平时也不过来住。

木砚山揉了揉额角，突然问："棠棠，你真的不想继承木氏电器吗？"

木棠棠："爸爸，你是知道的，公司的事情我不感兴趣。"

木砚山本来就是随口问问，也没有指望木棠棠会突然改变想法：

“好了，我也就是随口问一句。你去做自己想做的事情，不管怎么样，爸爸都支持你。”

下车的时候，木棠棠过去扶他，被木砚山拒绝了：“你这丫头，你爸又不是老头儿，这一点路还要你扶？”

木砚山自己往前走了几步，突然停下来，他没有转身，背对着她，虽然木砚山不承认自己老了，可这个背影骗不了人。

木棠棠鼻子一酸，看着木砚山的眼睛也红红的，好在木砚山也没有转身，所以也不用担心他会看见。

木砚山说：“棠棠，下个月就是你叔叔的忌日了，到时候你和我一起去吧。”

木棠棠愣了一下，随即回答道：“好。”

木砚山口中的叔叔木棠棠没有见过，唯一的印象就是墓碑上那一张黑白照，穿着军装，眉宇间一身正气。她知道这个叔叔是木砚山的战友，是因公殉职的英雄。

木棠棠第一次认识“英雄”这个词语，就是从这位叔叔这里。

******

温莱这一周都在忙着工作室相关工作的交接，她和木棠棠商量好了，让孟思来接手她手上的工作，毕竟孟思是温莱从乐锐带过来的，综合能力方面都不错，将工作室暂时交给她打理温莱是放心的。

可就在这个时候，网上却突然爆出了木棠棠的丑闻，工作室瞬间又陷入了公关危机。

这是始料未及的，温莱只能把行程推迟，开始着手解决这场危机。

这场危机来势汹汹，没有给他们任何喘息的机会，一波接着一波被爆出来，很明显是背后有人在操作。温莱派人去查，这一查就查到三天之前的一个企业酒会上。

企业酒会是现在大公司之间都非常流行的一种聚会形式，以一个公司做东，邀请其他公司参加。明面上是聚一聚，实质上却是来谈生意的。

而这场酒会的承办方是通用电讯，邀请了兰溪市的各大企业，其中就包括木氏电器。

这场酒会要求携带女伴，木砚山孤家寡人一个，只得带着自家闺女出场。木棠棠虽然混时尚圈，但她的名号在这些老板圈子里一点也不陌生。毕竟很久以前，一个三流杂志社搞过一个调查，叫什么老板们最想交往的女明星是谁，木棠棠当时可是高票当选，稳居老板们最想交往的女星第一名宝座几年。

虽然最后木棠棠以损害名誉罪将这个杂志社告上了法庭，可这个传言却一直在圈子里流传着。

木砚山来不久，便被人拉走谈生意去了。虽然有不少人过来和木棠棠搭话，但木棠棠秉持着身为人妇的自觉性，全程都一脸冷淡，最后直接躲到了酒会场外面的阳台上。

没想到和她同样躲到外面来的还有一个熟人，也就是这次酒会主办方通用电讯的总裁左唯森。

自从知道了左唯森接近她的目的，木棠棠看见他打招呼也是淡淡的，明显不想和他多谈。

但左唯森却主动走过来，和她并排站着，苦笑道：“看来你都知道了。”

他兀自笑了笑，又说：“我承认我的初心不纯，但后来我是真心想和你做朋友的。”

木棠棠笑了笑，也没看他，只是将目光放远：“左先生，你现在说这话，是在为自己开脱吗？既然是初心不纯，后来建立在此基础上的真心又有多少是真的呢？”

左唯森尴尬地笑了笑，没有说话。

“唯森，你在这儿啊，我找了你好久。”一个娇嗔的女声打破了两个人之间的沉默，然后踩着高跟鞋过来。

木棠棠听着这声音耳熟得很，转身看过去，果然是许久不见的姚紫萱。没想到她竟然也在这里，看样子，她今晚是左唯森的女伴。

姚紫萱过来便亲昵地挽上左唯森，头轻轻地靠过去："怎么不进去呢，外面好热啊。"

热吗？木棠棠瞟了一眼姚紫萱，穿得可比她少多了，她真的一点都不热啊。

"咦，这不是木棠棠吗？你怎么也在这里？"姚紫萱终于后知后觉地发现，然后惊讶道，"你和唯森不会认识吧？"

姚紫萱成功让木棠棠浑身起了鸡皮疙瘩，女人味分很多种，一种是温莱，一种是她，还有一种是姚紫萱，嗲嗲的。

木棠棠本来想说不认识，但左唯森先一步开口替她回答了："和木小姐见过几次而已。"说完，左唯森就牵着姚紫萱离开，木棠棠又在外面站了一会儿，想给韩绪打电话，问问他在干吗。

一般这个时候，韩绪都在书房里修复一些旧书籍。有时候木棠棠真的挺佩服他的，明明是个一米九的汉子，做起这些精细的活儿来竟然比女孩还细心。特别是有一次木棠棠好奇，便守着韩绪，亲眼看他到底是怎么修复这些破成渣渣的旧书的。

韩绪的手在那一刻就像被施了魔法，指尖在泛黄的纸张上游走，或轻轻抚摸，或轻轻按压，木棠棠看得脸红心跳，这个样子和他在床上用手抚摸她的时候一模一样。

她没有勇气看完，因为韩绪的每一个动作对于她这个此刻饥渴的女人来说都是致命的。他就好像一台机器，安静地放在那里也可以自动向四周喷射出荷尔蒙。

木棠棠找了个借口溜出书房，身体还是热得厉害，便随便找了一件韩绪的衬衫去洗澡了。谁知她刚洗完澡出来，就被站在浴室门口的韩绪逮了个正着。

他拼命吸着她身上的体香，手在她的腰间游走："木棠棠，你是个坏家伙。"

木棠棠有些好笑："我哪里坏了？"

韩绪轻轻啃咬着她裸露在外的香肩："你丢下我一个人洗澡，还偷穿我的衬衣。"末了，他含住她的耳垂，沉沉地说，"还穿得这么好看。"

衬衫是天蓝色的，颜色很淡，长度刚刚好到木棠棠的大腿根部，露出修长好看的大白腿。上面木棠棠是从第三颗纽扣往下扣的，将衬衫往两边拉了拉，露出圆润的肩头和锁骨，锁骨像一湾深潭，可以装进月亮。

韩绪把持不住是正常的，但凡一个正常的男人，看见自己心爱的女人穿着自己的衬衫露着大白腿在面前晃荡，都想将人抱进怀里好好疼爱一番。

她记得自己刚走的时候他才修复了不到一半，这种慢工出细活的工作，不可能这么快就做完。

他的目光将木棠棠牢牢锁住："没有，但现在我只想修复你。"

衬衫不知不觉已被他解开，木棠棠惊呼："韩绪，关灯！"

虽然两人肌肤相亲无数次，可这般坦诚相待，木棠棠还是觉得好羞。

韩绪低声笑，却是打横将人抱起来，往床而去。他似她如珍宝般轻轻放在雪白的床单上，低头印上一个浅浅的吻："等我。"

他关灯去了浴室，木棠棠坐起来，一颗颗又将衬衣的扣子扣上，然后钻进被窝里等着韩绪。

他洗得很快，出来的时候只用浴巾裹住下半身。他掀开被子钻了进来，手搂上木棠棠的腰，才发现她竟然又将衣服给穿上了。

"棠棠，你竟然还想让我再脱一次。"

木棠棠往他怀里钻："我刚刚有点冷。"她胡说八道地解释。

"很好。"他取掉浴巾扔了出去，然后翻身将木棠棠抱起来，坐到了他的面前，他捏住衬衣的两个衣角，说，"我现在就让你重新火热起来。"

“嘶……”

衬衣应声而裂，木棠棠下意识地捂着胸口，惊呼：“想不到你是这样的韩绪。”

韩绪拿开她的手，与之十指紧扣，然后微微前倾，与她额头相抵，鼻尖相触，呼吸相融。

他淡淡地笑道：“宝贝儿，接下来还有你更想不到的。”

从此以后，馆长大人迷恋上了衬衫paly，以至于之后的很长一段时间，我们的馆长大人都在买衬衣，但买的速度根本赶不上毁的速度啊。

周时卿每次收垃圾的时候，看见这废掉的衬衣都迷之一笑，韩怀远则是眉头一皱，沉声道：“败家子。”

韩馆长闻言：“……”

周时卿一巴掌招呼过去：“你懂什么，儿子这是在努力给我们败一个孙子出来。”

光是这么想着，木棠棠就有些心神荡漾了。

怎么办？好想给馆长大人打电话啊。

可手机落在车里了，木棠棠只有对着天空，思念着心中的白月光。

“木棠棠，我们谈一谈。”姚紫萱去而复返，只有她一个人，左唯森被她支走了。

木棠棠没动，看着白月光想着馆长大人：“不想谈。”

她只想回家和韩馆长好好秉烛夜谈。

“你……”姚紫萱没有放弃，又换了语气说，“苏总也来了，你不去打个招呼吗？毕竟她也是你曾经的老板啊。”

木棠棠觉得姚紫萱好笑，便笑道：“那你不知道我和这个前老板闹翻了吗？就差闹上法庭了，所以，这个前老板一定不想看到我。恰好，我也不想看到她。”

姚紫萱抱着胳膊看她，若有所指地笑道：“你真的不去看一看？我看苏总好像认识你爸爸啊。”

闻言，木棠棠终于转身看向姚紫萱，问她："苏婧认识我爸爸？"

苏婧根本就没见过木砚山，而且木棠棠也没有告诉过苏婧，就连温莱都是在工作室成立那天才知道的。后来温莱一直拿这个说事，开玩笑说自己原来跟了一个大老板，傍上了大款。

姚紫萱莞尔一笑，看着木棠棠说："现在愿意和我谈谈了吗？"

姚紫萱走到阳台的尽头，那里是酒会内场的视线死角，正好适合谈私事。

木棠棠跟了上去。

"你和唯森是怎么认识的？"姚紫萱终于可以问出这个自己关心的问题了。刚才私底下她也问了左唯森，可一谈到木棠棠，左唯森就变了脸色，不愿多谈。

而她作为女人，第六感准确地告诉她，两人之间有事。

木棠棠："我说我和他一点关系也没有，你信吗？"

姚紫萱咬唇："不信，唯森他喜欢你，你不可能感觉不到。"

木棠棠觉得自己听到了一个天大的笑话，她看着姚紫萱，说道："不好意思，我还真没有感觉到。"

甭说她感觉不到了，就算感觉到了她也会亲手将它扼杀在摇篮之中。她啊，现在只要感受韩馆长一个人的喜欢就好了，其他人都是浮云。

木棠棠有些不耐烦，直接问她："现在可以说苏婧的事了吗？"

姚紫萱扯着嘴笑了笑："没什么好谈的，我也就只是看到你爸爸看见苏婧挺激动的。怎么？苏婧不会是你爸爸的旧情人吧？听说你父母很早就离婚了，说不定就是苏婧的功劳哦。"

木棠棠狠狠地盯着姚紫萱，警告她："姚紫萱，你嘴巴给我放干净点。"

"呵呵。"姚紫萱笑得腰肢乱颤，"我也就随口说说，你想知道真相，自己去问你爸爸不是更好。"

木棠棠敛了表情，沉声道："我自然会问清楚，希望你管好你的嘴，不要乱说。要是我听到什么闲言碎语，姚紫萱，别怪我今天没有警告你。”

说完，木棠棠再也不想在这里多待一秒，转身就走。姚紫萱追上去叫住她：“木棠棠，你离唯森远一点，他是我的。”

木棠棠不想理她，径直走了，姚紫萱气得在原地跺脚：“木棠棠，你会后悔的。”

木棠棠回到室内，目光巡视了一周，并没有看到木砚山，倒是看到姚子豪和左唯森站在一起，你一言我一语地交谈着。

木棠棠觉得奇怪，她第一次见到姚子豪就觉得他脸熟，现在她倒是确定了，他不就是和姚紫萱长得像吗？

姚子豪，姚紫萱？到底是一家人，眉宇间长得非常相似，为什么以前她就没有发现呢？如果今晚没有在这里遇到姚紫萱，或许，她可能永远不会知道。

而如今看来，他和姚紫萱都和左唯森交情匪浅的样子，那么姚子豪为什么会进了木氏电器，进了木氏电器的目的又是什么，而且短短几周，他就深得木砚山的器重？

木棠棠压住心中的疑惑，继续寻找木砚山。

苏婧捂着手提包从一个角落走出来，准确来说是跑了出来。

木棠棠走过去，与苏婧擦肩而过。她并没有停留，而是直接走了过去。很快，木砚山也走了出来，一副神色凝重的模样。

刚才苏婧的眼睛是红的吧……

要说两人之间没什么，木棠棠自己都不信，她走上去挽住木砚山，尽量让自己的表情看起来自然一些：“爸爸，你去哪儿了？我找了你好久。”

木砚山的目光还盯着苏婧已经走远的背影，听到木棠棠的问话，只是简单地说了一句“没什么”。

之后回去的路上，木砚山也是异常沉默。

木棠棠试图和木砚山说话，可木砚山愣愣地出神，好几次都没有听到木棠棠说的话，后来木棠棠也就没有再问。只是回到家的时候，她给张水来打了电话，旁敲侧击地问了苏婧，但张水来也表示并不认识这个人。木棠棠又给温莱打了电话，让她重新找人调查苏婧。末了嘱咐她一定要快，这事越快解决越好。

当天晚上，木棠棠第一次感到胸口闷闷的，在床上翻来覆去怎么也睡不着，便爬起来到屋顶吹了一夜的冷风。

第二天，关于她的丑闻就炸翻了整个娱乐圈。

媒体哗然之际，不忘大肆报道。

而木棠棠因为吹了冷风，有些头疼，此刻正在家里睡觉，对网上的新闻一无所知。

温莱几乎是砸门进来的，木棠棠听完，呆呆的没有反应，一脸蒙。

温莱拉她起来："我们回工作室再说，这一次很明显是有人故意搞我们，消息从凌晨就放出来了，一点一点，并不是一起放出来的，直到今天早上，才大规模地爆发。"

温莱顿了一下，面有难色："棠棠，你要有心理准备，这一次可能比较难办。"

木棠棠还有一点蒙，现在意识才慢慢回来。她说话慢慢的，问："到底是怎么回事？"

"简单点说，这一次的丑闻牵扯的人很多，你爸爸、妈妈，还有韩绪。"

Chapter 17
我的盖世英雄

韩绪的车就停在工作室楼下，他静静地倚在车身上，等着木棠棠出来。

这些新闻他一早就看到了，真真假假掺杂在一起，外人很难辨别真伪。所以一旦有人在网络上引到舆论偏向，不明真相的网友都会被牵着鼻子走，甚至是站在对立方。

韩绪烦躁地松开领口，他想插手，他的妻子，他必须出面保护。

可是木棠棠……

韩绪叹了一口气，目光落到远处。那丫头，这个时候想到的竟然是和他划清界限。

刚才送她和温莱来工作室的路上，木棠棠以一种没有任何商量余地的口气通知他，让他最近不要找她，也不要出现在她身边，关于这件事他也不要管。

韩绪没有回答她，这个问题根本不需要回答。

他不去理会木棠棠现在所有不理智的想法，对于她所要求的他也做不到，做不到不管她。

在这种情况下，她选择推开他，而不是和他一起承担，韩绪心里很不舒服，甚至有点生闷气，生木棠棠的气。

他是万古博物馆的馆长，这个职位意味着什么，他比木棠棠清楚。可她问都不曾问他一句，便直接给他判了死刑。

这还是头一次，韩馆长很生气，却没地方发泄。

这件事一出，他代表的便不仅仅只是韩绪了，而是整个学术界的形象。如果这个形象受损，他身为万古博物馆馆长，肯定是要接受调查的，而且博物馆也逃不掉被勒令关闭整顿的命运。因为他们是不会容忍一个形象有污点的人存在的。特别是万古博物馆这个神圣的存在，更是一点也不能容忍。

这些韩绪很清楚，尽管如此，该做的他还是要去做，在成为馆长之前，他首先是一个男人。

他现在虽然远离了娱乐圈，可这个圈子的套路他知道得并不比木棠棠少，很多门路或许他比木棠棠知道得更多。

韩绪在车外站了一会儿，看见不远处接二连三地来了几辆面包车，车门拉开，便有记者扛着摄像机冲下来。韩绪在记者发现他之前，率先拉开车门坐进车里。

记者蜂拥而上，很快就把工作室的大门围了个水泄不通。有保安出来及时阻止了，在大门口站成一道人墙，才挡住这些记者的去路。

与其坐以待毙，不如主动出击。

韩绪拿出手机，拨打了那个很少联系的号码。

工作室三楼的会议室里，公关团队正襟危坐，等待着温莱的命令。

木棠棠没有参与讨论，她坐在旁边的宾客休息区，仔仔细细地看网上爆出来的丑闻。

包养 、第三者、滥交、暴力、吸毒等醒目的字眼充斥着整个篇幅，木棠棠一点一点地看，这么多条爆出来的新闻，就只有一条是真的，爆料者还真是煞费苦心。

温莱眉头紧锁，她们正在讨论应急方案，木棠棠却在思考着另外一件事——爆料者是谁？

所谓的包养，不过是拍到了她和木砚山一起进出酒店的照片。照片很清晰，都是正面照，偷拍的可能性不大，更像是事先知道，蹲点守拍的。

第三者的报道更是子虚乌有，说她因为嫉妒突然走红的姚紫萱，所以下作地去勾引左唯森，还大肆报道了左唯森和姚紫萱怎么相识相爱，看得木棠棠一阵恶心。配图也抓拍得很好，一张她和左唯森并肩而立，因为是错位的拍摄的缘故，乍一看两人像是亲密地挨在一起，可是天知道那时候她和左唯森可是中间隔了一个馆长大人的距离。另一张是她、左唯森和姚紫萱三人对峙的照片，配上文字看，还真的像是一场狗血的二女争夫的戏码。光看图片，木棠棠自己都差点信以为真了。

滥交更是张冠李戴，胡说八道，也难得下面有一群自以为知道真相的网友觉得自己就像柯南附体似的，分析得头头是道。其实天知道那天晚上她跑到这条深巷子里去只是为了撸个串而已。至于网友口中所说的红灯区，不好意思，她真的连红绿灯都没有看到一个。

还有涉嫌吸毒和贩卖毒品，真当这是在演警匪片吗？单单凭借几张机票截图，就断定她去连云市是贩毒？我去你个哈雷彗星撞地球！她不过是回家打了个酱油，吃了几碗过桥米线而已。虽然连云市和边境接壤的地区是毒品走私的重灾区，可现在国家治理得好，那边就是一座平静的城市而已。

唯一真实可靠的就是这断号称她有暴力倾向的打人视频了。视频是大约半年前，白姜和做东在酒店设局那次，她在天台和张友良动手的视频。这件事情当时知道的人很少，一个巴掌都数得过来，如今过了这么久还被翻出来，想要搞她的人明显是有备而来，并且对她非常了解。

木棠棠突然想到什么，抬头问温莱：“你还记得白姜和在酒店设局的那一次吗？”

温莱点了点头，木棠棠又问：“我记得你说过，当时姚紫萱和钱芳也在那家酒店。”

温莱想了想，目光凛冽，她甚至站了起来：“你怀疑是姚紫萱？”

“不确定。”木棠棠说，“但肯定有她。”

一切都太巧合了，昨天她和姚紫萱的谈话并不愉快，姚紫萱在背后黑她也说得通。可有些事情姚紫萱应该不知道，比如她的韩绪的事情。

报道并没有指名道姓，用H君代替，文中指出木棠棠脚踏多只船，私下经常和H厮混，疑似同居的照片也被放了出来。但网友不是傻子，前后文一联想，加上前不久火过一段时间的纪录片，“韩绪”两个字很快就出现在了评论里。更有好事者不断@万古博物馆微博，让韩绪出来说话。

而木棠棠和韩绪的关系也得到各种各样的猜测，有人说她一边被包养，一边勾搭通用电讯总裁，这边还霸着馆长，真是不要脸，说她心大，想染指文娱商三界。

更有甚者直接骂到了万古博物馆的微博上，说他丢了文物保护者的脸，要求相关部门严肃处理此事，还说这种人都能当馆长，那什么阿猫阿狗都可以了。

反正现在网上的言论，都是对木棠棠的人身攻击，她的微博几乎已经处于瘫痪状态。她刷新不了评论，索性靠在沙发上，听温莱和大家探讨对策。最后温莱选择了最保守的公关政策，也是最安全的——报警，然后发一份澄清声明。

声明内容也很简单，主要有三条：

第一，包养事件属于恶意中伤，木棠棠和木砚山是父女关系，而目前木砚山定居连云市，所以贩毒传言也不攻自破。

第二，左唯森和木砚山有合作，木棠棠是木氏的股东，她和左唯森只是简单的合作关系，不存在除此以外的其他关系。

第三，所谓暴力倾向，属于正当防卫。

最后请大家停止传播谣言，谣言止于智者。

简简单单三条，并且有理有据，看起来事情似乎在慢慢解决，当地的公安也开始介入调查。可是一个更大的阴谋正在背后悄然酝酿。

木棠棠在工作室一楼的会客大厅举办了记者见面会。

闻声而来的记者很多，毕竟这是一件劲爆的大事件，会客大厅已经人满为患。

木棠棠在温莱的陪同下出现，霎时间所有摄像机对准了她，闪光灯也对着她闪个不停。

声明早已经以工作室的名义发出去了，记者们来之前肯定都看过，最开始问了几个无关痛痒的问题，之后便有人故意挑声明中只字未提的韩绪提问。

起先温莱还出面制止，后来现场越来越吵，几乎快控制不住。温莱声嘶力竭地说着，但根本没人听她说。

似乎比起前面那些不堪的传闻，这些记者对韩绪和她的关系更加感兴趣。

这太不科学了，作为媒体人，什么新闻的价值更大，他们应该比谁都清楚。可现在咬住这无关痛痒的问题不放，更像是有人在引导这个偏向。

木棠棠的目光瞬间变得犀利起来，她现在心里多少有一个答案，却没有证据。她什么也做不了，只能被动挨打。

“请问你和韩绪是否如传言所说，存在不正当的关系？”

“你们私下有什么见不得人的交易吗？你们真的已经同居了吗？”

“传言说的滥交名单，请问韩绪也是其中一员吗？”

木棠棠久久沉默，这个问题是她最不想回答的，不管怎么回答，受伤的都是韩绪，还有他的家人。他们都是这么好的人，木棠棠不想牵扯到他们，可现实总是试图把所有人都扯进这个旋涡。

她是公众人物，她可以发声的途径很多，但他们不一样，他们只能选择沉默。

木棠棠沉思许久，现在唯一能做的，就是尽量撇清和韩绪的关系，才能将带给他们的伤害降到最低。

深深吸了一口气后，木棠棠重新抬起头来，她正打算回答记者们的提问，便看见会客室的大门突然被推开，韩绪一身西装地出现在了众人面前。

那一刻，他身后有光，木棠棠想到一句话——

我的意中人是一个盖世英雄，总有一天他会驾着七彩祥云来救我。

而韩绪，此刻正迈着大长腿而来。

他迎着无数的闪光灯径直走到她的身边，牵起她的手，看向众人。

“接下来的所有问题，我来替她回答。”韩绪从温莱手中接过话筒，牵着木棠棠走到中间。

“我似乎还欠你一首歌，你还记得吗？”他的声音一直都是好听的，带着笑意的时候，总是在尾音处会微微向上勾一下。

木棠棠不知该做何反应，韩绪的出现太突然了，她明明警告过他的，可是……他还是来了。

他拿着话筒，眼里只有她：“忘记了也没有关系，我现在唱给你听。”

他的目光扫向室内的所有媒体记者，说：“此刻，请大家做证。”

室内慢慢安静下来，所有目光都集中在韩绪身上，而韩绪的目光落在木棠棠的身上。

木棠棠的心跳得很快，她知道韩绪要做什么，她想要阻止，这太冒险了。她当时只是开玩笑，他没有必要做到这种地步的……

他紧紧地握住她的手，熟悉的旋律从他的口中溢出，旋律盘旋在整个会客室内。

他在唱——

就这样被你征服，切断了所有退路……

我的心情是坚固，我的决定是糊涂……

就这样被你征服，喝下你藏好的毒……

我的剧情已落幕，我的爱恨已入土……

这是一首歌，更是韩绪的承诺，此刻的他一如最初她认识的那个意气风发的唱歌少年。

木棠棠眼眶红红的，她极力忍着，忍着想抱住他，想吻上他的冲动。

一曲唱完，他的手中不知何时多了一个精致的小方盒子。

木棠棠的心突然猛跳。

韩绪看着她笑了，下一秒，他便当着在场所有媒体的面，单膝跪了下来！

木棠棠呆呆地叫他："韩绪。"声音已经带着哽咽。

韩绪笑着，牵起她的手，在无名指的第二个指节处轻轻一吻，说："木棠棠，我们结婚吧，从此流言蜚语有我替你承担，痛苦快乐我与你分担。"

他看着她，说得认真："所以，你愿意戴上这枚戒指，成为我的妻子吗？"

木棠棠看着他，早已泪流满面。这个男人，曾经是她的梦想，是她觉得遥不可及的白月光。如今他单膝跪地，对她说着全世界最动听的情话，对她做出一辈子的承诺，她怎么可能不愿意。

"我愿意，韩绪，我愿意成为你的妻子，我愿意余生都是你。"她动情地回答，她愿意余生和他走下去。

韩绪将戒指为她戴上，然后站起身来，轻轻搂住她的腰，抬手拭去她的泪水，说："棠棠，现在你可以亲吻我了。"

木棠棠没忍住，笑了，明明该是他亲吻她的，他总是这样不按常理出牌，可这又有什么关系呢，她早就想吻他了。

木棠棠笑着，踮起脚吻了上去。

刚才有记者似乎提问问她和韩绪是什么关系。喏，如你们所见，就是可以亲亲、抱抱、合法同居的关系。

现场一片抽泣声，紧接着，室内便被闪光灯的“咔嚓”声淹没了。

温莱早已退到了一旁，将主场交给了韩绪。她也被这个场面感动了，这样很好，希望两人能一直这样幸福下去，这样她也可以安心地离开了。

这一场记者见面会是现场直播，守着看直播的观众直呼画面转得太快，就像龙卷风，一泡尿的工夫，怎么又是求婚，又是亲上了？

虐狗新节目？

湖心小苑里，周时卿也哭成了泪人，抱着韩怀远不撒手：“阿远，我儿子长大了。”

韩怀远：“……”

都快三十岁了，早就长大了好不好？

韩子高哼哼唧唧地红着眼眶一边写作业，一边用手机看直播，看到自家哥哥出现的瞬间，他差一点就打开窗户跳出去。这太帅了，太男人了，这是第二次，韩子高由衷地崇拜起韩绪来。

第一次崇拜韩绪，还是六岁那年，亲眼看着韩绪通过了“魂斗罗”的所有关卡。

木砚山也在看直播，底下一群人等着老板开会，老板却拿着手机看得老泪纵横。

众人：“……”

木砚山没有看错韩绪，这小子，值得他将自己的宝贝闺女托付给他。

******

坐在韩绪的车里，木棠棠还觉得有些飘，刚才的一切太像是做了一场美轮美奂的梦。

她掐了自己一把，劲使得太大，都快把自己给掐哭了。

韩绪奇怪地看她："你干什么？"

木棠棠揉了揉脸，歪着脑袋看他："韩绪，刚才你的求婚是真的吗？你真的唱了《征服》吗？"

"你看看自己的无名指。"韩绪问她，"看到了吗？"

木棠棠点点头。

"再看看我的嘴。"韩绪又说，"被你啃的。"

木棠棠："……"

什么叫被她啃的，她刚才不过是吻得太入神，技巧上欠缺了一点，就一不小心咬到了而已。

她发誓，她不是故意的。

"现在还觉得不真实吗？"韩绪又问。

木棠棠摇摇头，又点点头，手指在戒指上来回抚摸。她又看着韩绪握着方向盘的手，他的无名指上，是和她一模一样的戒指。

"你唱《征服》了吗？"木棠棠问。

"唱了。"

木棠棠摇摇头："我都没有听到。"

那时她脑子里一片空白，其实韩绪说什么，唱什么，她都不知道，她只是被他牵引着在走而已。

韩绪轻笑："所以，你的意思是你没有听到就不算唱过了吗？"

木棠棠点头，就是这个意思。

韩绪突然伸手在她脑袋上一阵乱揉："你啊，我就知道你会这么说。"

说着，他从西装口袋里摸出一个U盘递给她："喏，全程录像，回家好好看回放，好好欣赏一下我帅气的英姿。"

木棠棠："你是什么时候录的啊？"明明他当时和她一起在台上，哪有时间做这种事。

哼，韩馆长套路玩得深啊。

韩绪笑了："求婚这种大事，一辈子只有一次，这些当然是要准备好的。本馆长从来不打没有准备的仗。"

木棠棠将U盘宝贝似的收起来，问他："你什么时候过来的？"明明今天早上她亲眼看见韩绪开车离开的。

韩绪回答说："一早就过来了，知道你不待见我，我就躲着呗，等到时机成熟了再帅气登场，杀他们一个措手不及，然后高调求婚，明天的新闻稿可就精彩了。"

话虽然是韩绪这么说的没错，可木棠棠还是担心，忍不住问他："韩绪，博物馆那边怎么办？"

"什么怎么办，我早辞职了。"他说得云淡风轻。

"你说什么？！"木棠棠惊呼，眼睛瞪得圆圆的，"你怎么辞职了？是因为这件事吗？"

韩绪见木棠棠有些激动，便将车开到路边停下，握住她的手安抚她："棠棠，你听我说，我辞职的事情和你的事情没有关系，是我自己的原因。"

木棠棠不信，眼眶红红的，眼泪在眼眶里打转："你骗人，就是因为我。"

这就是木棠棠一直害怕的结局，这就是为什么她一直不想连累他，可到了最后，还是走到了这最坏的一步。

韩绪将她拥入怀中，亲吻着她的眼角，轻轻地说："棠棠，我什么时候骗过你。"

他解释说："当初做这个馆长我是被坑过去的，其实早就不想做了，只是一直没有机会，如今我也算是得偿所愿，所以和你没有关系。"

木棠棠摇头："韩绪，你不用安慰我。"

韩绪无奈地叹了口气，又道："木棠棠，你知不知道馆长的工资很低的。"

木棠棠有些迷糊："什么意思啊？"

韩绪刮了一下她的鼻子："意思就是我不辞职，以后怎么养你。"

他还说：“鸡蛋呢不能放在同一个篮子里，这年头，谁不做点投资啊。不过你放心，本馆长目前养你还是绰绰有余的，养孩子可能就有点拮据。”

木棠棠嘟嘟嘴，小声说：“什么养孩子啊，婚都还没有结呢，去哪儿生孩子啊。”

“嗬。”韩绪将车子重新发动，“这根本不是问题，咱们现在就回家生孩子去。”

******

同样被牵扯进来的还有张友良，不过他很幸运，有一个贤内助。

周家惠这个女人很有意思，比起张友良，她更加雷厉风行。从视频被爆出来到现在，她眼睛都不曾眨一下，花重金将消息撤了下来，还买通各大营销号来转移视线，以迅雷不及掩耳之势，在事态更为严重之前，直接将消息给封死了。这边爆不出去，那边也卡着不让报，消息失去了时效性也就不值钱了。

张友良的这种情况，在娱乐圈屡见不鲜。一般情况下男方出了问题，女方或者选择沉默，或者撕破脸皮，只有聪明的女人才知道如何挽救危机。

虽然虚伪，但这个社会什么时候又真实过？

周家惠帮张友良与其说是念着夫妻情分，倒不如说她是为了自己，与其背着不好的名声被人说三道四，倒不如把张友良洗白了继续做她的张太太，起码大家会觉得这女人明事理！

因为这场丑闻风波涉嫌恶意诋毁，加之木棠棠这边选择报警，警方介入之后，事态似乎开始好转。媒体更加乐意报道韩绪公开甜蜜求婚，这条消息似乎在之后的一周都盘踞着各大新闻报刊的头条。

一切似乎又归于平静，直到一周后，木砚山在公司被警察带走。

事情又陷入新的危机之中。

事情源于两天前，警方接到一个匿名举报，举报者称木砚山以木氏电器做掩护，实则私底下帮着境外贩毒、集团洗黑钱和转移毒品。

但由于证据不足，警方请木砚山过去不过是了解情况，例行询问而已。

可不知道为什么消息走漏了，不明真相的媒体开始大肆报道，木氏电器的股票一时间暴跌，公司内部也人心惶惶。

自从上次木棠棠的家庭背景被曝光，如今木砚山出了事，媒体自然不会放过她。湖心小苑和工作室都被记者堵着，木棠棠想去警察局看木砚山，可根本出不去。

温莱现在在工作室也走不开，只得在电话里安慰她，让她先静下来等消息，警察局那边她会找人盯着。

纵然木棠棠心里着急，可如今也没有别的办法了。

韩绪辞职之后，副馆长韩言之成功上位。躲得了和尚躲不了庙，过了这么几年，馆长之位还是被韩绪还给他了。

韩言之苦啊，不知道跑过来劝了韩绪多少次，可韩绪不为所动，后来直接搬出木棠棠来，说他正打算结婚生子，没空再去做馆长了。

周时卿一听这话，高兴得不得了，立马便把韩言之赶走了。她也知道最近发生的事情，韩绪私底下都跟她说了，她和韩怀远都十分理解，也十分支持木棠棠。

所以周时卿特地将木棠棠叫到卧室，告诉她不要担心，不管有什么闲言碎语，他们老韩家都不在乎。

周时卿说了，她和韩怀远活了大半辈子，什么大风大浪没见过，如今这点事那都不算事，就是一群不懂事的熊孩子在那儿瞎搅和而已。

而且周时卿还特别对韩绪强调，最近几天都不要回家了，让他好好陪着木棠棠。而他们也要去韩子高所在的高中外面临时租房住，好好陪着小儿子度过美好的高三生活。

所以，韩绪如今顶着“木棠棠未婚夫”的名号光明正大地住进了木棠棠的家里。反正他和木棠棠该做的都做了，就差一个红本本了。

韩绪刚才出去接了一个电话，回到屋里便看见木棠棠抱着靠枕缩在沙发上，眉头皱成一团，拿着手机不知道在看什么。

韩绪走过去将手机抽走，木棠棠下意识地抬起头来，看见是他，勉强挤出一丝笑容："给我，我看新闻呢。"

韩绪没给，而是把手机放到一旁，拿过她的靠枕，往自己身后一靠，然后拍了拍自己的大腿："新闻看来看去也看不出什么，只会越看越心烦。过来，睡一下。"

木棠棠没有动，重新找了一个靠枕抱着："睡不着。"

她是真的睡不着，木砚山如今在警察局，里面什么情况她一点也不清楚。刚才张水来和秦呦青打电话过来问她，可她什么也说不出来。如今张水来和秦呦青已经在飞往兰溪市的飞机上了。

韩绪又怎会不知道她是在担心木砚山呢，只见他坐起来，牵起木棠棠的手，将人抱进怀里，轻轻拍着她背："棠棠，岳父大人没事了，今天晚上就可以回来，我们一起去接他。"

木棠棠从他怀里抬起头来："真的吗？你怎么知道的？"

韩绪捏了捏她的脸，调侃地说："本馆长好歹也在学术界混了好几年，这点关系都没有是不是混得太差了？嗯？"

听见木砚山没事了，木棠棠也就放心了，心里也轻松不少。她紧紧抱住韩绪，使劲儿往他怀里蹭："还本馆长呢？你都被炒了。"

韩绪轻笑："这不是要养你吗？"

木棠棠将他抱得紧紧的，韩绪感觉到了怀中的人都些不对劲儿，果然，下一秒他的胸前就传来一阵温热。

她哭了。

从木砚山被警察从公司带走，木棠棠一直都在撑着，冷静地联系人打听，派人去查，如今得知木砚山无事，她倒是哭了。

韩绪心疼地将她整个抱起来，让她坐到自己的腿上。他扬起她的脸，想让她看着自己。

木棠棠察觉到了韩绪的意图，连忙将脸侧开："不要看，太丑了。"

是真丑，没化妆，没保养护肤，就连面膜都没有敷。加上这几天睡眠不足，额头上还冒了红痘痘。

可韩绪毫不在意，强迫她看向自己：“丑也没有办法了，婚都求了，岳父大人说了，你们家概不接受退货，你是必须要娶回家的。”

谁知此话一出，本来就是个泪人的木棠棠小嘴一撇，哭得更厉害了。

如果刚才是春雨润无声，这回就是夏日惊雷大雨滂沱。

韩绪从来没有看见过木棠棠哭得如此厉害，一时间慌了手脚，只知道用手去擦她的眼泪，可根本擦不完。后来他索性不擦了，直接吻上她的眼睛，泪水浸入嘴里，有丝丝苦涩。

木棠棠抱着他，轻声说：“韩绪，谢谢你。”

谢谢你在流言蜚语之中，始终陪在我的身边。

韩绪抚上她的头，轻轻地抚摸：“傻。”

这一周，对于木棠棠来说是压抑的一周。这一哭，似乎要把所有的委屈发泄完。韩绪陪着她，抱着她，静静地等待她慢慢将心情平复下来。

后来木棠棠哭累了，终于在韩绪的怀中睡去。

等她醒过来时，发现自己已经换了睡衣躺在床上，而且……明显已经洗过澡了！

这里没有别人，唯一能给自己洗澡的，就只有韩绪了。

木棠棠觉得脸烫，赶紧去洗了把脸，才下楼去。

韩绪正在客厅逗炸鸡和啤酒，半蹲着，两条狗一左一右将爪子搭在他的腿上。

韩绪笑着给它们喂食。

木棠棠停住，倚在墙边静静地看着。突然，啤酒往她这边看了一眼，然后就弃韩绪奔她而来。

韩绪起身，微笑地看着她，然后朝她走过来。

木棠棠问他：“澡都洗了我们不做些什么吗？”

做啊，怎么不做，韩绪拿了两把剪刀给她，然后问她："剪过狗毛吗？"

******

因为木砚山的军人背景，这件事开始变得复杂起来。虽然这边的警察局接到上级命令暂时不再扣留木砚山，可木砚山面临的将是军队的重新调查。

调查时间也定下来了，就在明天，上面派人过来带他走，直接回连云市。

木砚山没有告诉木棠棠，他舍不得闺女替自己担心。

韩绪也知道，但他也没说，这是木砚山的嘱咐。

晚上，韩绪带着木棠棠开车将木砚山暂时接到湖心小苑的别墅，木砚山将木棠棠叫到书房，给她讲了一个故事。

故事的主人公叫苏立盛，代号雄鹰，那个每年木砚山都会带着她去祭拜的叔叔。

木砚山认识苏立盛的时候，苏立盛还是一个十六岁的少年，张扬狂妄，初生牛犊不怕虎，加入他们718队的第一天，苏立盛就和木砚山怼上了。

木砚山那时候已经二十三岁了，自然不想和一个小屁孩斤斤计较，可就是这个小屁孩，在之后的联合演习比赛中以一己之力端了对方整个老巢。虽然最后赢得了胜利，可我方却损失惨重。

不过718队的六个汉子都对苏立盛刮目相看，他们本来就不讨厌苏立盛，只是这家伙年纪太小，和他交流起来有代沟。不过这次演习之后，他们也喜欢和苏立盛一起玩了。虽然小是小了点，但大家都开始把他当弟弟看。加上苏立盛简直就是一个小天才，记忆力特别好，只要见过一遍的，他都可以记得清清楚楚，所以苏立盛成了718队一宝，大家对他好得不行。

演习之后，718 队虽然赢了，但作为最大功臣的苏立盛却被骂得最惨。因为他忘了作战最重要的一条——团体作战，而不是一个人的战斗。

之后苏立盛的事迹在军队里传了出去，大家都知道 718 队有一个天才娃娃兵，也知道 718 队有两个宝，一宝是苏立盛，二宝是一条缉毒犬。

再后来，苏立盛和 718 队的队员并肩作战，建立了革命友谊，当数和队长木砚山的感情最深厚。逢年过节木砚山就将苏立盛叫到家里来，因为苏立盛的父母都是渔民，死于毒贩之手，只剩下了他和妹妹苏立夏相依为命。那时候，木砚山已经结婚了，但冯亦舒那时候也没有怀孕，见过苏立夏觉得这个五岁的小姑娘可爱，便也经常接到家里玩。

久而久之，苏家两兄妹都认了木砚山做大哥，苏立夏也被冯亦舒带着开始慢慢上学去。

后来，毒枭在连云市边境猖獗，上级发出特殊任务，需要一个人深入毒枭老窝，去当卧底。综合考评下来，只有两个人合适，一个是木砚山，一个便是苏立盛。准确来说，苏立盛更加适合一些，因为他不管是行动作战能力还是记忆力能力，都比木砚山强。

本来木砚山已经打算好了这个卧底自己去，可谁知当天便传来冯亦舒怀孕的消息。木砚山迟疑了，卧底必定凶险万分，万一暴露……

他的迟疑，苏立盛看在眼里，他也知道冯亦舒怀孕的消息，所以他瞒着木砚山，先一步找到上级，表明自己愿意去做卧底。

木砚山得知这个消息后，虽然很生气，但大局已定，苏立盛非去不可。

苏立盛的卧底生涯持续了三年，那时候，苏立夏已经八岁，木棠棠也三岁了。

只要再过三个月，苏立盛就可以彻底结束卧底生涯，重新回到 718 队。可终究还是出了意外，在一次通过线人提供的消息，截获毒品之后，苏立盛的卧底身份暴露。原因是因为毒枭早就怀疑上他，所以设了一个局，逼出了苏立盛。

苏立盛那时拼死逃了出来，并带着他这些年凭记忆记录下来的毒品交易信息、重点接头人和运毒窝点的信息。木砚山得了消息去救人，可终究还是晚了一步，他亲眼看见苏立盛在自己面前被毒枭一颗子弹穿透了大脑。

明明只差一步，他就可以救下苏立盛的。

苏立盛的血溅了木砚山一身，他抱住倒下的他，将他安置在一旁，追上去将毒枭击毙。

可是……苏立盛再也回不来了，718队的两宝，如今只剩下了二宝。

之后，二宝在执行任务时也牺牲了，木砚山也在这次任务中中了子弹，然后就退伍了。

二宝被葬进了烈士园，就葬在苏立盛的旁边，718队的俩宝终于可以团聚了。

退伍之后的木砚山每年都会带着木棠棠去祭拜苏立盛和二宝，唯一遗憾的是丢了苏立夏。这么多年以来，木砚山心里都愧疚，他一直没有放弃寻找苏立夏，但这么多年却一点消息也没有。直到前几天的酒会，他看见了苏婧。

虽然只有一眼，但他可以肯定，苏婧就是失踪的苏立夏，苏立盛的妹妹——苏立夏！

Chapter 18 余生有你，幸福和梦

一整晚，木棠棠都在做梦，梦里有苏立夏、苏立盛、木砚山，还有冯亦舒。

梦里的苏立盛抱着苏立夏笑得十分开心。

后来，画面一转，春去秋来，苏立夏摇身一变，成了苏婧。

木棠棠梦到第一次被温莱带回乐锐的时候，在电梯里，她遇到了苏婧，苏婧笑着和她打招呼，问她是谁，家乡在哪里。然后面前的苏婧突然变得面目狰狞，抓住她的肩膀，将她往电梯坚硬的墙上撞去，并质问她，为什么死的是苏立盛，而不是木砚山？

苏婧似乎发了狂，双手使劲掐住木棠棠的脖子，叫喊着，让她去死。

木棠棠倒吸一口凉气，从梦里惊醒。

周围黑漆漆的，黑夜似乎幻化了无数双手，代替着苏婧掐着她的脖子。

木棠棠赶紧爬起来开了灯，刚才的梦境太过逼真，她被吓出了一

身冷汗，汗水将睡衣打湿，黏在身上十分不舒服。她坐在床边缓了一会儿，才起身去浴室洗澡。

洗澡的时候，木棠棠依旧在想一个问题。

既然苏婧就是当初失踪的苏立夏，那么她在第一次看见被温莱带回乐锐的自己，肯定就认出她了。可为什么她一直等了八年才动了报复的心思呢？

皇甫江车祸事件，是苏婧第一次对她动了杀心，而之后的法国遇袭也和她有关。

木棠棠突然记起，当初车祸事件后不久，温莱亲自和苏婧谈过，那时候苏婧对温莱说了一命换一命。当初她并不清楚这句话的含义，如今从木砚山那里听完了整个故事，木棠棠就想通了。

一命换一命，用她的命换苏立盛的。

所以在苏婧心中，认为是木砚山害死了苏立盛？所以她才从木家离开，改了名字，等待时机找她报复？

说不通，苏立盛的死是个意外，不可能完全怪罪在木砚山的头上，一定还有什么其他连木砚山都不知道的原因。

看来想要完全解开这个谜题，必须要找到苏婧，当面和她谈一谈才行。

第二天一早，木棠棠便开车到乐锐找苏婧。

这是解约之后，木棠棠第一次回来。她在这边待了八年，自然知道现在还没有到上班时间，所以公司冷冷清清的，基本没人，只有守夜的保安看见她，替她开了门，放她进去，说苏婧在等她。

苏婧的样子似乎也是一夜没睡，她站在窗边，远远地看着她：“来得挺快的，看样子，木砚山都告诉你了。”

木棠棠直接切入主题，她对苏婧没有好感，不想浪费太多时间在这里和她多谈，就算知道了她是苏立盛的妹妹，木棠棠对她的态度也没有改变。因为苏立盛是苏立盛，而苏婧却早已不是当初那个苏立夏了。

木棠棠说："苏婧，我来找你，就是想问一问你，为什么这么恨我？这么恨我们家？如果是因为苏立盛，我想你比我清楚，你哥哥的死是一场意外。"

"呵呵，意外？"苏婧轻笑，满眼嘲讽，"木棠棠，你说得未免也太轻松了吧？如果死的是你爸爸呢？你还会这么轻描淡写地说是意外吗？"

苏婧继续说："木棠棠，你从来没有体会过被抛弃是什么感觉吧？可我却被抛弃了三次，三次啊！"

木棠棠看着苏婧，没有说话。其实她想说她知道抛弃是什么感觉，因为她曾经也被抛弃过，被冯亦舒。不过想了想，这些事情她也不想说，就算要说，对象也不可能是苏婧。

苏婧点了一支烟，狠狠地吸了一口，然后慢慢走到木棠棠面前。

"第一次，我被父母抛弃了。你知道那时候有多惨吗？我和哥哥不管春夏秋冬只能睡在地铁站里。有时候他们嫌弃我们脏，便把我和哥哥赶出来，后来哥哥带着我去了乞丐聚集的天桥下面。你去过挤满流浪汉的天桥下吗？那里常年都是一股臭味，比人还肥的大老鼠就在你身边跑来跑去，有时候晚上睡觉还会被老鼠咬。那段时间，我根本不敢睡，害怕啊，害怕睡着了自己就被老鼠吃了。其实被老鼠吃了还好，我是怕被其他流浪汉吃了，那时候大家都饿，会吃人也不奇怪对不对？"

这一段想来是在苏立盛当兵以前，木棠棠知道得不多，但有一件事可以确定。

木棠棠说："你的父母没有抛弃你，他们是被毒贩杀死的。"

"那是他们傻！"苏婧突然激动地反驳，"他们明明可以不去多管闲事的，那时候明明我都拉着他们不让他们过去。可他们还是不听我的话，就为了去救那些毫不相干的人，把自己的亲生孩子给丢了。说什么看看就回，却再也没有回来，这不是抛弃是什么！"

木砚山说那时候苏家父母为了救同村的一个人，便将两个孩子藏在附近的草丛里。可能就是那个时候，苏立夏和苏立盛都亲眼看见了自己父母的惨死，但因为苏立盛那时候已经十五岁了，心理承受力比四岁的苏立夏强，所以尽管害怕，他也还是冷静下来，带着苏立夏离开。而苏立夏却是在那个时候就留下了心理阴影。

苏婧吸了一口烟，重重地吐出去，又说："第二次，连唯一的哥哥也抛弃了我。"

苏婧说这话的时候，语气慢慢平静下来，眼神也柔和了许多，似乎回忆起苏立盛，她更多的记忆是美好的。

"呵呵，那时候真觉得上天不公，哥哥这么好的一个人，却年纪轻轻就死了。为什么坏人总是这么长命，明明他们才是最该死的。"

苏婧看向木棠棠，使劲地笑："木棠棠，你不是问我为什么这么恨你，这么恨你们家吗？呵呵，我只是想让木砚山也尝一尝失去最亲的人是什么感觉。明明那时候该死的是他啊，而不是我的哥哥。"

苏立夏是在一次偶然的机会听到冯亦舒和木砚山打电话，才知道苏立盛和木砚山都被选中了，可最后却只有苏立盛一个人去了。

电话里木砚山并没有明说，所以那时候苏立夏也没有多想，她以为还是和以往一样，哥哥只是出去执行任务，然后会捧着奖章回来。她敬爱的哥哥，一直是一个英雄。

可他的哥哥却再也没有回来。

得知这个消息的时候，苏立夏正在冯亦舒旁边写作业，电话是冯亦舒接的，但她却听得清清楚楚。

苏立夏那时候上一年级，又早熟，自然明白"死"的含义。所以她不相信，吵着要亲自去找苏立盛。冯亦舒拉着她不让她去，苏立夏就推了她一把。

那时是生完木棠棠的第三年，冯亦舒再次怀孕，不足两个月，她自己也不知道，只是有点怀疑，所以打算过几天，等木砚山回来一起去医院检查，可谁知苏立夏会失控推了自己。

摔倒在地后，冯亦舒痛得不行，只觉得双腿间有液体流出来，然后这个孩子就没了。

苏立盛的死对苏立夏的打击很大，她的性格变了很多，加上冯亦舒流产之后，到底不是自己亲生的，她对待苏立夏也开始不冷不热，后来索性也不怎么管了。偶尔苏立夏犯错，冯亦舒也骂得越来越难听。

木砚山因为苏立盛的死，经常申请外出执行任务，越来越不常在家，所以这些事情他根本就不知道。直到后来，冯亦舒告诉他苏立夏失踪了，他才回家找了三个月。但苏立夏好像一夜之间消失了，那时候木砚山特别自责和愧疚，是对苏立盛，也是对苏立夏。

木砚山后来索性扎根在队里，回家的次数屈指可数。慢慢地，冯亦舒觉得木砚山是因为苏立夏的失踪而冷落自己，两人的感情便慢慢淡了。后来冯亦舒出轨，是她自己亲口告诉木砚山的。木砚山并没有太过愤怒，而是十分平静地接受了离婚。之后冯亦舒带着木棠棠远走法国，而木砚山也在不久后执行任务时，被子弹穿透胸膛。虽然命大活了下来，却不得不提前退伍。

退下来的第三个月，718 队的另一个人张水来也退了。那时候和苏立盛好的，除了木砚山，还有一个就是张水来了。张水来也是在出任务时伤了腿，退下来之后便和木砚山一起创业，才有了今天的木氏电器。

苏婧说完，看着木棠棠，阴森地一笑：“所以，木棠棠，这都是你们家欠我的。你是不是好奇，为什么木砚山突然会被调查？没错，就是我举报的。”

苏婧看了看挂在墙上的钟，说：“这个时间木，砚山应该被押走了吧。”

木棠棠只觉得心里不对劲儿，皱着眉头问：“你什么意思？什么被押走？我爸爸现在在家里。”

“家里？”苏婧大笑，“看样子你还不知道，木砚山今天就要回连云市，被带回军队接受调查了。”

木棠棠赶回湖心小苑时，木砚山已经不在了，韩绪也不在。木棠棠打他们的电话，没人接。过了一会儿电话响了，却是温莱打过来的。

温莱说："棠棠，查出来了，爆料的人是姚紫萱。周家惠先我们一步，查到了姚紫萱的头上，现在周家惠已经在动用关系全面封杀姚紫萱了。"

是姚紫萱没错，可是……

木棠棠想了想说："温莱，这件事情不是姚紫萱一个人做的，或许张友良的那段视频是她弄的，但其他照片不可能是她，还有韩绪的事，她也不可能知道。我和韩绪一直都很小心，知道的都是身边的人，而且那个时候，姚紫萱正在《赤月》剧组，她没有时间做这些事情。"

温莱问她："会不会是苏婧？"

不会，这些新闻看起来很猛烈，可是一点也经不起推敲，只要稍微证明一下，就可以打破这些谣言。如果真的是苏婧做的，她会做得更狠。

虽然后面苏婧火上浇油，在这个风口浪尖举报了木砚山，她也只是报私仇而已，所以这件事情应该和苏婧没有关系。

那么，就只能是身边的人了。

木棠棠闭了闭眼，过了一会儿才淡淡地说："温莱，派人跟着钱朵朵。"

"不用跟了。"韩绪突然开门进来，扬了扬手里沉甸甸的文件袋，说，"证据都在这里。"

这是韩绪委托以前的经纪人大哥帮忙找的，他在调查信息方面非常有手段。这里面除了钱朵朵私底下和姚紫萱见面的证据，还有一个人也出现在了照片里，那就是姚子豪。

木棠棠仔细看着，韩绪热了牛奶给她："这个姚子豪有问题。"

其实从在酒会上看见姚子豪和左唯森，木棠棠就知道姚子豪进木氏电器的目的不单纯。而且最近木砚山出事之后，他更加频繁地在私底下和左唯森见面，中间竟然还有苏婧。

一旦苏婧加入，她的目的可就值得仔细去推敲了。

木棠棠盯着照片看得入神，韩绪在她的旁边坐下，将她手里的照片抽走，然后装进文件袋里，再把热牛奶送到她的手上："先把牛奶喝了，姚子豪的事情我来解决。"

"不。"木棠棠摇摇头，看着韩绪认真地说道，"公司是爸爸和张叔叔一起创立的，张叔叔没有孩子，爸爸和张叔叔的意思是让我继承，可是我……不管怎样，如果苏婧想毁掉木氏电器，我一定不会放过她。"

这件事木棠棠已经想明白了，自始至终，不管是木砚山还是其他人，都不欠苏婧的。至于冯亦舒，木棠棠并不想为她的过错埋单。如果苏婧非要以这么极端的方式复仇，那么她也要用自己的方式来解决。

至于苏立盛，他肯定也不希望自己唯一的亲妹妹成为现在的苏婧。

第二天，木棠棠还没来得及出手，便接到公司那边传来的消息，说姚子豪正在召开股东大会，在会议上，正式提出了木砚山解任案。

虽然当初木棠棠明确表示不想继承木氏电器，但木砚山还是给了她公司的股份。而如今的股东大会却没有提前通知她，而是等到正式召开的时候才有人给她透露消息。

木砚山并不是一去不回了，张水来也来了，所以到底是谁给的姚子豪这个胆子，让他敢召开这个股东大会的？

木棠棠给张水来打了电话，张水来也气得不行，他已经比木棠棠先一步赶去公司了。木棠棠挂断电话，韩绪已经取好车在等着她。

股东大会并没有姚子豪想象中进行得那么顺利，虽然他在左唯森和苏婧的帮助下，私底下已经拜访过木氏电器的股东，有不少人都表示愿意在大会上投上一票，但他心里总是觉得不踏实。

这种不踏实感在木棠棠和张水来推门进来的瞬间更加强烈了。

此时会议正进行到最重要的环节——股东投票。

木棠棠看了姚子豪一眼，又随意扫了一眼在座的股东，都是木砚山带她见过的叔叔伯伯。这会儿木棠棠倒也不急了，挽着张水来慢慢坐下。

张水来朝在座的股东点头微笑，然后回头瞪了姚子豪一眼，说道："小兔崽子，不要小看了木氏电器。"

股东投票结果当场公布之后，姚子豪就黑了脸。

支持票不到三分之一，木砚山解任案当场宣布无效。

姚子豪看向在座的收了他好处的股东们，明明私底下说好要投他一票的，现在竟然全都跑票了。

姚子豪不甘心，瞪着眼睛狠厉地看着他们。股东们并不心虚，从容淡定地任由他盯着。

姚子豪突然将视线转向木棠棠。

如今事情败露，他输得不明不白，反倒惹了一身骚，却不忘垂死挣扎。他指着在座的股东，挑拨道："赢了又怎样？呵呵，木棠棠，这群老不死的就是吸血鬼，你知道他们收了我的钱，怎么答应我的吗？"

木棠棠没说话，倒是张水来听到这话没忍住，先站了起来，朝姚子豪厉声道："小兔崽子，你嘴巴给我放干净点。"

木棠棠安抚张水来坐下，然后站起来朝对面的股东深深地鞠躬："叔叔们辛苦了，剩下的事情交给我和张叔叔就可以了。"

股东们陆续离开，会议室只剩下木棠棠和张水来。

张水来坐着没说话，瞪着姚子豪示意他不要轻举妄动。

刚才他已经挑明股东受贿的事，可木棠棠对他们的态度依旧恭敬，姚子豪忍不住问："你早就知道他们不会投票给我？"

"不是早知道，而是一直知道。你给了他们多少钱，我也知道，而且现在这笔钱，已经划入公司的账务里了。"木棠棠自信地笑着，"姚子豪，木氏电器没你们想的这么脆弱，你以为公司的股东是随便在大街上找的吗？他们多多少少是当过兵的，你知道军人最讲究什么吗？”

木棠棠看着他，一字一句地说道：“纪律。”

姚子豪微微攥紧拳头，现在的木棠棠自信而美丽，怪不得左唯森对姚紫萱碰都不碰一下，却对她念念不忘。

“你还记得在电梯里我第一次见到你的情景吗？”木棠棠突然问。

姚子豪：“从那时你就怀疑我了？”

“不。”那个时候木棠棠只是觉得姚子豪面熟，并没有认出他来，也没有怀疑他。是后来吃饭的时候，他的一些行为举止让木棠棠产生了怀疑。

“那天晚上之后，我特地看过你的简历。从小生在书香世家，十八岁海外留学，英国著名商学院毕业的金融系高才生，满满一大篇金光闪闪的经历啊。”木棠棠话锋一转，说，“可有些东西，是存在于骨子里的。无论你伪造得再好，也都会有原形毕露的那一天。”

“知道你输在哪儿了吗？”木棠棠走上前，气势凌厉，“因为你和姚紫萱长了一张相似的脸，只要动一动脑，就可以猜出来你们的关系。所以你为什么还敢明目张胆地出现在左唯森的酒会上？你真当所有人都是智障吗？”

木棠棠后来找人调查姚子豪的时候就在想，智障的到底是谁？他既然决定跟着苏婧蹚这浑水，难道不应该好好伪装一下，低调地潜伏吗？为什么他还明目张胆地顶着一张和姚紫萱相似的脸在她面前混眼熟？这不是明摆着告诉所有人——我有问题吗？

木棠棠为苏婧找了个猪队友堪忧，这个姚子豪的战斗力就是个渣，真计较起来还不如姚紫萱呢。

解决了姚子豪，木棠棠想了想，是该清理清理门户了。

首先，这一次木砚山解任案中，投票给姚子豪的，张水来会一个一个抓出来。这也是当初木棠棠和木砚山在发现姚子豪有问题的时候没有第一时间将他揪出来的原因，而是放任他继续使坏。公司内部的问题不是一天两天了，木砚山早就想彻底清理一番，奈何一直找不到时机。直到姚子豪找上门来，这就是清理门户的绝佳机会。

其次，木棠棠在调查姚子豪的时候有一个意外收获，那就是钱朵朵。

在得知消息是钱朵朵透露给姚紫萱的时候，温莱问她怎么处置钱朵朵。木棠棠不知道，那时候她心里很乱，一边觉得钱朵朵的背叛让她心寒，一边又觉得是自己的疏忽才导致了如今的局面。

如果她可以早一点发现钱朵朵的异样，这一切或许都可以避免。

韩绪调查出来的资料很详细，包括钱朵朵遭遇的一切。

木棠棠仔细回忆了钱朵朵的变化，是从她频繁地请假回家开始。

钱朵朵的家乡在南边的一个山村里，她算是她们村上的第一个大学生，上大学的学费是村长号召大家一家一户凑起来的。后来钱朵朵工作了，村里的人便想着让她还钱，父母也开始频繁地向她伸手要钱。

父母也好，村民也罢，他们长年累月，一点一点地压榨着钱朵朵，这种生活，谁受得了。

所以后来她才对自己母亲的死亡漠然无视，这对于被病痛折磨的母亲是一种解脱，对她又何尝不是呢？

钱朵朵很敏感，同样她也很自卑，这从第一次见到她的时候，木棠棠就知道。所以她最后才选择了钱朵朵，就是希望她有一天可以自信地在这个圈子里立足。

可是后来，在经历了母亲的死亡和回到工作室看到小西代替了自己的位置，她心怀仇恨和不甘，才做出了极端的事情。

如今细细回想起来，木棠棠觉得促成这一切的，还有她自己。所以她要怎么去责怪一个因为被抢了糖果而愤怒的小孩呢？

那天晚上，韩绪如往常一样抱着她，她问他自己该怎么办。韩绪轻轻吻了吻她的额头，告诉她：“把选择权交给她，让她自己选。”

“可以吗？”

“有什么不可以的。”韩绪笑了，看着她说，“你如今这般，难道不是因为你心里其实从来就没有怪过她吗？”

是啊，不怪她，从来不曾。

虽然钱朵朵从丑闻爆发之后就消失了，但要找她并不难。

木棠棠站在旅馆的房间门前，吸了一口气，终于敲响了房门。

门开了，钱朵朵看到她，先是微微一愣，然后便自嘲地笑了。她没有请木棠棠进去，而是换了衣服，叫木棠棠去了小旅馆的楼顶天台。

风吹得楼顶上晒着的床单沙沙作响，钱朵朵先开口说：“我不会说对不起的。”

“我知道。”木棠棠说。

“你还记你曾经送过我一本书吗？”钱朵朵突然问，风吹乱了她的头发，她转过身来看她，轻轻地说，“里面有一段话说得特别好。”

她闭了闭眼，回忆着那本名为《恶意》的书中最深刻的话，然后开始背诵——

“我就是恨你，明明你是我最亲密的朋友，明明你那么善良，明明你知道我不堪的过去还帮我保密，明明你一直都在帮助我实现我的理想。可是，我就是恨你。我恨你抢先实现了我的理想，我恨你比我优越的生活，我恨你比我光明的前途，我也恨我自己的懦弱，我恨自己的运气不够，才能不够。我把对我自己的恨一并给你，全部用来恨你。”

她的声音很轻，木棠棠慢慢回忆，直到她背诵完，木棠棠摇了摇头，说：“不记得了。”

是不想记得了。

之后木棠棠和钱朵朵都没有再说话，那些隐晦的，彼此心照不宣的话，随风而去，就好像她们之间的关系，今天之后，可能不会再见。

这场谈话之后，木棠棠心中轻松了许多。回工作室的路上，韩绪打电话来告诉她，木砚山那边没事了。

本来就是子虚乌有的事情，这些年木砚山到底在做什么，木棠棠虽然过问得少，但也不是全然不知。木砚山有意扩展木氏电器的规模，将市场选在连云市。以前木棠棠觉得是因为木砚山喜欢这座城市，如今知晓了木砚山和苏立盛之间发生的事情，倒不如说是为了故人。

“韩绪，我们今晚一起吃饭吧。”木棠棠的声音轻松而愉悦。

韩绪想了想，才说：“好，不过，我们在家吃。”

木棠棠微微一愣，以前有木砚山的地方，才为家；如今有韩绪的地方，也为家。

木棠棠的鼻子有些酸，眼眶涩涩的：“好，你等我。”

******

苏立盛的忌日那天，木棠棠没有进去，因为木砚山带着苏婧去了。

那天下着小雨，陵园里的青石小路湿漉漉的，一脚踩上去，会溅起细碎的小水珠。

木砚山拄着拐棍走在前面，苏婧低头跟在后面。两个人一路谁也没有说话，就这么静静地走着，像是在为逝者无声地哀悼。

到底是上了年纪，这几年一到换季和下雨天木砚山的腿就会疼，苏立盛的墓在烈士陵园的半山处，慢慢走上来，木砚山有些气喘吁吁。

可看到墓碑上苏立盛的笑容停留在二十三岁的年轻模样，木砚山站得笔直，双腿虽然在轻微地颤抖，却依旧向苏立盛行了一个标准的军礼。

然后，他将手里的花轻轻放到碑前，说：“立盛啊，我把小夏给你带来了。”

十多年了，终于可以在有生之年将苏立夏带到苏立盛的墓碑前，说出这句话时，明明刚刚还站得笔直的木砚山，瞬间佝偻了下去。

就好像，突然之间老了。

木砚山往后退了几步，把空间留给苏婧。

走的时候，苏婧突然叫住他：“木砚山，我不会原谅你们的。”

木砚山停下来，没有转过身，目光顺着一排一排的墓碑望下去，这里沉睡着的都是为国捐躯的英雄，所以原不原谅对他而言已经不重要。过不了多久，他也会死去，冰凉地长眠于地下。

木砚山抖了抖雨伞上的雨水，重新走进雨幕里。他说："没关系，你不用原谅我，带着对我的恨好好活着，每年过来陪陪立盛。这些年立盛肯定已经烦透我这个糟老头儿了，以后，我就不来了。"

他笑道："人老了，爬上来费力啊。"

木砚山慢慢沿着小石板路走，因为下雨的缘故，整座山都是雾蒙蒙的，他好像看见山脚下，木棠棠和韩绪并肩而立，朝他招手。

起先，木砚山还以为是自己看错了，等走近了，可不就是自己的闺女和准女婿吗?

韩绪先过来，帮木砚山撑伞："岳父大人，我来。"

木砚山哼了哼，瞧不起韩绪这狗腿样，但还是将伞递给他。

木棠棠自己的伞也不撑了，过来挽着木砚山。反正伞大，遮三个脑袋还是绰绰有余的。

木砚山狐疑地瞅了瞅自己闺女，又瞅了瞅韩绪，突然停下来，不走了，说："你们俩有话就说，不用给我这个老头子来这一套。"

木棠棠哈哈一笑，拉着木砚山撒娇："能有什么啊，我和韩绪今天就是过来陪您的。"

自己的闺女，木砚山太清楚不过，这样子跟小时候想吃王友良家的酸辣粉一个样。

木砚山将目光落到韩绪的身上："丫头不好意思，你来说，到底什么事？"

木棠棠使劲儿给韩绪使眼色，韩绪瞟了一眼，只当没看见，随即对着木砚山笑道："岳父大人，我想尽快把棠棠娶回家。"

木棠棠拉过木砚山："爸，我不急的，韩绪就是随口说说，我可以再陪您几年的。"

谁知木砚山也瞟她一眼，不搭理她，反而问韩绪："尽快是多快？"

韩绪顿了一下："今天？"

木砚山做思考状，过了一会儿才说："户口本在兰溪市，今天不行了。"

韩绪漫不经心地说道："户口本棠棠随身带着。"

木砚山看向木棠棠，刚刚是谁说不着急结婚，要陪他几年的？

唉，女大不中留啊！

木砚山也想明白了，过了一会儿说："今天也可以，不过棠棠的嫁妆就是整个木氏电器，这样你还愿意吗？"

木棠棠不乐意了，说道："爸，你这话说得好像我在逼婚一样。"

韩绪笑了笑，向木砚山保证："愿意，棠棠守护木氏电器，而我守护她就好。"

木砚山眼神微动，心中感慨，也感动。

手中的拐棍在往地上一使劲儿，他中气十足地说道："来，叫声爸听听。"

韩绪和木棠棠相视一笑，齐齐叫道："爸爸。"

雨后，天空并没有彩虹，整个大山似蒙了一层白纱。山道上，两个身影慢慢走着，再往前，是三百六十五级长阶。

木棠棠突然停住，指着长阶对韩绪说："你知道这里有多少阶吗？"

"三百六十五。"

木棠棠惊讶："你怎么知道，你以前没来过啊。刚才我们坐车上山，也没有经过这里，难不成你是瞎猜的？"

韩绪没话说，只是伸手指了指木棠棠身后。

三百六十五级。

到底是谁这么好心还在这里挂了一块木牌子，别人不知道自己数吗？一点神秘感都没有，不好玩。

木棠棠作势便要往下走，韩绪及时拉住她，然后站到她面前，说：

“上来。”

“啊？”

韩绪拍了拍自己的肩：“我背你下去。”

木棠棠想也不想就拒绝了：“这不安全，下雨地滑。”虽然是挺浪漫的，可万一脚下一滑，两个人一路滚下去还不得摔成智障？

韩绪转过来，和她面对面：“难道我看起来就这么弱鸡？”

“不不不。”木棠棠摇头，“馆长大人不是弱鸡，是猛虎。”

韩绪坏笑，在她耳边小声道：“我知道，特别是在晚上。”

韩绪转身，拉着她的手放到肩上，然后微微往下蹲了蹲，说：“来吧。”

木棠棠迟疑了一瞬，还是慢慢爬上韩绪的背，将他紧紧抱住。

韩绪背着她，突然连名带姓地叫了她一声：“木棠棠。”

“嗯。”

“这里有三百六十五级台阶，一年有三百六十五天，我背着你走稳每一步，将来也会陪着你走好每一天。”

“嗯，我相信你。”

“木氏电器是爸爸的心血，我会替你好好守护，所以你以后就负责守护我好不好？”

“好。”

“工作室你想做就做，不想做了，我们就请一个职业经理人打理，你只管定期去收钱就好。”

“嗯。”

三百六十五级走到尽头，韩绪没有再问，停下来将木棠棠轻轻放下，他问：“那接下来我们去哪儿？”

木棠棠甜甜地朝着他笑，牵着他的手与之十指紧扣。

“还能去哪儿？去民政局，领证！结婚！”

韩绪抱住她，将她圈在怀里：“这个可以不急，反正爸爸已经同意了，你也跑不了了。”

木棠棠闻着他身上淡淡的味道，衣服有些湿，挨着脸凉凉的。
韩绪贴着她的耳朵，痒痒的，他又说：“现在有比这个更急的。”
“什么啊？”
“孩子。”他轻声说，“我急着和你生孩子，属于我们的孩子。”
木棠棠：“韩绪，这里荒山野林的，鸟都不生蛋。”
韩绪：“是吗？那是因为鸟不行，而我比它厉害。”

曾经有人问，幸福是什么？
幸福就是这山，这雨，这三百六十五级长阶，还有你。

【全文完】